MASKEN

Düstere Fantasy Geschichten

Eine Anthologie mit Kurzgeschichten der folgenden Autoren:

Marina Clemmensen
Luisa Meißner
Sabrina Železný
Bianka Brack
Corinna Schattauer
Detlef Klewer,
Stefanie Bender
Ellen Kaiser
David Michel Rohlmann
Kriss Ruhi
Alexandra Neumeier
Markus Cremer
Marie H. Mittmann
An Brenach
Nina Sträter
Katarina Kojic

art skript
PHANTASTIK
»Verlag/Publishing«

IMPRESSUM

Alle Rechte an den abgedruckten Geschichten liegen beim Art Skript Phantastik Verlag und den jeweiligen Autoren.

Copyright © 2013 Art Skript Phantastik Verlag

1. Auflage 2013
Art Skript Phantastik Verlag | Salach

Lektorat/Korrektorat » Franziska Stockerer
» www.fs-textprojekt.de

Gestaltung » Grit Richter | Art Skript Phantastik Verlag
Cover-Fotografie » Pierre Leszczyk | EmpireArt
» www.empireart.de
Cover-Model » Séraphine Strange
» www.seraphine-strange.com
Maske » Maskenzauber und Erlebenskunst
» www.maskenzauber.com

Druck » CPI books GmbH | Ulm
» www.cpibooks.de

ISBN » 978–3–9815092–9–8

Der Verlag im Internet
» www.artskriptphantastik.de
» art-skript-phantastik.blogspot.com

Printed in Germany

INHALT

Impressum und Inhalt

EITELKEIT

Marina Clemmensen

Kenneth stellte den Kragen seines aus der Mode geratenen Gehrocks auf.

Nachdem er einen erneuten Blick in den von schwarzen Wolken beherrschten Himmel geworfen hatte, zog er den Kopf so weit zwischen die Schultern wie es ihm möglich war und spurtete aus dem Hauseingang heraus. Der Nachbar von gegenüber, welcher an seinem Fenster stand und sich das Unwetter von seinem behaglichen Heim aus anschaute, winkte grüßend. Kenneth erwiderte den Gruß mit einem sehr knappen Nicken, während er, mit einer Hand seinen Hut festhaltend, über die Straße rannte.

Der Regen klatschte ihm auf die Kopfbedeckung, sammelte sich auf der Krempe und verfehlte nur knapp seine Nase, als sich die ersten Rinnsale, winzigen Sturzbächen gleich, von ihr lösten.

Mantel und Hut würden ihn wohl nicht hinreichend vor der Nässe schützen. Er hoffte, dass sie zumindest so lange nicht durchweichten, bis er sein Ziel erreicht hatte. Es wäre eine ziemlich peinliche Angelegenheit, wenn die darunterliegende Kleidung Schaden nehmen würde. Kenneth verfluchte sich dafür, dass er es versäumt hatte, sich rechtzeitig eine Droschke zu bestellen. Eigentlich wäre sie auch nicht nötig gewesen, denn der Weg war mit Leichtigkeit zu Fuß zu bewältigen. Die Strecke hätte unter normalen Umständen einen wunderbaren Spaziergang abgegeben, der sogar dafür gesorgt hätte, dass sich Kenneth gedanklich auf die Veranstaltung hätte einstimmen können.

Ach! Wer hätte auch damit rechnen können, dass dieser vermaledeite Regen losbrechen würde? Gerade noch hatte die Sonne geschienen und einen Moment später hätte man glauben können, die Welt wolle untergehen.

Während Kenneth durch die Straßen Londons rannte – stets darauf bedacht, zumindest teilweise von den Häusern vor Wind und Wetter geschützt zu sein – fasste er immer wieder an seinen Mantel. Auch wenn seine behandschuhten Finger nicht wirklich ertasten konnten, was im Innenfutter verborgen lag, so beruhigte ihn zumindest der leichte Druck, den der Gegenstand auf seine Brust ausübte. Etwas größer als ein Handteller war er, und oval in seiner Form.

Die frisch polierten Halbschuhe, die Kenneth übergestreift hatte, klatschten durch die ersten Pfützen. Dreckiges Wasser spritze auf und traf die Innenseiten seiner Hosen.

Ein gesellschaftlicher Fauxpas, der nur dadurch hätte übertroffen werden können, dass Kenneth gänzlich der Festivität ferngeblieben wäre. Eventuell würden die Damen der Gesellschaft es sich nicht nehmen lassen, ihn mit einem verschmitzten Augenzwinkern auf seine Unachtsamkeit aufmerksam zu machen. Möglicherweise würde der eine oder andere Gentleman etwas weniger feinfühlig bemerken, dass Kenneths Garderobe nachlässig sei.

Und vielleicht würde er dies einige Augenblicke lang über sich ergehen lassen und mit der einen oder anderen spitzen Äußerung parieren müssen. Aber sobald die Aufmerksamkeit der anwesenden Gäste ...

Während er eilig um eine Ecke bog und dabei gerade noch rechtzeitig einer Kutsche ausweichen konnte, wanderten seine Gedanken weg von den Erwartungen hinsichtlich des heutigen Abends und hin zu den zwei Tage zurückliegenden Ereignissen.

»Wie darf ich Ihnen behilflich sein?«

Der schlanke Mann hatte sich sofort Kenneth zugewandt, als er bemerkte, dass jemand sein Geschäft betrat.

Kenneth fand zwar, dass *Geschäft* ein wenig zu euphemistisch gewählt war, aber die für gewöhnlich begriffsstutzige Haushälterin seiner Schwester hatte es ihm wärmstens empfohlen. Wenn er etwas ganz Spezielles suche, hatte sie ihm mit gedämpfter Stimme versichert, nachdem sie ihn unauffällig zur Seite gewunken hatte, dann sei das Geschäft von Mr. Cumberland der richtige Ort dafür.

Nun. Was konnte es schaden?

Kenneth betrachtete den Inhaber des Ladens genauer, als dieser ihn mit einem breiten Lächeln und einladend ausgebreiteten Armen begrüßte. Schlank und hochgewachsen, mit fein geschnittenen Gesichtszügen, in gepflegter und fast schon eleganter Kleidung, hätte dieser durchaus in der gleichen Gesellschaft verkehren können wie er selbst. Mr. Cumberlands Hände waren, sofern Kenneth es auf die Entfernung sagen konnte, gründlich maniküft. Der sorgsam gestutzte

Oberlippenbart betonte die nahezu aristokratisch zu nennende Nase. Dunkle, fast schwarze Augen blickten Kenneth aufmerksam an, als Mr. Cumberland seine Frage in leicht abgewandelter Form wiederholte: »Wie darf ich Ihnen zu Diensten sein?«

Allein das Gebot der Höflichkeit hielt Kenneth davon zurück sich unmittelbar den Auslagen des Geschäftes zuzuwenden. »Nun«, begann er, »mir wurde eine Einladung zu einer eher ungewöhnlichen Festivität übermittelt. Und ich bin auf der Suche nach einem geeigneten Accessoire.«

»Welcher Art?«, wollte Mr. Cumberland freundlich wissen.

»Nun, eigentlich ist es fast schon etwas ungewöhnlich und ich bin eher nicht dafür zu begeistern, aber meine Gastgeberin bestand darauf.« Kenneth verzog entschuldigend sein Gesicht, ehe er fortfuhr: »Ich bin auf der Suche nach einer Maske. Eine, wie man sie auf einem dieser eher altmodisch zu nennenden Bälle zu tragen pflegt.«

Mr. Cumberlands Augenbrauen wanderten eine Winzigkeit nach oben. Aber nicht etwa weil er überrascht gewesen wäre, sondern weil er offenbar auf diese Weise seinem Interesse an den Wünschen seiner Kunden Ausdruck verlieh. »Das ist in der Tat ein eher ungewöhnliches Anliegen.«

»Damit hatte ich fast gerechnet ...«, erwiderte Kenneth.

»Oh nein, das sollte nicht heißen, dass ich nicht weiterhelfen kann. Aber ich bitte zu entschuldigen, dass meine Lagerbestände diesbezüglich eher mager sind.«

Kenneth lächelte. »Sie haben also welche da?«

»Selbstverständlich. Wenn Sie sich einen kleinen Moment gedulden wollen, während ich sie hole? Sehen Sie sich doch bitte solange um, bis ich zurück bin.«

Eifrig wandte sich Mr. Cumberland ab und verschwand zwischen zwei Regalen.

Kenneth sah ihm kurz nach, ehe er sich einer Vitrine widmete. Unzählige Taschenuhren waren vorteilhaft drapiert worden, um das Interesse potentieller Käufer zu erwecken. Daneben gab es eine Auslage mit Broschen jedweder Art.

Aus den Augenwinkeln heraus sah Kenneth etwas, das ihn irritierte. Eine Bewegung? Er schaute instinktiv auf, suchte die entsprechende

Stelle mit dem Blick ab. Aber er konnte nichts Ungewöhnliches erkennen. Nun, jedenfalls nichts, was nicht in irgendeiner Form in das Geschäft gehört hätte. Ungewöhnliches gab es zumindest innerhalb dieses Raumes zuhauf: Eine Ecke wurde von einem großen, geschnitzten Schrank dominiert, dessen Türen drohten, aus den Scharnieren zu fallen. Gegenüber war ein dreieckiger Tisch nebst einigen Stühlen mit dreieckigen Sitzflächen aufgestellt. Ein gigantischer, golden eingefasster Spiegel nahm nahezu die gesamte Wand oberhalb dieser merkwürdigen Möbel ein und gab ihr Bild in seiner gesprungenen und über die Jahre blind gewordenen Oberfläche wieder.

Neugierig bahnte sich Kenneth einen Weg an den Stühlen vorbei, stieß sich den Oberschenkel an dem Tisch – was er kaum zur Kenntnis nahm – und betrachtete den Spiegel aus der Nähe. Er konnte in der Spiegelung Mr. Cumberlands Geschäft lediglich schemenhaft erkennen. Das Glas hatte in den vergangenen Jahren viel erdulden müssen: Ein spinnennetzartiges Muster aus kleinsten Rissen zog sich von einer Ecke bis hinüber zur anderen. Die Quecksilberschicht hinter der Platte hatte sowohl unter den Rissen als auch an den Rändern gelitten und war dunkel angelaufen. Kenneths Blick wanderte über den handbreiten, kunstvoll gearbeiteten Rahmen: Abgeplatztes Metall verriet ihm, dass das darunter liegende Holz wurmstichig geworden war. Kenneth wurde von einer morbiden Faszination erfasst, als er erkannte, was die Schnitzereien darstellten.

Er erkannte Figuren, die dem Albtraum eines Wahnsinnigen entsprungen zu sein schienen: nackte Körper, die sich mit grotesk verdrehten Gliedern umeinander wanden. Gräuliche Chimären, die aus allem nur erdenklichen grässlichen Getier bestanden, aber alle etwas – wenn auch weit entfernt – Menschenähnliches hatten, das sie jedoch umso furchterregender wirken ließ. Kenneths Hand hob sich wie von allein, als wolle sie Verbindung mit dem dargestellten Irrsinn aufnehmen.

» Hübsch, die Verzierungen, nicht wahr?«

Kenneth schrak auf und wirbelte herum. Er schalt sich aber sofort einen Narren, als er Mr. Cumberland erkannte, der sich neben ihn gestellt hatte und ihn höflich anlächelte.

»Oh ja, das sind sie«, antwortete Kenneth, um Beherrschung bemüht. »Ich hatte das Glück, dieses Stück aus einem Nachlass zu erstehen. Nun wartet es darauf, dass sich jemand seiner annimmt.«

Kenneth hob fragend seine Augenbrauen.

»Nun, vielleicht wäre es etwas für die Gemahlin? Als Geschenk zum Geburtstag? Oder eventuell steht ein Jahrestag an?«

»Ich bin nicht verheiratet«, antwortete Kenneth knapp und unterließ eine Bemerkung darüber, dass dieser Wandschmuck zudem wohl kaum als Geschenk für eine Dame geeignet wäre. Er beugte sich stattdessen eine Winzigkeit zur Seite, um einen Blick an der schmalen Gestalt Mr. Cumberlands vorbei werfen zu können. Hinter dem Mann konnte er einen Teil des Verkaufstresens erkennen. Auf der polierten Holzplatte lagen mit Kordeln verknotete Pakete aus Papier.

»Nicht? Aber mein Herr, wie kann das sein? Sie erlauben sich einen Spaß mit ...«

Kenneth wandte sich wieder Mr. Cumberland zu. »Nein. Ich bin Junggeselle. Sie erlauben?« Er wies mit einer Hand in Richtung Tresen. »Ich vermute, in diesen Paketen sind die Masken zu finden, von denen sie gesprochen haben?«

»Selbstverständlich«, lächelte Mr. Cumberland, ehe er Kenneth mit einer ausladenden Geste dazu ermunterte, ihm zum Tresen zu folgen.

Kenneth warf noch einen letzten Blick auf den Spiegel. Er wunderte sich darüber, dass der Winkel dafür sorgte, dass lediglich sein eigenes Spiegelbild zurück geworfen wurde. Mr. Cumberland war offenbar bereits aus dem Sichtbereich des Glases herausgetreten.

»Ich habe Ihnen vier ganz hervorragende Stücke herausgesucht.« Kenneths Aufmerksamkeit wandte sich wieder dem Tresen zu. Mr. Cumberland stand bereits hinter dem Tisch. Kenneth runzelte anerkennend die Stirn darüber, wie schnell sich der Ladeninhaber bewegen konnte. »Ich nehme an, der von Ihnen erwähnte Ball beschäftigt sich mit einer Maskerade, wie sie aus der italienischen Tradition bekannt ist? Oh, da fällt mir ein: Ist ihnen eventuell *Hop-Frog* geläufig?« Mr. Cumberland lachte leise, aber freundlich und setzte zu einer Erklärung an, als er Kenneths fragenden Blick sah. »Eine Kurzgeschichte, die ich erst kürzlich entdeckt habe. Sie stammt von einem vielversprechenden, aber bedauerlicherweise jüngst verstorbenen Autor aus Übersee ... oh, wie war doch gleich sein Name?«

Kenneth hatte wenig Interesse daran, sich einem kurzweiligen Gespräch mit Mr. Cumberland zu widmen, wartete jedoch höflich, bis der Geschäftsinhaber fortfuhr: »Edward Allen Poe, oder so ähnlich. Nun, wie dem auch sei, diese Geschichte handelt von einem dieser fantastischen Maskenbälle. Wirklich eine wunderbare kleine Geschichte. Sie endet allerdings höchst tragisch, da ...«

»Ich möchte nicht den Anschein erwecken, dass ...« unterbrach ihn Kenneth schließlich doch und ließ den Satz bewusst unvollendet.

»Oh, natürlich. Bitte verzeihen Sie. Manches Mal neige ich zur Plauderei.«

Geschickt entknotete Mr. Cumberland eines der Pakete. Als er das Papier entfernt hatte, konnte Kenneth einen ovalen Gegenstand erkennen, der etwa handtellergroß war.

»Was soll das sein?«, fragte er enttäuscht.

»Nun«, Mr. Cumberland drehte den Gegenstand zwischen seinen Händen, »das ist ein ganz besonderes Stück. Oh, gewiss«, hob er seine Stimme wie um Kenneth zuvorzukommen, der bereits Anstalten machte, sich einem der anderen Pakete zuzuwenden, »mir ist bewusst, dass sie eher unspektakulär wirken mag. Aber ich möchte Sie auf die winzigen Details aufmerksam machen. Sehen sie die Augenschlitze? Dort, wo die Augenwinkel einge-arbeitet sind? Betrachten Sie sie genau: die winzigen Fältchen? Oder hier: die Wölbung der Brauen. Und die liebevoll gemalten Härchen? Können Sie den Farbverlauf des Haares hier vorn erkennen? Und sogar die Andeutung seines Schattenwurfes? Ja, nicht wahr? Es ist eine wunderbare Wiedergabe der Realität. Und bitte, richten Sie ihre Aufmerksamkeit auf die Nasenwurzel. Sehen Sie die Falte? Folgen Sie mit Ihrem Blick dem Nasenrücken bis nach unten. Haben sie es bemerkt? Der Künstler hat sich sogar die Mühe gemacht die Poren der Haut darzustellen. Fühlen Sie darüber. Spüren Sie die Unebenheiten? Und hier? Sehen Sie die Verunreinigung in den Poren?«

Kenneth runzelte zweifelnd die Stirn. »Ich bin mir nicht sicher, ob dies die geeignete Maske ...«

»Oh, ganz sicher sogar. Sie mag nicht fantastisch sein. Nicht einmal sonderlich auffällig. Aber gerade darin liegt doch ihr Reiz. Sie wird aufgrund ihrer Unauffälligkeit zwischen all den anderen, übertrieben geschmückten und obszön verzierten Masken herausstechen. Und wenn sich die Aufmerksamkeit der anderen Gäste erst einmal auf Ihre Maske fokussieren wird, dann ... ja dann werden sie noch zusätzlich bramarbasieren können.«

Auch wenn der Verkäufer einen ungewöhnlichen kontinentalen Ausdruck gebraucht hatte, war sich Kenneth mit einigem Missfallen bewusst, dass ihm soeben unterstellt worden war, er wolle sich aufspielen. Dennoch fragte er: »So? Wie das?« Es war ihm rätselhaft, wie Mr. Cumberland es vollbracht hatte, aber sein Interesse war geweckt.

Mr. Cumberland beugte sich vor. Kenneth war sich sicher, dass der Geschäftsinhaber seine Stimme ganz bewusst senkte, so als würde er ein Geheimnis preisgeben, bezüglich dessen er Verschwiegenheit zu bewahren versprochen hatte.

»Man erzählt sich, dass auf dieser Maske ein Fluch liegt. Oh, selbstverständlich kann ich nachvollziehen, wieso Sie jetzt ihre Lippe geringschätzig kräuseln, mein Herr. Aber ich versichere Ihnen, dass es der Wahrheit entspricht: Diese Maske ist verflucht. Man sagt, dass sie – sofern die Umstände passend sind – die Gesichter ihrer Träger in sich aufnimmt. So wahr ich hier stehe, mein Herr, ich sage Ihnen: Die Maske raubt während einer Gewitternacht die Lebendigkeit aus den Gesichtern der Unvorsichtigen, welche sie tragen und lässt die Träger ohne die Fähigkeit zurück, jemals wieder ihre Mimik zu beherrschen. Schlägt ein Blitz in der Nähe des Wagemutigen ein, so entlehnt die Maske die Energie aus dem Äther und erfährt eine unheimliche Macht. Diese benutzt sie dazu, die Gesichtszüge des Trägers zu extrahieren. Wie sonst, glauben Sie, ist diese naturalistische Darstellung gelungen? Der vorherige Besitzer war so unvorsichtig, sein Glück herauszufordern.« Mr. Cumberland zögerte, ehe er schließlich raunte: »Und angeblich kann sie diese Lebendigkeit auf die Toten übertragen.«

»Ist das so?«, wollte Kenneth amüsiert wissen, während er sich bereits ausmalte, wie er diesen »Fluch« möglichst effektiv den Gästen gegenüber zum Besten geben könnte.

»Nun, Sie wissen ja, wie die Leute manchmal reden«, lächelte Mr. Cumberland und richtete sich wieder zu seiner vollen Größe auf. Seine wasserblauen Augen schienen zu blitzen, als er nachsetzte: »Ich garantiere Ihnen, mein Herr: Wenn Sie diese Maske tragen, lässt sie Sie zum Mittelpunkt der Festivität werden.«

Und so hatte Kenneth die Maske, die er nun unter seinem inzwischen durchnässten Mantel spüren konnte, am Ende erstanden, ohne auch nur einen Blick an die anderen Masken zu verschwenden.

Eilig lenkte er seine Schritte durch die Straßen und warf einen erneuten Blick zum Himmel. Die Wolken wirkten noch schwärzer und bedrohlicher als vor wenigen Momenten und der Regen schlug fast schmerzend auf Kenneths Haut. Erstaunlich, wie schnell und wie umfassend sich das Wetter ändern konnte!

Kenneth kniff die Augen zusammen, als ein grelles Licht über den Himmel zuckte. Eine fast schon kindliche Vorfreude ergriff von ihm Besitz, als er daran dachte, dass dieses Wetter seine Maskerade noch um einiges dramatischer gestalten würde.

Dort vorn, keine fünfzig Yards von ihm entfernt, konnte Kenneth das Haus der Gastgeberin ausmachen. Er spurtete über das Kopfsteinpflaster – ein gewaltiger Donnerschlag ließ ihn beinahe auf den nassen Steinen ausgleiten – und suchte schließlich erleichtert unter dem Vordach Schutz vor dem peitschenden Regen.

Noch während er an der Türglocke zog, griff er unter den Mantel.

In einer Entfernung, welche es Normalsterblichen unmöglich gemacht hätte, mehr als lediglich düstere Schemen zu erkennen, schwebte ein Schatten. Das Geschöpf, das sich manchmal Mr. Cumberland nannte, lächelte zufrieden, während es den geltungssüchtigen Menschen dabei beobachtete, wie er die Maske auf sein Gesicht presste.

Der dunkle Prinz

Detlef Klewer

Walzerklänge erfüllten den Raum. Susanne ... *tanzte*. Sie verlor sich in der wiegenden Musik, tanzte so leichtfüßig als habe sie in ihrem ganzen Leben nichts anderes getan. Mit geschlossenen Augen schwebte sie fast über den Tanzboden.

Sie lachte zu laut über einen Scherz ihres Prinzen. Erschrocken hob sie die Hand vor den Mund und blickte rasch um sich, ob ihr ungebührlicher Heiterkeitsausbruch Missfallen auslöste, doch niemand der Anwesenden tadelte ihr ausgelassenes Benehmen. Verhalten kicherte sie hinter ihrer Maske. Dieses Mal war *sie* die Ballkönigin. Und das, obwohl ihr Prinz nicht auf der Gästeliste stand ...

Sechs Uhr. Schlaftrunken tastete sie nach dem unbarmherzig lärmenden Wecker. Sie hasste frühes Aufstehen. Schon als Kind empfand sie es als Qual, ihr warmes Bett so früh verlassen zu müssen. Doch wie an jedem Tag siegte ihr Pflichtbewusstsein über den inneren Schweinehund.

Nur dreißig Minuten später saß sie auf ihrem Lieblingsstuhl in der Küche und bemühte sich, ihr seelisches Gleichgewicht auszubalancieren, um auch diesen neuen Tag irgendwie zu überstehen. Einatmen. Ausatmen. Wie im immer gleich bleibenden Rhythmus eines mechanischen Uhrwerks. Selbst zu einem solchen werden. Einfach nur ... funktionieren.

Ihr schneller Herzschlag normalisierte sich. Nun war sie ... bereit. Sie erwartete den allmorgendlichen Weckruf.

Und da war er: »SUSAANNNEEEE!«

Seufzend erhob sie sich, nahm den Kaffee von der Warmhalteplatte, goss ihn in die bereitstehende Porzellankanne und nahm mit dem Löffel ein Ei aus dem kochenden Wasser. *Nun ja, natürlich würde der Kaffee auch heute entweder zu heiß oder zu kalt sein – und das Ei wahlweise zu hart oder zu weich.*

Es existierte in ihrer Erinnerung kein Tag, an dem sie es ihrer Mutter nur ein Mal hätte recht machen können. Niemand verfügte über die magische Fähigkeit, es ihrer Mutter recht zu machen. Und sie am allerwenigsten.

Rasch prüfte sie den Sitz ihrer Maske und ergriff dann das Tablett, auf dem sich zudem noch Weißbrotscheiben, Butter und Marmelade befanden.

Zunächst zwölf bedächtige Schritte von der Küche bis zur Treppe. Langsam stieg sie die fünfzehn Stufen empor. Dann acht *rasche* Schritte bis zum Schlafzimmer ihrer Mutter. Jedes Zögern Susannes auf diesen letzten Metern hätte unausweichlich vorwurfsvolles Wehklagen zur Folge. Sie wusste, ihre Mutter würde intensiv lauschen.

Anklopfen. Abwarten. Eintreten.

Ihre Mutter thronte im hochgeschlossenen Nachthemd kerzengerade im Bett, die Nachtjacke über die Schultern gelegt. Ein durchdringend strenger Blick − ähnlich dem eines Raubvogels − bohrte sich mitten in Susannes Inneres und wie an jedem Morgen fühlte sie sich ... schuldig.

Obwohl die alte Frau schon seit langer Zeit nicht mehr eigenständig laufen konnte, weigerte sie sich strikt, in die untere Etage umzuziehen. Stattdessen hatte sie ihre Tochter angewiesen, einen Treppenlift installieren zu lassen. Der Eigensinn ihrer Mutter zwang Susanne dazu, sie nun allmorgendlich nach dem Frühstück mit dem Rollstuhl zum Lift zu schieben, sie unter erheblicher Kraftanstrengung auf die Sitzfläche des Aufzuges zu heben und diesen in Bewegung zu setzen. Dann wuchtete sie den sperrigen Rollstuhl hinunter, nahm ihre Mutter unten in Empfang, setzte sie erneut in das Gefährt und bugsierte sie in das Wohnzimmer vor den Kamin.

Das Mittagessen pflegte die starrsinnige »Madame« allerdings wieder in ihrem Schlafzimmer einzunehmen, sodass die gesamte mühselige Prozedur in umgekehrter Reihenfolge wiederholt werden musste. Anschließend ging es bis zum Abendessen wieder in das Kaminzimmer. Der immer gleiche Ablauf. Tag für Tag. Woche für Woche. Jahr für Jahr.

»The same procedure as yesterday, Mutter?«, dachte sie bitter und gab sich selbst die Antwort: *»The same procedure as every day, Susanne!«*

Es gab keine Rebellion. Susanne fügte sich widerspruchslos in ihr Schicksal. Nur ein einziges Mal hatte sie es gewagt, ohne die Erlaubnis ihrer Mutter einen jungen Mann einzuladen. Sein Name war ... Michael? Oder hieß er Peter? Es lag schon so lange Zeit zurück, sie hatte es inzwischen vergessen. Nicht vergessen konnte sie hingegen den Wutanfall ihrer Mutter, ihre bitteren Vorwürfe. Susanne hatte so sehr gehofft, dass ihre große Liebe ihrer Mutter gefallen würde.

Danach ... gab es einfach keinen Michael mehr. Keinen Peter. Oder Ralf. Niemanden – außer ihrer Mutter.

Susannes Leben erinnerte an ein Monopoly–Spiel, in dessen Verlauf eine unfaire Mitspielerin ihr den Würfel gestohlen hatte. *Gehen Sie ins Gefängnis. Begeben Sie sich direkt dorthin. Gehen Sie nicht über »Los«.* Man ließ sie einfach nicht mehr würfeln. Sie blieb im Gefängnis. Die Schlossallee würde sie also nie sehen.

Im Kerker des eigenen Lebens gefangen. *Denk nicht daran, Susanne.* Doch sie musste trotzdem oft daran denken, auch jetzt, während sie die Kissen im Bett ihrer Mutter aufschüttelte.

Die Augenbrauen ihrer Mutter hoben sich. Das Zeichen äußerster Missbilligung.

»Was in aller Welt soll diese ... lächerliche Maske?«

Susanne erschrak. Sie hatte versehentlich die falsche Maske gewählt. Zu spät. Sie wappnete sich.

»Es tut mir leid, Mutter«, sagte sie und stellte das Frühstückstablett behutsam auf das Bett.

»Wenn du mich gleich abholst, will ich diese alberne Maske nicht mehr sehen! Du wirst die weiße Maske tragen! Hast du mich verstanden?«

»Ja, Mutter.«

Die Augenbrauen ihrer Mutter sanken wieder herab. Für den Augenblick schien sie besänftigt und verzog ihren Mund zu einer Grimasse, die sie vermutlich für ein »Ich–hab–Dich–lieb«–Lächeln hielt. Susanne wollte aus dem Zimmer fliehen, einfach nur weg, aber es war noch nicht vorbei.

Es würde niemals vorbei sein.

»Ich muss Kaminanzünder besorgen«, sagte sie sehr leise. Das Lächeln ihrer Mutter erlosch so plötzlich wie das Licht einer durchgebrannten Glühbirne.

Sie gestattete Susanne nur einmal wöchentlich einzukaufen. Wenn Susanne das Haus verließ, um die notwendigen Besorgungen zu erledigen, schrie jedes Mal eine Stimme in ihr: »*Geh jetzt weiter! Durch die nächste Straße! Durch die ganze Stadt! Lauf einfach weg!*« Doch mit jedem folgenden Schritt verlor diese Stimme an Intensität, wurde leiser und leiser, bis sie zuletzt verstummte – und Susanne wieder mit vollen Einkaufstaschen in der Küche stand.

Nun ja, wohin sollte sie auch gehen? Nicht einmal einen Schulabschluss konnte sie vorweisen. Ihre Sicht der Welt hatte sie sich eigenständig angeeignet. Bücher waren schon früh ihre besten Freunde geworden. Und blieben ihre einzigen Freunde.

Sie wuchs mit Mogli im Dschungel auf, erlebte Abenteuer mit Tom Sawyer an den Ufern des Mississippi, tauchte mit Kapitän Nemo zwanzigtausend Meilen tief. Später litt sie gemeinsam mit den Brüdern Karamasow. Sie lernte viel, wusste aber auch, dass diese Welt da draußen unliebsame Überraschungen für jemanden wie sie bereithielt.

Was sollte sie in einer Welt anfangen, die ausschließlich *Schönheit* anbetete, wenn sie statt eines Gesichts das Äquivalent einer verunglückten *Pizza* zur Schau tragen müsste? Oder eine Frau wäre, die ihr nur noch zur Hälfte vorhandenes Gesicht hinter einer Maske verbarg.

Ging sie heute mit ihrer Maske einkaufen, dann nicht deshalb, weil sie diese Maske selbstbewusst trug, sondern weil die Umgebung an diesen Anblick gewöhnt war und daher keine Fragen mehr stellte. In dieser *gutbürgerlichen* Nachbarschaft stellte niemand irgendwelche Fragen. Denn *hier* lebte man schweigend mit dem Anblick von Frauen, die die Hämatome um ihre Augen hinter dunklen Sonnenbrillen verbargen, von misshandelten Kindern – und eben auch einem Brandopfer, das eine Maske trug.

Sie tauchte aus ihren Gedanken auf. Ihre Mutter schüttelte energisch den Kopf. »Nein, das kommt nicht in Frage, ich brauche dich hier. Denk daran, es ist für das Maskenfest morgen noch viel vorzubereiten. Dort in der Ecke steht noch die alte Truhe.« Ihre knochigen Finger wiesen herrisch in Richtung einer großen, kunstvoll geschnitzten Holztruhe.

»Darin befinden sich Bücher deines nichtsnutzigen Vaters. Die kannst du für den Kamin verwenden.« Susanne nickte ergeben. Sie kannte das antike Möbelstück im Schlafzimmer ihrer Mutter natürlich, hatte es oft abgestaubt und immer wieder fantasiert, was sich darin wohl befinden mochte – doch nie zu fragen gewagt.

Sie öffnete nun den eisernen Verschluss, hob den schweren Deckel und erblickte zahlreiche achtlos übereinandergestapelte Bücher. Uralte und ledergebundene Folianten.

»Nun nimm schon das vergammelte Zeug, dann ist es wenigstens noch zu etwas nütze«, bestimmte ihre Mutter.

»Und jetzt geh, lass mich endlich in Ruhe frühstücken und entzünde unten den Kamin!« Demonstrativ schlang sie die dürren Arme um sich und begann mit beiden Händen ihre Oberarme zu reiben.

»Mir ist kalt!«, klagte sie, obwohl die stets eingeschaltete Heizung für ein wohltemperiertes Zimmer sorgte.

Susanne nickte wieder und verließ mit einem Stapel Bücher im Arm rasch das Schlafzimmer. Wie so oft tauchte aus dem Nichts einmal mehr der verlockende Gedanke an Flucht auf. Aber – wie immer – tauchte der Gedanke rasch wieder im Meer ihrer Ängste unter. Ähnlich einem Wal, der Atem schöpfend die Wasseroberfläche durchbrach, um danach wieder in die Tiefen des Ozeans zu gleiten – die letztlich auch sein Grab sein würden.

Mit ihrer Bücherlast betrat sie das Kaminzimmer, den Schauplatz des alljährlichen Maskenfestes.

Lange Zeit hatte sie sich diesem Zimmer überhaupt nicht nähern können. Nur die strikten Befehle ihrer Mutter zwangen Susanne trotz ihrer Panik wieder an diesen Ort. *Niemandem* gelang es, sich dauerhaft den Forderungen ihrer Mutter zu widersetzen. Doch es ahnte auch *niemand*, welches Maß an Überwindung es Susanne kostete, eben denjenigen Raum zu betreten, in dem ihr Martyrium begonnen hatte. Und es kümmerte ... *niemanden*.

In einer zwölfstündigen Operation war es den Ärzten damals gelungen, zumindest ihr Augenlicht zu retten. Die verbrannten Haare wuchsen nach, aber die zerstörte Haut bildete sich nicht neu. Susannes Gesicht blieb entstellt.

Und da gab es noch eine Tatsache, die sie eigentlich lieber nicht sehen wollte. Doch nun drängte sich eben dieser Sachverhalt in ihre düsteren Gedanken.

Erinnerungen, die man lieber umgehend in einer mit vielen Vorhängeschlössern gesicherten Kiste in einem tiefen, trüben See versenkte und sie am besten sofort vergaß, nachdem sie den schlammigen Grund erreichten. Sie waren einfach so ... *furchtbar*, dass sie für alle Zeit in diesem nassen Grab verbleiben sollten. Zu *schmerzhaft*. Zu *ungerecht*. Doch manchmal trieben sie – ähnlich einer aufgedunsenen Wasserleiche – ungewollt zurück an die Oberfläche.

Dieser entsetzliche Augenblick der Verpuffung war eine solche Erinnerung, die Susanne nur zu gerne – mit einem Betonklotz beschwert – auf ewig versenkt hätte. Das Feuer, das ihre Haut fraß. Die Hitze, die ihr den Atem nahm. Der Gestank brennender Haare. Die Flammen, die ihr fast das Augenlicht geraubt hätten. Schreckliche Erinnerungen, die sie in ihren Alpträumen heimsuchten.

Und die böse Ahnung, dass es sich in Wahrheit nicht um einen Unfall gehandelt hatte. Während sie nach Stefanies Auszug in deren Zimmer aufräumte, entdeckte sie zufällig einen sorgfältig versteckten Kasten mit Chemikalien. Zwar geöffnet, aber offenbar kaum benutzt. Nur eine einzige Zutat fehlte seinerzeit in dem umfangreichen Sortiment der angehenden Wissenschaftlerin. Und das war Stefanie ja dann auch geworden: promovierte Chemikerin in einem Forschungslabor. Anerkannt. Verheiratet.

Ebenso ihre zweite Schwester, Amanda: promovierte Juristin. Staatsanwältin. Verheiratet.

Was hatte Amanda geahnt? Oder vielleicht sogar ... *gewusst*?

Susanne verspürte so plötzlich eine Woge heißen Hasses, dass ihr davon übel wurde. Und zum ersten Mal erlaubte sie diesem Hass, sich einfach auszubreiten. Sie fühlte Wellen des Zorns, der Empörung und des Abscheus durch ihren Körper strömen. Sie war – entgegen des Vorwurfs ihrer Mutter – nicht unachtsam gewesen. Sie trug keine Schuld! Welches Ausmaß an Schuld aber trug ihre Schwester Stefanie?

Und dann hatte Susanne nach ihrem hübschen Gesicht auch noch den letzten sicheren Halt in ihrem Leben verloren ...

Ihre Schwestern zeigten keine übermäßige Trauer, als Vater spurlos verschwand. Möglicherweise hatten sie sich sogar über seine Abwesenheit gefreut. Sie waren ohnehin voller Eifersucht davon überzeugt, ihre jüngste Schwester sei »Papas Liebling«.

Susanne mutierte nach seinem Verschwinden zum »Aschenputtel«. Aber kein Prinz erschien, um ihr einen verlorenen gläsernen Schuh anzuprobieren, denn ihre Mutter hielt diese wunderschönen Glasschuhe eisern unter Verschluss. Und als ihre Schwestern schließlich auszogen, befanden sich alle Paare in *deren* Gepäck.

Sie legte die schweren Folianten ab und schlug neugierig eines der Bücher auf. Unerwartet durchfuhr sie ein tiefes Gefühl der Zuneigung. Einst Eigentum ihres Vaters hatte er bestimmt oft in ihnen geblättert.

Und ... vielleicht ... hatte ihr Vater ja das einzig Richtige getan, als er eines Tages nicht mehr wiederkehrte. Sie erinnerte sich an liebevolle Gutenachtküsse auf ihre Kinderstirn und an den beruhigenden Klang seiner Stimme. Besonders aber an seine tröstliche Gegenwart in ihrer dunkelsten Zeit.

Dennoch hatte Mutter keine Gelegenheit ausgelassen, ihn in ein schlechtes Licht zu rücken. Ihre Beweggründe blieben Susanne ein Rätsel. *Frage nicht nach dem Warum.* Doch! Sie wollte dieses »Warum« verstehen.

Sie erschrak. Das Kaminfeuer brannte noch nicht. Sie hatte zu viel Zeit damit vergeudet, über längst Vergangenes nachzudenken. Gleich würde ihre Mutter das Frühstück beenden und dann nach ihr rufen.

Aber es widerstrebte ihr, Seiten aus diesen Büchern herauszureißen. Sie verspürte den drängenden Wunsch, diese übriggebliebenen Relikte ihres Vaters zu bewahren.

Doch Vater war fort, ihre Mutter dagegen war hier. Dies war Realität, ihr Vater ... Vergangenheit. Dennoch wollte sie wissen, welche Art von Büchern er damals gelesen hatte. »True Magick« ... »Seven Cryptical Books of Earth« ... »De Vermiis Mysteriis" ... »Monstres and their Kynde« ...

Sie blätterte in den Büchern und erblickte unbekannte Symbole, seltsame Zeichnungen, fremde Sprachen. Nur ein einziges mit dem Titel »Von unaussprechlichen Kulten« konnte sie lesen. Sie verstand weder den Inhalt dieser eigenartigen Bücher, noch erschloss sich ihr der Grund der Sammelleidenschaft ihres Vaters. Beschwörungen? Geister? Dämonen? Sie lächelte verunsichert. *Konnte das sein?* Sie schlug wahllos eine Seite auf und bemühte sich, die Schrift zu entziffern.

»Ny har rut hotep« rezitierte sie den Text und war verwundert, wie leicht ihr diese fremden Laute über die Lippen kamen. Ein überraschender Knall ließ sie zusammenschrecken – in der törichten Annahme, es hätte sich tatsächlich ein Wesen aus einer anderen Dimension im Hier und Jetzt materialisiert. Aber die Ursache war nur der Bücherstapel neben ihr, den sie aus Unachtsamkeit umgestoßen hatte.

Als sie die Küche betrat, saß er auf ihrem Lieblingsstuhl.

Lächelnd, die tiefblauen Augen auf sie gerichtet.

Eine Schrecksekunde setzte ihr Herzschlag aus, um anschließend mit doppelter Geschwindigkeit seine Tätigkeit wieder aufzunehmen.

Wer um alles in der Welt war dieser Mann? Wie hatte er unbemerkt das Anwesen betreten können? Und weshalb starb sie nicht vor Angst?

Sie starrte ihn an und flüsterte: »Was ... haben Sie hier zu suchen?«

Er schwieg – und ließ ihr Zeit, um über seine unerwartete Anwesenheit nachzudenken.

»Ny har rut hotep.« Die seltsamen Worte hallten überlaut in ihrem Kopf. Das konnte nicht sein!

Susanne wollte fragen, aus welchem Grund er hier sei. Doch sie kannte die Antwort, ehe sie die Frage stellen konnte: *Weil sie ihn gerufen hatte ...*

»Er ist nicht wirklich!«, erklärte sie sich mit Nachdruck. »Das ist völlig unmöglich. Du hast eindeutig den Verstand verloren, wenn du jetzt glaubst, er sei real.«

Sie schloss die Augen, aber als sie sie wieder öffnete, saß er immer noch auf ihrem Lieblingsstuhl und lächelte sie an. Er saß einfach nur da und beobachtete sie mit freundlichem Interesse.

Normalerweise hätte sie ihn sofort des Hauses verwiesen. Aber mit dem Befehl ihrer Mutter, die Bücher ihres Vaters zu verbrennen, war etwas Verborgenes in ihr erwacht. Sie wollte nicht, dass er ging.

»Wer ... bist du?«, hauchte sie atemlos. Ihre zerstörte Gesichtshälfte brannte unangenehm, was nur dann geschah, wenn sie aufgeregt war.

»Ich bin *der*, den du gerufen hast«, erwiderte er leise und seine betörende Stimme liebkoste ihre Sinne gleich einer Daunenfeder.

»Dein dunkler Prinz, der dich auf seinem nachtschwarzen Pferd entführen und aus diesem Gefängnis erretten will.«

Bei seinen Worten verspürte Susanne ein plötzliches Schwindelgefühl. Sie musste sich setzen. Ihre Gedanken überschlugen sich.

Manchmal nährte sie in ihrer Fantasie die Existenz eines Gehirntumors, der sie endlich aus ihrem Käfig erlösen würde. Doch diese tödliche Geschwulst, die ihr die ersehnte Freiheit bringen sollte, wucherte nicht in ihr. Jetzt allerdings war sie sich nicht mehr so sicher. Vielleicht gab es doch einen Tumor, der nun Halluzinationen auslöste.

Aber Trugbilder warfen keine Schatten! Sein Schatten zitterte auf den Schranktüren, während er sich erhob und einladend seine Arme ausbreitete.

»Komm zu mir ...«

Susanne starrte ihn völlig konsterniert an und verlor sich zunehmend in seinen sie zärtlich anblickenden, blauen Augen.

Würde auch *er* ihr das Herz brechen? Wie damals ihr Michael, der es nicht einmal den Versuch wert gefunden hatte, um ihre Liebe zu kämpfen. Er hatte einfach das Haus verlassen und war wortlos aus ihrem Leben verschwunden. Würde dieser dunkle Prinz auch kampflos aus ihrem Leben verschwinden?

Nein, das würde er nicht.

Er lächelte amüsiert, so als lese er in ihren Gedanken wie in einem aufgeschlagenen Buch – mit besonders großer Schrift.

Er war nicht zufällig zu ihr gekommen, sondern weil sie es sich *gewünscht* hatte – und *er* würde sie nicht alleine zurücklassen.

»SUUSSSAAANNNEEEE!«

Der durchdringende Schrei bohrte sich durch ihre Gehörgänge in ihren Kopf. Hart, brutal, wie ein stählernes Geschoss – und erneut wallte kurz blanker Hass in ihr auf.

»Wir ... sehen uns morgen.« Zart strich seine Fingerkuppe über ihre Wange.

Hatte ihr Prinz das wirklich gesagt? Sie wandte sich hastig um, aber der Platz, auf dem er gerade noch – so unglaublich attraktiv und charismatisch – gesessen hatte, war nun ... leer. Er konnte nicht real gewesen sein, aber – er hatte sie berührt! Sie hatte seine weiche Hand gespürt, trotz der Maske ...

Sie stellte sich vor, wie er jetzt vor dem Haus auf seinen tänzelnden Rappen stieg und davonritt. Ihr dunkler Prinz. Er würde zurückkehren. Sie wusste es.

»SUUSSSAAANNNEEEEE!«
Sie lief los.

Anklagendes Starren empfing sie, als sie kurz darauf keuchend den Schlafraum ihrer Mutter betrat. Es gab keine Entschuldigung, die ihre Mutter akzeptieren würde. Also schwieg sie und ertrug den vorwurfsvollen Blick. Sie hatte einmal eine Erzählung Edgar Allan Poes gelesen, in der ein Mann als Mordmotiv das starrende Auge des Opfers angab. Sie konnte diesen Mörder verstehen. Was waren schon zornige Worte oder geworfenes Porzellan gegen ein hasserfülltes Starren? Wie gerne hätte sie diese Augen für immer geschlossen ...

Und, verdammt, sie trug immer noch die falsche Maske! Die *alberne* Maske. Die mit den aufgemalten Tränen, die ihre Mutter gerade noch anlässlich des jährlichen Maskenfestes akzeptierte. Zu spät. Sie hatte vergessen, sie abzusetzen. Oder entsprach das seinem Plan?

In diesem Augenblick hoffte sie sehnlich, die Zimmertür hinter ihr würde im nächsten Moment aufgestoßen, ihr dunkler Prinz würde hereinstürmen, sie in seine Arme nehmen und aus diesem Kerker in eine bessere Zukunft entführen. Doch die Tür öffnete sich nicht. Er würde zurückkehren – aber nicht heute ...

»Wo bist du gewesen, junge Dame?« Susanne senkte den Kopf und schwieg.

»Wenn ich dich rufe, erwarte ich dein sofortiges Erscheinen. Was, wenn ich einen Herzinfarkt erleide? Willst du abwarten bis ich gestorben bin?«

Susanne schüttelte den Kopf. »Nein, Mutter.«

Unerwartet meldete sich in ihr die Stimme von *»Miss Liberty«* zu Wort, die – das Banner der Freiheit schwingend – über die Barrikaden des Fatalismus kletterte: *Doch Mutter, genau das würde ich tun!*

»Und nun will ich endlich nach unten!«

Wortlos dirigierte Susanne den Rollstuhl an das Bett und half ihrer Mutter hinein. Dann bugsierte sie das Gefährt in den Flur – und ließ es, ohne anzuhalten, über die oberste Stufe rollen. Sie sah ruhig zu, wie ihre Mutter mit dumpfen Schlägen die Treppe hinunterstürzte und unten in seltsam verrenkter Haltung regungslos liegen blieb. Das Knacken des Genicks hallte ähnlich einem Echo überlaut in Susannes Kopf ...

»Pass doch auf, wohin du fährst!«, riss die befehlsgewohnte Stimme ihrer Mutter Susanne abrupt aus ihrem Tagtraum. Ein Vorderrad des Rollstuhls war der oberen Stufe bedrohlich nahe gekommen. »Worauf wartest du, hilf mir endlich auf den Treppenlift!«

Jeden Tag aufs Neue beförderte sie ihre Mutter gedanklich in den Tod ... aber heute hätte sie beinahe ... sie schauderte bei dem Gedanken.

»Ja, Mutter.«

»Außerdem will ich jetzt sehen, ob du für morgen auch alles richtig vorbereitet hast!«

Susanne zuckte innerlich zusammen. Natürlich würde ihre Mutter irgendein noch so nebensächliches Detail finden, das Susanne übersehen hatte – und es dann ausführlich kritisieren. In all den Jahren fand sich nicht ein einziges Maskenfest, das zu ihrer Zufriedenheit vorbereitet gewesen wäre. Wenn es – allen Befürchtungen ihrer Mutter zum Trotz – doch zur Zufriedenheit aller verlaufen war, dann war es nach Ansicht Mutters sicher nicht Susannes Verdienst gewesen.

Mit einem breiten Gurt sicherte sie ihre Mutter in dem Gefährt, um anschließend den Schalter zu betätigen. Der Motor begann leise zu surren. Mit metallisch knirschendem Geräusch setzen sich die Zahnräder in Bewegung und beförderten den Sessel langsam herab.

Nachdem sie ihre Mutter zu Bett gebracht hatte, lag Susanne in dieser Nacht noch lange wach. Mit weit geöffneten Augen starrte sie in die

Dunkelheit und versuchte, das alljährliche Maskenfest am Geburtstag ihrer Mutter aus ihren Gedanken zu vertreiben. Doch es wollte ihr nicht gelingen.

Das Maskenfest ...

Das ganze Leben sollte eine Theatervorführung sein, dachte Susanne. Aber man musste auf der richtigen Seite der Bühne bleiben. Man zahlte dann für den Eintritt und saß in einem beheizten Zuschauerraum, um mehr oder weniger begnadete Schauspieler dabei zu beobachten, wie sie eine heile Welt darstellten. Amüsante Unterhaltung. War die Vorstellung dann vorüber, ging man zufrieden nach Hause. In dem Glauben, es sei alles in bester Ordnung.

Richtig gruselig würde es erst werden, wenn man am Eingang einen Backstagepass in die Hand gedrückt bekäme. Einfach hinter die Bühne geschubst, würde man inmitten der Kulissen umherirren. Sehen, wie Farbe von den Bühnenbildern abbröckelte, unglückliche Schauspieler sich dem Alkohol ergaben – oder die Messer wetzten, um im Inferno der Intrigen endlich eine bessere Rolle zu ergattern. Und irgendwo in diesem ... Fegefeuer der Verlorenen ... hockte auch noch das unheimliche *Phantom der Oper. Diese* Rolle hatte das Schauspiel des Lebens ... wohl *ihr* zugeteilt.

Höhepunkt jeden Maskenballes war die Demaskierung. Der spannende Augenblick, an dem man das Geheimnis ergründen durfte, *wer* sich hinter der Maske verbarg. Das Maskenfest in ihrem Hause nahm einen anderen Verlauf. Zum einen war angesichts der verwandtschaftlichen Runde eigentlich von vornherein bekannt, *wer* hinter der Maske steckte. Zum anderen hatte ihr ihre Mutter zuvor unmissverständlich befohlen, ihre Maske unter allen Umständen aufzubehalten.

Letzteres war ein Indiz dafür, dass diese Maskenfeste keinesfalls zu *ihrem* Vergnügen veranstaltet wurden, sondern um die anwesenden Verwandten vor ihrem Anblick zu schützen. Die ausgelassene Stimmung sollte nicht beeinträchtigt werden. So lüfteten am Ende alle ihre Masken. Einzig *sie* behielt ihre Maske vor dem Gesicht und hoffte immer wieder, dass ein Familienmitglied sie doch noch auffordern würde, sich zu demaskieren. Doch niemand erfüllte ihr diesen Wunsch.

Susanne hatte übergangslos den Wechsel einer hoffnungsvollen jungen Dame – mit glänzender Zukunft in der besseren Gesellschaft – zu einem hoffnungslosen Fall von »*Gesichtsverlust*« durchlebt, den man am liebsten der Freakshow eines Wanderzirkus überlassen hätte.

Aber *vielleicht* ... würde sich das morgige Maskenfest als nicht so schrecklich wie die letzten entpuppen. Diesmal blieb der Platz neben ihr nicht leer. Ihr dunkler Prinz würde anwesend sein. Sie war nicht mehr allein.

Und mit dem tröstlichen Gedanken an *ihn* versank sie in ihr allnächtliches Alptraumreich.

Nun war es also wieder so weit. Ihre ältere Schwester Stefanie, die sich die Lippen immer zu rot schminkte und genau wusste, dass Susanne gerne vor dem Kamin saß, um dem faszinierenden Spiel der Flammen zuzusehen, flanierte raumgreifend herein. In ihrer bemüht herzlichen Begrüßungsstimme schwang – wie gewöhnlich – ein Hauch Eifersucht, gepaart mit umfassendem Neid auf jeden, der in ihren Augen mehr als sie selbst besaß. Es gab immer jemanden, dessen Kleidung schöner, dessen Haus größer oder dessen Mann erfolgreicher war. Selbst wenn man ihr einstimmig die Krone als »Herrscherin der gesamten Welt« auf das Haupt gesetzt hätte, würde irgendwo doch jemand existieren, den sie beneiden konnte – und sei es ein Außerirdischer in einer weit entfernten Galaxie.

An ihrer Seite ein blasierter Schnauzbartträger, der stets den gequält-angewiderten Gesichtsausdruck eines Mannes zur Schau trug, der eine Kröte verschluckt hatte.

Gefolgt von Susannes schweigsamer Schwester Amanda, deren eingefrorenes Lächeln stets mit Argwohn gepaart daherkam. Hinter dem Rücken jedes Gegenübers argwöhnte sie ein griffbereites Schwert – eine Art *Excalibur* – das ihr jedermann jederzeit gewillt war, in ihr steinernes Herz zu stoßen. Hinter ihr, folgsam wie ein Hündchen, ihr Ehemann – der ehrenwerte Richter Alexander Urban. Sein Gesichtsausdruck glich dem eines verdutzten kleinen Jungen, der sich – erwacht aus jahrelangem Koma – in der realen Welt nicht mehr zurechtfand.

Wahrscheinlich wusste er bis zum heutigen Tage nicht, wie diese kompromittierenden Videoaufzeichnungen über einige sehr ...

intime ... Eskapaden in die Hände von Amanda gelangt sein konnten. Amanda hatte sehr gelacht, als sie ihrer Mutter diese Geschichte während der Hochzeitsvorbereitungen erzählte. Amanda besaß schon sehr früh ein raffiniertes Talent dafür, Geheimnisse zu lüften. Sie verstand es, *alles* zu erfahren und dieses Wissen dann bei passender Gelegenheit geschickt zu ihrem Vorteil einzusetzen.

Susanne war sich sicher: Amanda *musste* es gewusst haben ...

Onkel Heinrich erschien wie in jedem Jahr als *Harlekin*. Susanne hätte ihr armseliges Leben darauf verwettet, dass er in seiner Naivität nicht einmal *ahnte*, dass er tatsächlich das Kostüm eines Oberteufels aus dem 13. Jahrhundert trug, der eine Schar vermummter, Keulen schwingender Dämonen anführte. Und *wie in jedem Jahr* bewunderte er ihr Kleid – das sie allerdings schon seit Jahren trug und, solange es ihr noch passte, auch in den kommenden Jahren tragen würde – und umarmte sie ... länger als nötig. Im weiteren, weinseligen Verlauf des Festes würde der alte Widerling keine Gelegenheit ungenutzt lassen, sie zu betatschen.

Dank ihrer Maske konnte Tante Hedwig sie nicht mehr in die Wange kneifen und bestaunen, wie groß sie doch geworden sei. Stattdessen taxierte sie Susanne mit einem abschätzenden Blick, der konsequent das Gesicht aussparte. So, als begutachtete sie erstaunt einen Rinderbraten, den ein Metzger mit merkwürdigem Sinn für Humor, in ein Kleid gesteckt hatte.

Nichts bot in den Augen der Tante einen traurigeren Anblick als eine unverheiratete Frau. Ausgenommen vielleicht eine unverheiratete Frau mit einer Gesichtshälfte wie ein Pfund Rinderhackfleisch.

Susanne lächelte tapfer, auch wenn es niemand unter ihrer Maske sehen konnte.

Die Zeit verrann. Während sie den Gästen Bowle servierte, blickte sie immer wieder beunruhigt zur Uhr mit den unbarmherzig vorwärts rückenden Zeigern. Sie wartete ungeduldig. Würde er womöglich ... doch nicht kommen?

Sie schalt sich eine Närrin. Hatte sie nicht schon genug *eigene* Probleme, um sich nun auch noch Gedanken über einen Mann zu machen, der vermutlich nicht einmal existierte? Doch das kleine Mädchen tief in ihrem Inneren wünschte sich *so sehr*, dass es ihn wirklich gab.

Und dann betrat er den Raum und sie wurde fast ohnmächtig vor Freude. Er trug ebenfalls eine Maske – und dafür liebte sie ihn. Aber es war eine besondere Maske. Irgendwie beweglich. Eine, mit der er lächeln konnte. Und nun ... lächelte er.

Er griff nach ihrer Hand und drückte galant seine Lippen darauf. Die sanfte Berührung durchzuckte sie wie ein heftiger Stromschlag. Sie hatte das unwirkliche Gefühl, endlich aus einem langen Schlaf erwacht zu sein. Die schlafende Prinzessin. Erweckt durch einen Kuss ihres dunklen Prinzen.

»Tanzen wir!«, sagte er. Sie zuckte zurück und blickte sich erschrocken um.

»Ich kann nicht tanzen«, flüsterte sie panisch. Doch er nahm sie einfach in die Arme.

Diese dunkle Präsenz, die sie in diese Welt geholt hatte, begann außer Kontrolle zu geraten. Und Susanne *wollte*, dass sie außer Kontrolle geriet. Dies war ihre »Büchse der Pandora«. Er hatte dieses unheilvolle Gefäß geöffnet – und nun beobachtete sie gleichsam fasziniert und entsetzt, wie die Gespenster ihrer Vergangenheit entwichen.

Dunkel erinnerte sie sich, irgendwann vor einer Apotheke gestanden zu haben. Aber was hatte sie dort gekauft? Susanne wusste es nicht mehr.

Sie wollte auch gar nicht darüber nachdenken, denn sie tanzte jetzt mit dem Mann ihrer Träume.

Und was war mit ... der Bowle? Auch das blieb ein schwarzer Fleck in ihrer Erinnerung. Sie tanzte. Längst war sie aus den roten Schuhen geschlüpft. Doch die Sohlen ihrer bloßen Füße berührten kaum den Boden. Sie schwebte.

Entschlossen legte ihr Prinz seine Hände um ihre Taille und wirbelte sie im Kreis herum. Sie kicherte und erwartete eine gezischte Zurechtweisung ihrer Mutter, doch die saß regungslos auf ihrem Stuhl.

Neben ihr der *Harlekin*, dessen Kinn nunmehr auf die Brust gesunken war. Sie tanzte an ihnen vorbei. An ihrer Tante, ihren Schwestern, deren Ehemännern. Und niemand nahm Anstoß an ihrer Freude, niemand ließ eine gehässige Bemerkung fallen!

Die Standuhr schlug zwölf, als sie sich schließlich erhitzt und ermattet in einen der großen Sessel fallen ließ. Mitternacht. Die Zeit der Demaskierung. Ihr Prinz lachte.
»Nimm deine Maske ab!«
Sie griff danach, um sie abzunehmen. Doch sie war nicht mehr da ...
Keine harten Porzellanränder, die sie hätte greifen können. Ihre Maske schien mit der Haut verschmolzen zu sein, nein, sie war zu einer Art *neuer Haut* geworden.
Für die Dauer eines Augenblicks geriet Susanne in Panik, dann aber lächelte sie und ihr neues Gesicht lächelte mit ihr. Sie griff erneut nach dem, was vorher eine Maske gewesen war, doch diesmal streichelte sie es sanft und konnte die eigene Berührung deutlich spüren. Das Glücksgefühl, das sie durchströmte, war ... unbeschreiblich. Sie warf die Arme in die Höhe und lachte vor Freude bis ihr Tränen über das neue Gesicht rannen.
»Es ist nun Zeit für uns zu gehen«, flüsterte ihr dunkler Prinz und sie folgte ihm lachend ins Freie.

Er stieg auf sein Pferd und reichte ihr die Hand, um ihr hinaufzuhelfen. Als sie hinter ihm saß, tauchte ein quälender Gedanke an ein früheres Leben auf und verflüchtigte sich umgehend wieder. Wie der Halleyische Komet, der in langen Zeitabständen am Himmel auftauchte – und dann für sehr lange Zeit wieder verschwand. Sie war ... frei.
Das schwarze Pferd fiel in einen leichten Galopp – und *sie* schmiegte sich an ihren Retter. Endlich *frei* ...

»*Was zum Teufel* ist hier passiert?«, fragte Kriminalhauptkommissar Vollendorf und kratzte sich am Kopf. Er stand ratlos vor sieben Leichensäcken.
»Ist das so ein ... *Manson*–Ding?«
Dirk Böhringer, der Chefpathologe, schüttelte nachdenklich den Kopf. »Sieht nicht so aus. Eher eine Familientragödie. Nach ersten

Erkenntnissen sind die hier alle verwandt oder verschwägert. Ich will der Autopsie nicht vorgreifen, aber es sieht nach Vergiftung aus.«

»Und die jüngste Tochter ist verschwunden ...« ergänzte Kommissar Schröder, der sich gerade, mit einem Folianten in der Hand, zu den beiden gesellte.

»Na, dann ist ja alles klar«, sagte Vollendorf und zuckte bedeutungsvoll die Achseln. »Schreiben Sie die Fahndung nach dem Mädchen aus, Schröder.«

Der Angesprochene blickte seinen Vorgesetzten skeptisch an.

»Die Nachbarn haben Hufgetrappel gehört, das sich vom Haus entfernt hat.«

»Ein *Pferd* zur Flucht?«, fragte Vollendorf überrascht. »Na, *damit* wird sie nicht weit kommen.«

Schröder warf einen zweifelnden Blick auf das schwere Buch in seiner Hand.

»Da wäre ich mir nicht so sicher ...«, murmelte er skeptisch und zückte sein Handy, um der Dienststelle eine Beschreibung der Gesuchten zu übermitteln.

BESESSEN

Luisa Meißner

Grimmig lauschte Bakari auf das Wehklagen der Frauen, das sich überall im Dorf erhob. »Wir müssen etwas unternehmen«, knurrte er, »erst zerfleischt etwas all die Tiere, die wir jagen müssen, um zu überleben, und nun trifft es sogar unsere Stammesmitglieder. Das war jetzt schon das vierte Mal. Niako war noch ein Kind, verflucht!« Wütend trat er einen Kiesel über den ausgedörrten Boden.

Makwetu blieb von seinem Auftreten unbeeindruckt, seine Augen waren in die Ferne gerichtet und er schien vollkommen ruhig. »Mäßige dich, Bakari«, wies er den jungen Krieger zurecht. »Mit Zorn im Herzen wirst du keine Lösung finden. Es ist wichtig, dass wir vorsichtig und bedacht vorgehen. Wir müssen wissen, wogegen wir kämpfen, wenn wir eine Chance auf den Sieg haben wollen.«

»Ich soll mich mäßigen? Ein Kind wurde getötet, regelrecht in der Luft zerrissen, als wäre es nicht mehr wert als ein Haufen Hyänenkot, und wir haben keinen blassen Schimmer, was für ein grausames Wesen diese barbarische Tat begangen hat. Gerade dich als Stammesführer sollte das erreichen, du musst uns führen, wenn wir etwas unternehmen!«

»Wir werden erst handeln, wenn das Risiko niedrig genug ist oder wir zumindest unseren Gegner kennen. Wenn wir einfach kopflos handeln, können wir uns ebenso gut den Löwen zum Fraß vorwerfen.«

Bakari ballte die Hände zu Fäusten, bevor er sich wortlos umdrehte und davonstapfte. Makwetu blickte ihm seufzend nach, bevor er sich zu seiner Hütte begab. Seine Frau war bei der Mutter des getöteten Niako, sein eigener Sohn Teru mit einigen Stammesbrüdern auf der Jagd. Er war allein mit seinen Sorgen.

Angespannt setzte er sich auf einen der kleinen Hocker und kniff die Augenbrauen zusammen. Ein Zucken lief über seine Arme.

»*Ruhe!*«, grollte er in Gedanken.

Das Bewusstsein des wirklichen Makwetus kämpfte darum, ans Licht zu treten. Wieder einmal hatte er mitverfolgen müssen, wie seinem Stamm vorgegaukelt wurde, er sei es, der so handele. Sie wussten nichts von der Macht, die ihn unterdrückte und zum Gefangenen in seinem eigenen Körper machte. »*Kifafa!*«, schrie er auf Suaheli das Wort für Dämon, doch nur dieser selbst konnte seine Worte vernehmen, nach außen drang nichts.

Erneut sandte sein Unterdrücker eine Welle dunkler Energie aus, die Makwetus Geist wie eine brennende, schmerzerzeugende Wolke traf. Gleichzeitig spürte er die Präsenz der Maske wie ein Leuchtfeuer, ihre Anwesenheit glich einem bedrohlich glühenden Brenneisen. Die Maske des Stammesführers. Die Maske, die ihm zum Verhängnis geworden war. Gequält wand sich seine Seele, schrie ihre Qual hinaus, während sein Körper immer noch nur mit leichtem Zucken auf seine Qualen reagierte. Der Dämon hatte die Kontrolle darüber übernommen.

»*Warum wir, warum Mitglieder unseres Stammes? Warum ausgerechnet ein Kind?*«, kämpfte der Mann weiterhin gegen seinen Widersacher an. Er hatte es die letzten Nächte über geschafft, jedes Mal für einen Moment die Kontrolle zurückzuerlangen und den Dämon kurz beiseite zu drängen, doch zu spät, ach, jedes Mal zu spät.

»Das weißt du genau.« Der Dämon flüsterte die Antwort mit Makwetus Stimme, doch das Grollen seiner wahren Natur schwang jetzt unüberhörbar darin mit.

Ja, der Stammesführer wusste es. Er erinnerte sich an die Krieger, die im Gebiet seines Dorfes aufgetaucht waren, ihre Jagden verdorben und ihnen die Nahrung gestohlen hatten. Außerdem hatten sie ein Auge auf die Frauen seiner Stammesbrüder geworfen, also hatte er einen Angriff auf die seltsamen, fremdartigen Männer geführt. Der Mut seiner Krieger und der Überraschungseffekt hatten zu einem überragenden Sieg geführt, doch der Preis dafür war höher gewesen, als sie befürchtet hatten – und niemand sonst im Dorf ahnte es auch nur.

Lediglich zwei ihrer eigenen Krieger hatten sie verloren, voller Stolz hatten sie die Statusgegenstände der besiegten Fremden heimgebracht und nutzten sie nun als Zeichen ihres Sieges. Die Masken, die sie erbeutet hatten, trugen sie zu Ritualen, die Speere hingen in den Hütten und erinnerten an den glorreichen Kampf.

Dass die Krieger mit dunklen Kräften im Bunde waren, ihr Schamane den Kampf vorausgesehen und aus den darin gefallenen Seelen einen Dämon erschaffen hatte, hatten sie nicht gewusst.

Makwetus Erinnerungen verschwammen. Die Wellen dunkler Energie erdrückten ihn schier, und er versank in unsäglichen Qualen.

»Oh nein, nicht noch einmal!«, schrie der Stammesführer innerlich auf, als der Dämon seinen Körper in der Nacht wieder durch das Dorf lenkte. Sein Unterdrücker kümmerte sich überhaupt nicht um den Protest, er war auf der Pirsch.

Hilflos musste Makwetu mit ansehen, wie er das Dorf verließ und auf eine Felsformation zusteuerte, wo der Stammesführer einen Wachposten aufgestellt wusste. Verzweiflung erfüllte seinen Geist.

Vier Mal hatte er die grauenvollen Taten des Dämons miterleben müssen. Jedes Mal hatte er versucht, den Tod eines Dorfmitglieds abzuwenden, war jedoch gescheitert. Einen Bruder, zwei Schwestern und ein Kind seines Stammes hatte er sterben sehen – heute würde ein fünfter Mensch dazukommen, wenn kein Wunder geschah.

Nun konnte auch er durch seine eigenen Augen, die seinem Willen jedoch nicht länger gehorchten, den Schemen des Kriegers auf den Felsen sehen. Er musste noch sehr jung sein, er war nicht so groß wie die älteren Stammesbrüder. Makwetu hätte alles dafür gegeben, sich in diesem Moment der Kontrolle des Dämons entziehen und in seine Hütte zurückkehren zu können.

Der Wachposten entdeckte nun die Bewegung unter sich. »Makwetu!«, grüßte er den Stammesführer respektvoll und hob die Hand zum Gruß. Als keine Antwort kam, legte er irritiert den Kopf schief und sprang auf einen niedrigeren Felsen. »Ist alles in Ordnung?«

Der Stammesführer wusste, dass der Dämon nicht antworten konnte, er war zu sehr im Jagdrausch gefangen, um seine wahre Natur mit der fremden Stimme zu verbergen, und es war noch zu früh, sich dem erwählten Opfer zu erkennen zu geben. *»Lauf, lauf weg!«*, schrie die Seele des Gefangenen, doch wieder drang sie nicht nach außen. Stattdessen sprang der junge Krieger noch weiter von den Felsen herab, als der Dämon den von ihm besetzten Körper Makwetus in die Knie zwang.

»Makwetu? Makwetu, was hast du?«

Ein wildes Grollen war die Reaktion auf seine Frage. Der junge Mann zuckte zurück und machte einen Schritt rückwärts. »Was ...«

Entsetzt wollte der Geist des Stammesführers den Blick abwenden, doch er hatte keine Kontrolle darüber, was er sah und was nicht. Er kannte diesen Krieger, wie er jedes Mitglied des Stammes kannte, er hatte ihn aufwachsen und zum Mann heranreifen sehen. Nun musste er machtlos beobachten, wie sein Unterdrücker dieses junge Leben auslöschte.

Die Welt schien sich zu verdunkeln, als der Dämon teilweise aus Makwetus Körper heraustrat, die Verbindung jedoch keinen Moment schwächer werden oder gar abbrechen ließ. Schwarz und durchscheinend schimmerte sein Oberkörper im schwachen Mondlicht, nur seine Augen leuchteten glutrot, ebenso wie seine langen, messerscharfen Klauen und die vielen spitzen Zähne unheilverkündend aufblitzten. Das Wesen stieß ein tiefes, blutlüsternes Schnauben aus.

Der junge Krieger war zu geschockt und entsetzt, um zu schreien oder in irgendeiner anderen Form zu reagieren. Der Dämon schnellte vor und holte mit seinen langen Krallenfingern aus. Obwohl dieser Schattenkörper nur aus Dunst zu bestehen schien, durchdrangen die Klauen den Körper des Mannes mühelos und hinterließen lange, klaffende Wunden.

Leise stöhnend krächzte der Krieger im Sterben ein Wort, ein einziges nur. »Kifafa.« Dann stürzte der Dämon sich erneut auf ihn und zerfetzte seinen Leib, als sei er ein verdorrtes Blatt. Anschließend ließ er die zerrissene Leiche fallen, grunzte dunkel als Zeichen seiner vorerst befriedigten Mordlust und zog sich dann in Makwetus Körper zurück. Das Blut, das von den Klauen tropfte, hinterließ keinerlei Spuren an den Kleidern des Stammesführers, ebenso wenig das Einfließen des Dämonenkörpers in seinen Leib.

Er wollte nichts mehr hören und sehen müssen. Seine Augen konnte er zwar nicht mehr selbst steuern, doch als er in resignierte Apathie verfiel, verblassten die grauenvollen Bilder um ihn herum.

Den ganzen darauffolgenden Tag zog Makwetu sich in diese Teilnahmslosigkeit zurück, ebenso die nächsten Wechsel von Sonne und Mond, er verschloss sich vor den zwei weiteren nächtlichen Todeszügen des Dämons. Die Trauer um die ermordeten

Stammesbrüder und die Tatsache, dass er die Morde nicht hatte verhindern können, hätten ihn andernfalls in den Wahnsinn getrieben.

Erst in der dritten Nacht regte sich wieder etwas in ihm, ein Gefühl der Beunruhigung, und er erwachte aus einer regelrechten Geistesstarre und konzentrierte sich wieder auf das Bild, welches der Dämon und er sahen. Er befand sich noch in der Hütte des Stammesführers, seiner Hütte. Was sollte das, wieso lenkte der Dämon seinen Körper nicht direkt nach draußen?

Wie als Antwort auf die stumm gestellte Frage, spürte er den Blutdurst des Dämons aufflammen. Er musste sein nächstes Opfer bereits erwählt haben, dennoch verließ er die Hütte nicht.

Makwetus Gedanken schienen augenblicklich zu erstarren. Fast schon sanft schlich sein Unterdrücker auf die spärlich ausgepolsterten Säcke zu, die Makwetus Familie als Betten dienten, und beugte sich vor zu Teru, dem Sohn des Stammesführers. Der Junge schlief selig und ahnungslos, wie sollte er auch um die Gefahr wissen, in der er schwebte.

Teru! Teru hatte der Dämon sich als nächstes Opfer erwählt!

Wut und Verzweiflung explodierten in Makwetus Geist. Mit einem stummen Schrei rammte er die dunklen Mauern, die ihn im Inneren seines Körpers einsperrten. Ob es daran lag, dass der Dämon durch seine Jagd abgelenkt war, oder der Stammesführer in seiner bodenlosen Verzweiflung gewaltige Kräfte freisetzte, jedenfalls erlangte Makwetu schlagartig die Kontrolle über seinen Körper zurück. Ein Schrei entrang sich seinem Mund, hysterisch und mit der Macht der Verzweiflung ausgestoßen, und er griff nach einem Gefäß aus dem Regal. Sein Sohn und seine Frau fuhren erschrocken auf, doch als er den Gegenstand gegen die Maske schleuderte, konnte er ihre Reaktion darauf nicht mehr sehen. Der Dämon erhob sich mit einem zornigen, tobenden Brüllen in ihm und katapultierte ihn ins Nichts.

»Es ist alles bereit für das Ritual, wie befohlen.«

Bakaris Stimme riss Makwetus Geist aus der Dunkelheit. Ihm war bewusst, dass er nur wieder sehen konnte, weil der Dämon es wollte, und er war sich alles andere als sicher, ob er überhaupt erfahren wollte, was geschehen war.

Als der Dämon den Blick für ihn schweifen ließ, bemerkte der Stammesführer, dass es Abend war. Sie befanden sich im Dorf, Makwetus Peiniger lenkte dessen Körper gerade zum Platz in der Mitte des Dorfes, wo ein großes Feuer brannte. Die Männer des Dorfes standen drum herum, während die Frauen stumm zwischen den Häusern saßen. Was ging hier vor sich?

Die Männer hielten Masken in den Händen, es roch nach den Kräutern der Rituale. Bakari trat vor die Männer, bedeutete ihnen zu schweigen, und wandte sich an seinen Stammesführer. »Wir sind so weit, das Ritual durchzuführen und die Gnade der Götter zu erflehen. Leite uns, wie es Tradition ist.«

Makwetus Verwirrung wuchs. Ein Ritual? Sollte der Dämon wirklich dafür gesorgt haben, dass die Dorfbewohner zu ihren Göttern beteten? Wieso?

Im nächsten Moment, als er die Masken der Männer erkannte, wurde ihm schlagartig alles klar. Es waren jene, die sie beim Kampf gegen den feindlichen Kriegerstamm erbeutet hatten. Keiner der Männer schien beeinflusst oder ebenfalls besessen – doch dann hielt Bakari ihm die Maske entgegen. Die Maske. Groß und grimmig sah sie aus, und hätte er geahnt, welches Unglück sie über sein Dorf bringen würde, hätte er sie niemals mitgebracht.

Verzweifelt schrie und tobte er, brüllte seinen Stammesbrüdern Warnungen zu, doch es war sinnlos. Zielgerichtet lotste der Dämon den von ihm besetzten Körper vorwärts, hob die Arme und griff nach der Maske. Makwetu stöhnte, als sie seine Finger berührte und dunkle, quälende Mächte ihn durchfuhren wie Blitze. »Nein, nein ...«, wimmerte er und versuchte, Gebete an die Götter zu richten, doch es nützte nichts.

»Es wird ein Opfer gebracht werden«, kündigte der Dämon mit der Stimme des Stammesführers an, hob die Maske hoch, sodass sie von den Flammen in flackerndes Licht getaucht wurde, und setzte sie dann Makwetu auf.

In dem Moment, in dem die Maske sein Gesicht berührte, schien die Welt in lodernden Flammen aufzugehen. Makwetu schrie, als alle Kraftreserven des Dämons wieder an diesen übergingen und seinen Körper von innen zu verätzen schienen. Höhnisches Gelächter und schauriges Heulen erklangen von allen Seiten, umgaben ihn und zerrissen ihn innerlich. Er war wieder Herr seiner selbst, und doch war sein Leben verwirkt. Er sah seine Frau und seinen Sohn am Rande der Menge stehen, sah all seine Stammesbrüder und –schwestern mit schreckgeweiteten, verängstigten Augen zu ihm blicken, doch ihn durchflutete keine Erleichterung beim Anblick der Überlebenden. Stattdessen schien dunkler, allesverzehrender Schmerz durch seine Adern zu kriechen und seinen Körper zu verbrennen.

Dann spürte er, wie der Dämon seinen Körper verließ, in die Maske zurückkehrte und nur Zerstörung hinterließ. Der Schrei des Stammesführers brach ab, als die Höllenqualen seinem Leben ein Ende setzten.

Einige Tage waren seit Makwetus qualvollem Tod vergangen, Teru hatte sie nicht zählen wollen. Er hätte sich auch sicher nicht darauf konzentrieren können.

Viel war in dieser kurzen Zeit geschehen, und doch war es dem jungen Krieger wie eine langsame, zäh dahinfließende Ewigkeit vorgekommen. Immer wieder überfielen ihn die Bilder, wie sein Vater nachts in der Hütte plötzlich wild geworden war, wie er ihnen am nächsten Tag erklärt hatte, er habe ein Zeichen und einen Blick in die Zukunft erhalten und dass sie ein Gebetsritual abhalten müssten. Zur Zeremonie selbst war es nicht mehr gekommen, nachdem er zusammengebrochen war.

Sein Todeskampf hatte den Sohn erschüttert, geängstigt, entsetzt. Makwetus Augen waren hervorgequollen, er hatte offensichtlich Qualen gelitten, doch sein letzter Satz, dass ein Opfer gebracht werden müsse, hatte die Dorfbewohner den Tod, wenn sie ihn auch beklagten, akzeptieren lassen.

Teru war bereit. Er war Makwetus Sohn, folglich gebührte es ihm, der nächste Stammesführer zu werden, und war er auch noch so jung und unerfahren. Berater würden ihm zur Seite stehen, doch dem jungen Krieger wäre es lieber gewesen, wenn sein Vater noch die Führerschaft gehabt hätte. Dennoch würde er das Amt annehmen, in Ehre und voller Verantwortungsbewusstsein – für ihn, als Andenken an seinen Vater, in Fortführung seiner immerwährenden Weisheit.

Teru vertrieb alle Emotionen aus seinem Gesicht, trat zwischen den räuchernden Fackeln hindurch, die zum Platz in der Mitte des Dorfes führten, und leistete seinen Schwur. Dann griff er nach der Maske, die sein Vater erbeutet hatte. Ein Kribbeln durchlief seine Finger, kurz meinte er, leise Schreie an seine Ohren dringen zu hören. Dann wies er sich still selbst zurecht, überwand sich, für seinen Vater, und setzte die Maske auf.

CARMESÍ

Sabrina Železný

Die Nacht war außergewöhnlich warm; der Duft der Orangenblüten lag wie ein schwerer Schleier über der Stadt. Normalerweise liebte Raquel die bedrückende Süße, atmete sie gern in tiefen Zügen ein. Doch in dieser Nacht war es anders als sonst.

Raquel umklammerte die steinerne Balkonbrüstung, beugte sich vor und lauschte beklommen auf den Widerhall der fernen Trommeln. Ihr eigenes Herz schien im selben Takt zu schlagen, mit der gleichen Heftigkeit. Aber es war auch Karwoche, *Semana Santa*. Nichts und niemand in ganz Sevilla konnte sich der Macht der Prozessionen entziehen, die sich in diesen Tagen ihren Weg durch die engen Gassen suchten, im Gleichschritt zum Trommelschlag, Spuren aus Weihrauch und Wachs.

Zwei *Nazarenos* huschten über die Straße unter dem Balkon, und Raquels Herz machte einen erschrockenen Satz. Ob einer der beiden ...? Sie beugte sich noch ein wenig weiter vor, auch wenn sie wusste, dass die übliche Tracht der *Nazarenos* ihr wenig Möglichkeiten ließ, irgendetwas Genaueres erkennen zu können: lange Tuniken, spitze Kapuzen, deren Stoff das Gesicht der Träger verdeckte. Immerhin, das tiefe Schwarz der Kleidung wies darauf hin, dass es sich um die richtige Bruderschaft handelte, und für einen Augenblick loderte Hoffnung in Raquel auf. Doch die beiden Gestalten liefen weiter, ohne den Blick zu heben, verschmolzen mit der Dunkelheit, die jenseits des matten Lichtkreises der Straßenlaterne die Gasse beherrschte.

Raquel trat von der Brüstung zurück und unterdrückte ein Seufzen. Sie hatte keine Ahnung, wie spät es wirklich war. In ihrer Beklommenheit hatte sie kaum auf das bronzene Glockendröhnen der *Giralda* geachtet, das der Nachtwind zu ihr herübergetragen hatte.

Raquel hörte, wie Knöchel nachdrücklich auf Holz pochten, schnappte nach Luft und stürzte zurück an die Brüstung. Ein dunkler Schatten an der Tür. Ein *Nazareno*.

»Baltazar?« Sie hauchte es nur und wusste, dass sie keine Antwort bekommen würde, wenn sie sich irrte.

Der *Nazareno* hob den Kopf und nickte.

Einen Moment lang blieb Raquel auf dem Balkon stehen und kämpfte gegen das Schwindelgefühl der Erleichterung an, das in ihr aufstieg. Dann hastete sie nach drinnen, stolperte fast auf der schmalen Treppe und schob mit hämmerndem Herzen den Riegel an der Haustür beiseite. Nur ganz kurz dachte sie daran, dass sie teuer dafür bezahlen würde, wenn sich unter der Maske aus schwarzem Stoff doch nicht Baltazar verbarg.

»Raquel!« Er drängte sich herein, kaum dass die Tür einen Spalt geöffnet war, drückte sie mit einer Hand hinter sich wieder zu und schob sich mit der anderen die Kapuze aus dem Gesicht.

Das Schluchzen brannte in Raquels Kehle. »Ich hatte solche Angst, dass du nicht kommen könntest!«

Baltazar zog sie in seine Arme. Sie presste das Gesicht an den rauen Stoff, atmete eine Ahnung von Weihrauch ein und spürte Baltazars Herzklopfen so deutlich und aufgeregt wie ihr eigenes. »Ich war in Sorge, seit ich deine Nachricht erhalten habe«, flüsterte er warm an ihrem Ohr, »aber ich konnte nicht schneller kommen, verzeih.«

»Jetzt bist du ja da.« Raquel schluckte. Für einen Augenblick genoss sie noch den Schutz von Baltazars Umarmung, dann löste sie sich von ihm und sah ihm in die Augen. »Baltazar, ich habe Angst. Was ist, wenn sie noch heute Nacht kommen? Wenn sie ausnutzen, dass die ganze Stadt bei den Prozessionen ist?«

Baltazar strich ihr eine Haarsträhne aus dem Gesicht und seufzte. »Wir hätten ahnen müssen, dass das früher oder später passieren würde.« Er klang schuldbewusst, und Raquel schlug die Augen nieder. Er hatte Recht, und sie selbst hätte es ebenfalls ahnen müssen. Die Zeichen waren so eindeutig gewesen. Einerseits die Blicke des Inquisitors, wenn Raquel ihn am Sonntag in der Kathedrale gesehen hatte: Blicke wie tastende Hände, die auch durch Stoff drangen und Raquel von der eigentlichen Predigt ablenkten. Andererseits aber das, was um sie herum im Viertel passierte. *Santa Cruz* war lange Zeit ein jüdisches Viertel gewesen, und in den Augen vieler blieb es das auch jetzt noch, nachdem so viele Familien zum Christentum übergetreten waren. Aber ganz Sevilla wisperte sich wilde Geschichten über den Wohlstand zu, der hinter den alten Häusermauern in *Santa Cruz* blühte; Geschichten, die Raquel selbst oft genug im Vorübergehen gehört hatte, weil das Flüstern dafür ganz eindeutig laut genug sein wollte.

Baltazar schien ihre Gedanken zu erraten. »Es ist ein offenes Geheimnis, dass die Männer der Inquisition ihr Augenmerk auf die wohlhabenden Familien richten, Raquel. Es ist doch kein Zufall, dass vor allem jene der Ketzerei angeklagt werden, bei denen es am meisten zu konfiszieren gibt. Und deine Mutter war Jüdin.«

Raquel nickte. All das hatte sie selbst schon durchschaut. »Baltazar, was soll ich tun? Ich kann hier doch nicht bleiben!« Sie dachte an die Blicke des Inquisitors, und ein kalter Schauer überlief sie. Dieser Mann hatte längst nicht nur Raquels Besitz im Auge, soviel war sicher.

»Nein, das kannst du nicht«, stimmte Baltazar zu und fasste nach ihren Schultern. »Hör zu. Ich habe einen Plan. Wir werden Sevilla verlassen, so schnell es geht.«

Raquel schlug sich die Hand vor den Mund. »Und das heißt?«

»Wir brechen bei Morgengrauen auf, sobald die Prozession vorbei ist.«

Sie riss sich los und starrte ihn fassungslos an. »Das kann ich nicht glauben! Du willst trotz allem an der Prozession teilnehmen? Baltazar, sie werden mich geholt haben, ehe du zurück bist! Wo soll ich mich verstecken?« Ihre Gedanken rasten. Ja, sie hatte darauf gehofft, dass er eine gemeinsame Flucht vorschlagen werde – es war die einzige Möglichkeit, um den Fängen der Inquisition zu entgehen, das wussten sie beide. Raquel hatte auch damit gerechnet, dass Baltazars Pflichtbewusstsein ihm die Entscheidung nicht leicht machen würde. Doch dass er wahrhaftig seine Verantwortung gegenüber der Bruderschaft so ernst nahm ... Raquel schluckte. Sicher, es war die Nacht auf den Karfreitag, die einzige Nacht der Karwoche, die bis zur Morgendämmerung – *madrugá* – mit Trommelschlag und Weihrauchduft erfüllt sein würde. Und Baltazars Bruderschaft war nicht irgendeine. Aber dennoch ...

»Wo du dich verstecken sollst? Das wirst du gleich verstehen.« Baltazar blieb völlig ruhig, und mit einem Mal erschien das jungenhafte Lächeln auf seinem Gesicht, das Raquel so sehr liebte. Gleichzeitig streckte er ihr etwas entgegen, und erst jetzt bemerkte sie, dass er die ganze Zeit ein Bündel mit sich getragen hatte.

»Was ist das?«

»Mach es auf.« Er lehnte sich gegen die Holztür und wirkte weiterhin sehr entspannt und vergnügt. Verwirrung brandete in Raquel auf, während sie an den Schnüren zog, die das Bündel zusammenhielten. Schwarzer, rauer Stoff unter ihren Fingern, der sich langsam entfaltete. Raquel runzelte die Stirn – und begriff schlagartig.

»Das ist ein Büßergewand ...«

Baltazar stieß sich von der Tür ab und trat auf Raquel zu. »Es gibt keinen Ort, an dem du sicherer wärst als in den Reihen der Bruderschaft. Der Inquisitor wird dich dort nicht finden können. Er wird die Straßen vergeblich nach deiner Spur absuchen – vielleicht auch dein und mein Haus. Aber du wirst verschwunden sein.«

Raquel krampfte die Finger fester um die schwarze Tunika. »Ich kann doch nicht einfach ...«

»Doch, du kannst. Niemand wird etwas bemerken, Raquel. Du weißt, dass wir während der Prozession unser Schweigegelübde halten. Und die Inquisition wird nicht so weit gehen, eine ganze Bruderschaft auf bloßen Verdacht hin zu verhaften. Dann hätten wir die Stadt auf unserer Seite.«

Raquel holte tief Luft. »Aber wenn wir nach der Prozession ...«

»Auch daran habe ich gedacht. Bei Morgengrauen wird eine Kutsche für uns bereitstehen. Behalt mich im Auge, Raquel, und wenn die Prozession sich auflöst, folge mir. Kein Wort – das Schweigen ist unser bester Schutz. Die Bruderschaft wird sich in alle Richtungen zerstreuen, und die Inquisition wird nicht allen auf einmal folgen können, selbst, wenn sie es wollte!« Seine Augen leuchteten, und Raquel spürte, wie langsam der Druck von ihrer Brust wich. Baltazar hatte Recht. Es war vollkommen wahnwitzig, aber es war eine Chance. Sie würde nichts mitnehmen können, doch sie hatte die Aussicht, mit dem nackten Leben davonzukommen. Und je mehr die Inquisition in Raquels verlassenem Haus zu schnüffeln fand, desto weniger Grund hatte der Inquisitor, seine Beute weiter verfolgen zu lassen.

Mit zitternden Fingern schlüpfte Raquel in das schwarze Gewand. Baltazar half ihr dabei, zupfte Tunika und Kapuze zurecht. Der Stoff legte sich über Raquels Gesicht, und sie betrachtete die Welt durch die beiden Augenlöcher wie aus einer geheimen Höhle. Sie war nicht länger Raquel, das Mädchen aus *Santa Cruz*. Sie war ein *Nazareno*.

»Was soll das heißen – verschwunden?« Der Inquisitor von Sevilla beugte sich vor, beide Hände auf den massiven Holzschreibtisch gestemmt, und fixierte den Mann, der sich vor Unbehagen sichtbar wand.

»Es tut mir leid, Exzellenz! Wir haben ... wir haben das Haus durchsucht, aber von dem Mädchen fehlt jede Spur, so wahr mir Gott helfe!«

Der Inquisitor schüttelte ganz langsam den Kopf. »Ganz Sevilla weiß, dass sie das Täubchen von Baltazar Monteagudo ist.«

»Auch dort waren wir, Exzellenz! Das Haus der Monteagudos ist wie ausgestorben. Die ganze Familie ausgeschwärmt, um an den Prozessionen teilzunehmen, scheint mir.«

Das Gesicht des Inquisitors blieb ausdruckslos. »Ihr unfähigen Narren. Du darfst dich entfernen.«

Er wartete die gestammelte Abschiedsformel gar nicht ab, sondern wandte sich den hohen Fenstern zu. Tagsüber hatte er von hier freien Blick bis zur *Giralda*, dem maurischen Glockenturm der Kathedrale. Aber jetzt lag nur Finsternis hinter den kalten Glasscheiben.

Im Inneren des Inquisitors tobte ein Sturm der Empörung. Alles war perfekt geplant gewesen. Die Nacht auf den Karfreitag, wenn ganz Sevilla für nichts anderes Sinn hatte als für seine Prozessionen, war der ideale Moment für den Zugriff gewesen: Kaum jemand hätte es mitbekommen, und das verschüchterte Mädchen hätte die Aussichtslosigkeit seiner Lage besser als jemals sonst begriffen. Doch nun war es verschwunden. Der Inquisitor ballte die Fäuste. Sie hatte von der Sache Wind bekommen, soviel stand fest, wie auch immer das zugegangen sein mochte. Und seine Schergen waren zu nichts zu gebrauchen. Konnte es sein, dass das Mädchen die Stadt verlassen wollte? Ohne ihren Geliebten? Es passte alles nicht recht zusammen. Fest stand, dass nur wenig Hoffnung blieb, sie im Getümmel wiederzufinden. Wenn sie wirklich floh, würde er ihren Besitz konfiszieren und so zumindest eine kleine Genugtuung haben. Aber das war es nicht, was er eigentlich gewollt hatte.

»Es gibt Mittel und Wege«, raunte er seinem Spiegelbild in der dunklen Scheibe zu. »Mittel und Wege.«

Abrupt drehte der Inquisitor sich um und tastete nach dem Ring mit dem tiefroten Granat, den er immer trug. Ein Lächeln huschte über seine Lippen, als er an den Kamin trat, den Ring in die wärmende Nähe der Flammen brachte und mit dem Zeigefinger über den Stein rieb.

Die Flammen begannen, hektisch zu prasseln, als mache die Nähe des Granats sie unruhig. Das Rot des Edelsteins verdunkelte sich weiter, der Inquisitor spürte Wärme unter seiner Fingerkuppe und zog seine Hand schließlich zurück.

Etwas flackerte im Granat auf wie ein inneres Feuer, dann fielen rotgoldene Lichtstrahlen aus dem Stein, zitterten und verdichteten sich schließlich zu einer Gestalt, die vor dem Inquisitor schwebte und sich langsam ganz von dem Ring löste. Ein Körper wie aus leckenden Flammen, mit Augen wie glühende Kohlen.

»Meister.« In der heiseren Stimme schwang das Knistern von Feuer. »Was gebietet Ihr?«

Der Inquisitor trat einen Schritt zurück. »Carmesí. Ich habe einen Auftrag für dich.«

Die Nüstern des Dämons bebten. »Ihr habt mich schon viel zu lange nicht mehr gerufen. Wie kann ich dienen?«

»Ich möchte, dass du ein Mädchen findest und zu mir bringst. Noch heute Nacht.«

»Heute Nacht!« Carmesí wandte den Kopf und sah zum Fenster, die Augen zu schmalen Schlitzen verengt. Ob er dort draußen in der Dunkelheit etwas zu wittern oder wahrzunehmen vermochte, konnte der Inquisitor nicht sagen.

»Wird das möglich sein, Carmesí?«

Der Dämon lachte rau auf. »Alles ist möglich, Meister. Der verdammte Weihrauch wird es mir nicht leicht machen ...« Er unterbrach sich, als der Inquisitor eine Augenbraue hob. »Oh, ich vergaß, keine Flüche hinter diesen Mauern. Nun denn. Sagt mir, wen ich Euch bringen soll. Meine Sinne sind fein. Ich kann jede Seele in dieser Stadt aufspüren. Mir entgeht niemand.«

»Das«, sagte der Inquisitor, »will ich sehr hoffen.«

Das Atmen fiel schwerer hinter dem dunklen Stoff der Kapuze. Raquel umklammerte die Kerze, die ihr Baltazar in die Hand gedrückt hatte; dick und lang wie ein Stock, auf den Raquel sich stützen konnte – zumindest jetzt, da die Prozession noch nicht begonnen hatte und die strengen Regeln ein wenig freier gehandhabt werden durften. Und Raquel brauchte eine Stütze. Obwohl sie sich immer wieder sagte, dass sie hier im Kreis der schwarzgekleideten *Nazarenos* so sicher war, wie sie es momentan in den Straßen von Sevilla sein konnte, blieb doch noch immer das Gefühl der Beklemmung in ihrem Brustkorb. Die Kleidung war ein Schutz, aber gleichzeitig fühlte Raquel sich gefangen und eingeengt. Durch die Augenlöcher im Stoff konnte sie nur erkennen, was sich direkt vor ihr befand, und das war eine schier endlose Reihe von schwarzen, steil aufragenden Kapuzen. Die meisten *Nazarenos* trugen wie Raquel große Kerzen von dunklem Lila und achteten penibel darauf, sie einige Fingerbreit über den Boden zu halten. Raquel presste die Lippen zusammen und hob ihre Kerze an. Jede Auffälligkeit, jeder kleine Unterschied gegenüber den anderen Mitgliedern der Bruderschaft konnte fatal sein.

Baltazar stand schräg vor ihr, und allein dieses Wissen war tröstlich. Sie hörte fernen Glockenschlag, spürte das Flimmern der Erwartung, das die enge Straße ganz ausfüllte, und dann wurde hinter ihr mit einem Ruck das gewaltige Holzgestell mit der Marienfigur in die Höhe gewuchtet – Raquel hörte es an dem unterdrückten Aufschrei der Träger, die unter dem Gewicht ächzten. Ein Schauder überlief Raquel. Sie wusste nicht genau, wie viele Träger nötig waren, um das Gestell zu bewegen; es mussten aber mindestens zwei Dutzend Männer sein, die es auf ihren Schultern trugen und die sich von jetzt an in winzigen Schritten vorwärts bewegen würden. Die Prozession würde bis in die Morgenstunden andauern. Raquel schluckte. Die *Nazarenos* vor ihr setzten sich in Bewegung, langsam und würdevoll, und Raquel tat es ihnen nach. Sie kannte die Regeln, Baltazar hatte ihr oft genug von der Bruderschaft berichtet: schweigen, geradeaus blicken, die Kerze über dem Boden halten. Schon nach wenigen Schritten, so kam es ihr vor, schmerzten ihre Arme. Die Pflastersteine der Straße schmerzten kalt unter den bloßen Füßen, und die Düfte von Weihrauch und Orangenblüten vermischten sich zu einer schwersüßen Wolke, die Raquel benebelte. In ihren Schläfen pochte es schmerzhaft, und das Wachs fühlte sich unter ihren feuchten Handflächen rutschig an.

Immer wieder meinte sie vom Straßenrand Blicke auf sich zu spüren – skeptische Blicke, feindselige Blicke, die ihre Maskerade durchdrangen und sie entlarvten. Musste es nicht für einen Außenstehenden offensichtlich sein, dass sie anders war? Gewiss fielen ihre Schritte zu kurz oder zu hastig aus, bestimmt hielt sie die Kerze ganz anders als die anderen *Nazarenos*. Und überhaupt, wie viel verhüllte der schwarze Stoff der weiten Tunika wirklich? Wenn man nun darunter weibliche Formen erahnte ... Der Kloß in ihrem Hals wurde schmerzhaft dick. Bestimmt befanden sich Männer des Inquisitors in der Menge. Man hatte Raquel doch sicher schon ausgespäht. Baltazars Plan erschien ihr mit einem Mal jämmerlich durchschaubar. Niemals würde sie das Ende der Prozession erleben.

Immer wieder hielten die *Nazarenos* inne, weil die Träger der Holzgestelle eine Pause benötigten. Irgendwo vor ihr, das wusste Raquel, gab es noch ein zweites Gestell mit einer lebensgroßen Jesus-Figur, aber sehen konnte sie es durch das Meer schwarzer Mützen nicht. Sie starrte mit aller Macht auf die Kerzenflamme, die vor ihr flackerte, beständig genug, um Raquel zu beruhigen. Langsam fanden ihre Füße in den Rhythmus der Prozession. *El Silencio* – die Bruderschaft trug ihren Namen zu Recht: Alles war Stille, es gab nur die Geräusche der gleichmäßigen Schritte, hier und da das Schnaufen der Männer, die das Holzgestell hinter Raquel trugen.

Und dann, während einer Pause, als Raquel jedes Zeitgefühl verloren hatte und ihre Füße sich vollkommen taub anfühlten, zupfte sie jemand am Ärmel.

Ihr Herzschlag setzte für einen Moment aus, und sie schloss die Augen. Gleich würde dem Zupfen ein festes Zupacken folgen. Hände würden ihr Mütze und Maske vom Gesicht reißen. Ihr Mund war trocken.

»Ein bisschen Wachs?«

Das Stimmchen war dünn, und hinter dem Rauschen des Blutes in ihren eigenen Ohren konnte Raquel es fast nicht hören. Aber irgendwie sickerten die Worte doch in ihr Bewusstsein, und sie schluckte schwer und blickte nach unten.

Ein Kind stand vor ihr und sah aus bittenden Kulleraugen zu ihr auf. In den Händen hielt es eine kleine, bunte Kugel.

Da begriff Raquel. Erleichterung durchströmte sie und ließ sie wieder freier atmen. Sie nickte und neigte die Kerze nach vorne, sodass der Docht sich der bunten Wachskugel annäherte. Das Kind hielt sichtbar den Atem an, die Lippen zusammengepresst wie in höchster Konzentration. Langsam tropfte dunkles Wachs auf die Kugel, und das Kind drehte sie behutsam, um die kostbare Gabe gleichmäßig zu verteilen.

Raquel lächelte. Wie hatte sie nur diesen Brauch der Kinder Sevillas vergessen können? Den alten Wettstreit, wer am Ende der Karwoche die größte Wachskugel vorweisen konnte? Sie nickte dem Kind zum Abschied zu. Es strahlte und trat zurück, weil sich die Prozession wieder in Bewegung setzte.

Die Begegnung machte Raquel Mut. Sie hatte das Gefühl, dass ihre Schritte sicherer geworden waren, dass auch die Kerze mit einem Mal besser in ihrer Hand lag. Der Kopfschmerz ließ nach. Ihr Blick suchte jetzt wieder Baltazars Gestalt. Eben noch hatte sie es beängstigend gefunden, dass er sich nicht hin und wieder nach ihr umdrehen konnte, aber jetzt empfand sie eine solche Zuversicht, dass sie das Gefühl hatte, Baltazar müsse sie auch spüren. Wie viel Wegstrecke wohl noch vor ihnen lag? Sie wusste es nicht, aber es spielte auch keine Rolle. Sie war ein *Nazareno*, sie war unerkannt bis hierher gekommen, und sie würde auch weiter unerkannt bleiben. Der Inquisitor von Sevilla konnte ihr nichts anhaben!

Ihre Kerze war schon erloschen, als die Prozession im Morgengrauen zu ihrem endgültigen Halt kam: Sie waren zurück vor der Pforte der kleinen Kirche, in der die Bruderschaft ihren Sitz hatte.

Raquel hätte sich am liebsten irgendwo zusammengerollt und geschlafen. Ihre Augenlider fühlten sich bleiern schwer an, der Stoff juckte, und sie sehnte sich nach frischer Luft ohne den Beigeschmack des Weihrauchs. Sie unterdrückte auch den Impuls, zu Baltazar zu stürzen und sich in seine Arme zu werfen, erleichtert darüber, dass sie die erste Etappe hinter sich gebracht hatten. Raquel straffte sich. Die *Nazarenos* um sie herum zerstreuten sich langsam. Derjenige, hinter dessen schwarzer Kapuze Baltazar steckte, blieb stehen und sah jetzt zu Raquel herüber, aber er beging nicht den Fehler einer eindeutigeren Geste. Auf die Entfernung konnte sie seine Augen nicht hinter den Sichtlöchern erkennen, doch sie wusste, welch liebevoller Stolz darin liegen musste.

Dann drehte Baltazar sich um und ging los, scheinbar ohne Eile. Raquel fasste ihre Kerze ein letztes Mal fester, hielt sie jedoch nur noch in einer Hand und nicht mehr senkrecht wie während der Prozession. Ein tiefes Durchatmen, und Raquel setzte sich in Bewegung. Sie folgte Baltazar, schlüpfte an kleinen Grüppchen flüsternder *Nazarenos* vorbei und erkannte, dass die schwarzen Gestalten wie Krähen in alle Richtungen ausschwärmten. Baltazar hatte Recht gehabt: Es würde unmöglich sein, auf diese Weise jemanden zu finden. Zu ähnlich sahen die *Nazarenos* einander. Nassgeschwitzter Stoff rieb gegen ihre Lippen, als sie lächelte. Morgenwind fuhr unter ihre Tunika und ließ diese flattern. Raquel schritt mit neuem Schwung aus, Baltazar immer im Blick. Nicht mehr lange, und sie würde sich doch in seine Umarmung sinken lassen dürfen, zur Ruhe kommen und alle Albträume hinter sich lassen.

Er führte sie auf verschlungenen Wegen durch die engen Gassen von Sevilla, die im grauen Zwielicht noch immer ein wenig so wirkten, als wären sie nur die Überreste eines unruhigen Traums. Schließlich drang durch das dünner werdende Aroma der Orangenblüten und Weihrauchspuren ein neuer Geruch, der Frische und die salzige Ahnung von Algen mit sich trug, und Raquel atmete tief durch: Sie näherten sich dem braunen Wasser des *Guadalquivir*, Sevillas Lebensader.

Tatsächlich trat Baltazar jetzt aus dem Schatten der Häuser hinaus, und Raquel folgte ihm. Der Glanz der Morgensonne spielte auf der ruhigen Oberfläche des Flusses, und vor ihnen ragte, wuchtig und zwölfeckig, der *Torre del Oro* auf: der Gefängnisturm, ebenfalls ein Überbleibsel der maurischen Herrschaft, die das Bild Sevillas über so lange Zeit geprägt hatte.

Mit einem Mal lag der beklemmende Zauber der Karwoche hinter Raquel. Hier am Ufer des Flusses umfing sie ein Gefühl von Freiheit. Und dort, nur wenige Schritte vom *Torre del Oro* entfernt, wartete die versprochene Kutsche.

Raquel wurde schneller, obwohl kleine Steine ihr schmerzhaft in die bloßen Sohlen stachen. Doch gleich würde sie sich ausruhen können. Baltazar hatte die Kutsche bereits erreicht, den Schlag geöffnet und hinter sich wieder geschlossen. Die Kutschpferde, graue Schemen im Morgenlicht, sahen Raquel müde entgegen, drehten aber nicht einmal den Kopf, als sie an ihnen vorbeilief und die Hand ausstreckte. Raquels Erleichterung war übermächtig. Sie öffnete den Schlag, blinzelte ins Halbdunkel und erwartete, dass Baltazar hilfreich nach ihr greifen würde, aber das blieb aus. Also stieß sie sich vom Boden ab und schloss die Tür hinter sich, tastete nach Halt und wartete, dass ihre Augen sich an das Zwielicht im Innern der Kutsche gewöhnten.

Sie konnte die dunkle Gestalt auf der schmalen Sitzbank ausmachen, die jetzt die Kapuze von ihrem Kopf zog, dann aufblickte und Raquel zulächelte.

Es war nicht Baltazar.

Der Inquisitor mochte den Morgen des Karfreitags, wenn die Stadt unter Schwermut versank. Er mochte die Stunden, in welchen die Trommeln für kurze Zeit zum Schweigen gebracht wurden. Aber in diesem Jahr mochte er den Karfreitag mehr als jemals zuvor, denn der Tag versprach diesmal ein Vergnügen, auf das der Inquisitor schon lange gewartet hatte. Was scherte ihn das Kirchenrecht, das engstirnig behauptete, dieser Tag sei einem solchen Vergnügen nicht angemessen? Der Inquisitor lächelte. Wenn man es genau nahm – Jesus war an diesem Tag tot und vom Kreuz genommen, die heilige Jungfrau wachte mit tränenverquollenen Augen über ihn, wer sollte da noch einen Blick auf die belanglosen Kleinigkeiten haben, die sich heute im Inquisitionspalast anbahnten? Und ihm als Inquisitor waren gewisse Dinge einfach ... erlaubt.

Er war früh aufgestanden, noch bevor die erste Ahnung des Dämmerlichts durch die Vorhänge seiner Gemächer hatte dringen können, und nun saß er hinter seinem Schreibtisch, die Hände auf die glatte Holzplatte gelegt, und wartete. Er zweifelte nicht an Carmesís Erfolg. Der Dämon war seine geheime Waffe, wenn alle anderen Mittel versagten, und darin lag eine besondere Ironie des Schicksals: ein Geschöpf der Hölle, aber vom Inquisitor bezwungen, gezähmt und zum Dienst an der Christenheit verdammt.

Oder zumindest, dachte der Inquisitor spöttisch, zum Dienst an der Inquisition und ihrer Würdenträger.

Er beschwor Carmesí nicht oft. Es war ratsam, auch mit dieser Art der Macht sparsam umzugehen. Doch in diesem Fall hatte es sich gelohnt – und wie. Er schloss nur kurz die Augen und dachte an Raquels wiegenden Gang, das Feuer, das in ihrem Blick brannte, an die Flut schwarzen Haars, das sich noch heute wie Seide unter seinen Fingern anfühlen würde.

»Meister.« Carmesí erschien wie üblich zwischen den Flammen des Kamins, die in diesem Moment nicht mehr als müde Erinnerungen an das Feuer des Vorabends waren. Auch der Dämon wirkte erschöpft.

Der Inquisitor hob die Augenbrauen. »Nun?«

»Der verdammte Weihrauchqualm hat mir die Kehle eng gemacht!«, sagte Carmesí anklagend und richtete sich nun doch ein Stück weiter auf, »und von den geflüsterten Gebeten bekomme ich Kopfschmerzen. Bedenkt das nächste Mal, was Ihr mir zumutet, Meister!«

»Ich habe dich nicht nach deinem Zustand gefragt«, erwiderte der Inquisitor. »Warst du erfolgreich?«

Das Lächeln des Dämons ließ lange Fangzähne aufblitzen. »Ich will hoffen, dass Ihr daran nicht wirklich zweifelt, Meister. Sie ist unten in der Zelle. Ein feines Osterlämmchen, das muss ich schon sagen! Ihr werdet einen vortrefflichen Festtagsschmaus an ihr haben.«

»Hüte deine Zunge, Carmesí!«, zischte der Inquisitor und klopfte mit seinem Ring auf den Schreibtisch. »Du hast deinen Auftrag erfüllt. Nun kehre zurück dorthin, wo du hingehörst.«

»Gewiss, Meister.« Carmesí schlug die Augen in einer Geste so übertriebener Demut nieder, dass es den Inquisitor normalerweise zornig gemacht hätte. Doch heute war er bereit, dem Dämon einiges durchgehen zu lassen. Er streckte die Hand aus, der Granat blitzte wie in einem unsichtbaren Sonnenstrahl auf, und Carmesí seufzte vernehmlich und zerfloss im Knistern und Prasseln tiefroter Flammen, bis nichts mehr von ihm zu sehen war.

Zufrieden ließ der Inquisitor den Ring sinken und stand auf. Gemessenen Schrittes bewegte er sich zur Tür.

Ein Osterlämmchen. Das Bild gefiel ihm, wenn er ehrlich war. Er lächelte kalt, während seine Schritte auf dem steinernen Boden der weiten Flure widerhallten, als sei das eine ganz eigene Art der Prozessionstrommeln.

Er wusste genau, von welcher Zelle Carmesí gesprochen hatte. Der Inquisitionspalast besaß eine große Auswahl an Verliesen, doch dieses hier bevorzugte der Inquisitor für ganz besondere Gäste. Mit einem Lächeln drehte er den Schlüssel im Schloss und verharrte kurz, bevor er die schwere Tür aufschob und eintrat.

»Raquel«, sagte er, hörte die Gier in seiner eigenen Stimme schwingen, das angespannte Zittern eines Raubtiers, das sich zum Sprung duckte.

Das Mädchen saß auf der schmalen Pritsche. Carmesí hatte es nicht in Ketten gelegt. Sie hockte vornübergebeugt, das Haar fiel ihr ins Gesicht, und der Inquisitor erkannte belustigt, dass sie das schwarze Gewand eines *Nazarenos* trug. Die Bruderschaft von *El Silencio* ... natürlich. Ihr Liebster gehörte dieser an. Was für eine schlaue Idee, sein Täubchen unter dem dunklen Stoff einer Büßermaske zu verbergen! Aber nicht schlau genug für den Inquisitor.

Er lächelte und trat näher. Raquels Finger umklammerten ein Stück Stoff, es musste die Kapuze sein, mit der sie ihr Gesicht verhüllt hatte, nutzloser Schutz gegen Carmesí.

»Du bist angeklagt, Raquel«, sagte der Inquisitor und legte den sanften Singsang in seine Stimme, mit der er ansonsten seine Gebete zu erfüllen pflegte. »Du bist vieler Vergehen angeklagt, und wenn die Karwoche erst vorbei ist, wirst du dich den Befragungen zu stellen haben. Heute aber, Raquel, bin nur ich da, um deine Antworten zu hören. Beweise mir, dass du bußfertig bist, zeige mir deine Hingabe an die kirchliche Tugend, und ich selbst werde es sein, der die Hand schützend über dich hält.«

Sie saß reglos da, nicht einmal ein furchtsames Zittern bewegte ihre schlanke Gestalt.

Der Inquisitor trat noch einen Schritt näher und streckte die Hand nach Raquel aus. Wie Gott, der nach seiner Schöpfung griff. Der Gedanke fühlte sich gut an. »Es ist an der Zeit, Buße zu tun.«

Jetzt hob sie den Kopf und sah ihm gerade in die Augen. Der Inquisitor prallte zurück. Es lag nicht die Verzweiflung in ihrem Blick, die er erwartet hatte. Nur ein Lächeln, nachsichtig beinah, und ein gefährliches, rotes Flackern.

Granatrot, dachte der Inquisitor.

»Buße«, wiederholte Raquel, und etwas blitzte auf in ihrem Mund, zu spitz und zu lang. »Ja, es ist wohl an der Zeit.«

Dann stand sie auf.

Die Schatten wurden schon wieder länger, die Sonne goss ihre Strahlen als Kupferlicht in die Straßen Sevillas, ließ Wachsflecken und zertretene Orangenblüten aufleuchten.

Carmesí schwang sich von Dach zu Dach, huschte von Schatten zu Schatten. Der süße Gesang der Freiheit pochte in seinen Adern. Immer wieder rief er sich das köstliche Geräusch des berstenden Granats in Erinnerung. Wie Glasscherben waren die Bruchstücke des Edelsteins auf dem Boden des Verlieses zerborsten. Er fuhr sich mit der Zunge über die Lippen. O ja, es hatte sich gelohnt, auf diesen Tag zu warten, auf diesen unbedachten Moment seines Meisters! Karfreitag, der Mann am Kreuz war tot: An keinem anderen Tag war die Macht der Kirche geringer, niemals sonst der Schleier dünner, der all die Jahre zwischen Carmesí und der Freiheit gelegen hatte. Tief atmete er ein, witterte die Aromen der Stadt, die ihm zu Füßen lag, so demütig ins Gebet vertieft und so ahnungslos.

Carmesí lächelte und wandte sich zu der Gestalt um, die ihm folgte wie ein Schatten. Sie bewegte sich mit einer Behändigkeit, die er ihr nicht zugetraut hatte. Nicht am ersten Tag. Wohlgefällig ließ er seinen Blick über sie gleiten. Was für eine Verschwendung es gewesen wäre, diesen Schatz dem närrischen Inquisitor zu überlassen! Jetzt trug sie sein Rot in den Augen, sein Feuer im Blut.

Er sah sie ebenfalls innehalten, den Hals recken und Witterung aufnehmen. Kein Zweifel, die Welt hatte ein neues Antlitz für sie, die Dinge sprachen auf eine neue Weise, und sie musste sich erst daran gewöhnen.

Ihre Nasenflügel bebten, als sie sich nach vorne beugte.

Carmesí folgte ihrem Blick und entdeckte, was sie gesehen hatte. Eine verlorene Gestalt in den Gassen, ein vergessener *Nazareno*, dessen Gewand im Abendwind flatterte. Ziellose, hastige Schritte auf dem Pflaster von *Santa Cruz*.

»Er sucht nach mir«, flüsterte sie.

Carmesí nickte und lächelte wieder. Der Wind trug ihm verlockende Botschaften zu. »Das tut er, Raquel. Wollen wir zu ihm?«

DÄMONENMASKE

Bianka Brack

Brittany sah versonnen auf den Bildschirm vor sich. Soeben machte sie eine Buchung für ein Pärchen fertig, welches in Las Vegas heiraten wollte. Sie schob ihre Brille ein Stück höher. Durch die Gläser wirkten ihre Augen unnatürlich groß. Doch sie benötigte sie, denn ohne war sie fast blind.

Seit fast zehn Jahren arbeitete sie in dem kleinen Reisebüro in Manchester. Erst hatte sie dort ihre Ausbildung gemacht und dann hatte Mr. Bula sie fest eingestellt. Sie liebte es, den Menschen Träume von fernen Ländern und Exotik zu verkaufen, nur ihre eigenen Träume waren bislang unerfüllt geblieben. So beschränkte sie sich darauf, ihre eigenen Wünsche nur in ihrem Kopf zu leben. Leider fehlte es ihr an dem nötigen Kleingeld, um jemals in Erwägung zu ziehen, in eines der Länder zu fahren, von denen sie so gerne mehr sehen würde. Seufzend schloss sie die Buchung ab und sah auf die Uhr. Wo blieb Matthew nun wieder? Er kam immer unpünktlicher. Dabei hatte sie feste Lunchzeiten. Auch wenn Mr. Bula oft ein Auge zudrückte, plagte sie ein schlechtes Gewissen, wenn sie ihre Pause später antrat.

Gerade wollte sie alleine losziehen, als sie ein Räuspern vernahm.

»Junge Dame, ich möchte bitte für sieben Monate in die Karibik, all-inclusive versteht sich. Machen Sie mir einen Freundschaftspreis?«

Entnervt verdrehte Brittany ihre Augen.

»Witzbold, du verdienst nicht mehr als ich. Wie solltest du dir das leisten können? Und zudem, mein Lieber, es wird jeden Tag später. Wenn das so weiter geht, werde ich in Zukunft alleine zum Lunch gehen.«

Sie warf einen strafenden Blick in Matthews graue Augen und holte eilig ihren Mantel. Entschuldigend blickte sie ihren Chef an, doch dieser nickte ihr nur wohlwollend zu. Wie immer musste sie Matthew die Türe aufhalten und mit einem gönnerhaften Lächeln ging er vor ihr aus dem Laden.

»Gentleman geht aber anders, das ist dir schon klar, oder?«

»Zuckerschnute, du bist emanzipiert, also sieh es als einen Akt der männlichen Gleichstellung an.«

»Um Ausreden warst du noch nie verlegen.«

»Nö, nicht so wirklich.« Mit einem Lachen ging Matt mit großen Schritten in Richtung ihres Lieblingsrestaurants. Brittany wusste, dass er wieder die halbe Nacht in irgendwelchen Clubs herumgehangen hatte. Sie kannte ihn seit der Grundschule und sie hörte sich immer geduldig seine *Storys* diverser Affären an. Ihrer Schüchternheit und ihrem Desinteresse an Nachtclubs war es zu verdanken, dass sie hingegen mit 27 immer noch Single und Jungfrau war. Es war einfach noch nicht der Richtige erschienen. Matt machte sich immer ein wenig lustig über sie, doch sie wollte eben noch warten.

Manchmal drohte die Einsamkeit sie zu erdrücken, doch dann hörte sie ihre Lieblingslieder, kuschelte sich in ihre Decke und gab sich den erotischsten Tagträumen hin. Und es war ja nicht einmal so, dass Brittany keine einschlägigen Angebote erhielt. Unattraktiv war sie nicht. Zwar nicht übermäßig attraktiv, doch in jedem Fall reizvoll. Sie trug ihre Haare sportlich kurz, was ihr Gesicht zarter wirken ließ. Der leichte Rotton in ihrem Haar und die blasse Haut waren typisch für ihre irische Abstammung. Ihre Augenfarbe war graugrün, oder, wie Matt immer sagte, matschblau, was er nur tat, um sie zu ärgern. Sie war schlank, versteckte ihre Figur jedoch immer in weiten Sweatern und Jeans, die sie aus Prinzip immer eine Nummer zu groß kaufte. Im Geschäft trug sie immer eine adrette Bluse und einen weiten Rock. Matt verspottete sie und sagte, sie sei nicht nur eine verknöcherte Jungfrau, nein, sie kleide sich auch so.

Matt dagegen legte sehr viel Wert auf sein äußeres Erscheinungsbild. Auch wenn er kaum mehr Geld als sie verdiente, entsprach seine Kleidung immer der neusten Mode. Sein ansprechendes Äußeres und sein umwerfender Charme, machten es ihm bei den Frauen leichter. Ein Blick in seine grauen Augen und sein strahlendes Lächeln ebneten ihm den Weg in so manches Bett. Seine Figur war sportlich, obwohl er eher selten joggte oder ein Fitness-Studio besuchte. Und bei seinem jungenhaften Lächeln schmolz selbst Brittany wider besseres Wissen dahin. Doch für ihn zu schwärmen, hatte sie sich schon sehr früh abgewöhnt. Sie nannte es einen Teil ihres Selbstschutzes.

In ihrem Lieblingsrestaurant, einem kleinen gemütlichen Inder, bestellte Brittany wie immer das gleiche Gericht. Irgendwie brauchte sie diese Art der Rituale, um sich sicher zu fühlen. Matt experimentierte gerne, wie er es nannte, *Einmal die Karte rauf und runter.* »Nun erzähl, warum bist du heute zu spät gekommen? So langsam nimmt es echt extreme Ausmaße an.«

Sie bemühte sich, ihrer Stimme einen strengen Ton zu geben, doch wie immer gelang ihr das nicht, denn Matt strahlte sie mit unschuldigem Blick und einem unwiderstehlichen, jungenhaften Lächeln an. Wie gewohnt ignorierte Britt ihre weichen Knie und zog ihre inneren Mauern ein Stück höher.

»Komm schon Britt, nicht böse sein. Diesmal habe ich wirklich einen guten Grund.«

»Du hast jeden Tag einen guten Grund.«

»Diesmal ist er wirklich gut, vertrau mir. Ich habe eine Überraschung für dich. Und wage es nicht, abzulehnen, sonst sprech ich nie wieder mit dir.«

Belustigt verdrehte sie die Augen, wie konnte sie Matt böse sein, wenn er so aufgeregt wie ein kleiner Junge auf seinem Stuhl herumrutschte?

»Also, mein Chef hat mir heute Eintrittskarten für einen Maskenball gegeben. Eigentlich wollte er mit seiner Frau dorthin, doch die Gute hat sich die Hüfte verrenkt. Und ich fänd es klasse, wenn du mich dorthin begleitest. Bitte, bitte Britt, lass mich nicht hängen. Wir können uns die Kostüme in einem Verleih aussuchen. Mein Chef bezahlt das. Wir brauchen nur noch Masken. Aber ich denke, da finden wir was in dem kleinen Laden um die Ecke. Du weißt schon, der mit den Antiquitäten.«

Matt legte seinen treuesten Hundeblick auf und sah Brittany durchdringend an.

»Matt, warum fragst du nicht eine von deinen vielen Nummern im kleinen schlauen Buch?« So nannte sie Matts Adressbuch, diese klischeehafte Bestandsaufnahme seiner zahlreichen Eroberungen.

»Weil ich dich frage. Und ich denke so ein wenig Abwechslung täte dir gut. Britt du musst mal raus, ehrlich, so findest du keinen Mann. Es klingelt keiner an deiner Tür und sagt: *Hey, hallo ich bin dein Traumprinz. Heirate mich.*«

»Aber auf einem Maskenball, oder was?«

»Komm, es sind *gut betuchte* Herren anwesend und in der Liga spielt man nicht mit einsamen Frauenherzen. Bitte Britt, es ist wichtig für mich. Und du bist die Einzige, die vorzeigbar ist. Alle anderen sind für diesen Anlass einfach zu ausgeflippt.«

Matts Blick wurde immer weicher und schließlich gab Brittany auf.

»Na gut, ich begleite dich. Aber wehe, wenn ich blöd angemacht werde, dann war ich die längste Zeit deine beste Freundin.«

Grinsend nickte Matt ihr zu.

»Der Ball ist übrigens am Samstag. Wir sollten uns also beeilen.«

Brittany, die gerade einen großen Schluck ihrer Cola trinken wollte, verschluckte sich und bekam einen Hustenanfall.

»Samstag, na du bist aber witzig. Meinst du, der Kostümverleih macht das mit?«

»Nun mach dir keinen Kopf, Zuckerschnute. Mein Chef sagt, das geht schon in Ordnung. Ich hole dich nach Feierabend ab und dann sehen wir, was wir machen können.«

Als Brittany am Abend dann das Reisebüro verließ, wartete Matt schon auf sie.

Lächelnd bot er ihr den Arm und erstaunt hakte sie sich unter.

»Seit wann so zuvorkommend, Matt?«

»Sweet, ich kann auch ganz anders. Und gewöhn dich dran, auf dem Ball bin ich ganz Gentleman.«

Der Kostümverleih war nicht sehr weit und sie erreichten ihn ohne Probleme zu Fuß.

Staunend besah sich Brittany die vielen Kostüme, bis ihr Blick an einem nachtblauen Kleid hängen blieb. Ehrfürchtig strich sie mit der Hand über den glänzenden Brokat. Der Ausschnitt sah sündig aus. Und es gehörte ein Reifrock zu dem Kleid. Die Ärmel waren lang und liefen spitz zu. Sie vermutete, dass diese Spitze auf dem Handrücken lag. In der Taille wurde der Brokat von einem angedeuteten Gürtel aus Samt unterbrochen.

»Oh, das ist eine gute Wahl. Ein Theater hatte es im Fundus für das Stück *Maria Stuart*.« Der Besitzer des Kostümverleihs war, ohne dass sie es bemerkt hatte, hinter sie getreten.

»Darf ich es anprobieren?«

»Ja sicher dürfen Sie das.« Fast andächtig holte er das Kleid vom Bügel und reichte es ihr.

Als sie es endlich geschafft hatte, in das Kleid zu schlüpfen, und als alle Ösen und Schnüre geschlossen waren, verließ sie die winzige Garderobe.

Matt stand vor einem Spiegel. Er sah in seinen weißen Strümpfen, der Kniebundhose und dem Gehrock zum Anbeißen aus.

Langsam drehte er sich zu ihr um und stieß eine anerkennenden Pfiff aus.

»Wow Britt, du kannst ja doch sexy aussehen. Das Kostüm nimmst du, das ist wie für dich gemacht. Jetzt fehlt dir nur eine passende Maske.«

»Oh, eine Maske hab ich noch, allerdings ist die nicht im Verleih. Aber ich überlasse sie ihnen gerne günstig. Und für dieses Kleid wäre sie perfekt.«

Mit diesen Worten ging der Besitzer in sein Büro und Brittany konnte hören, wie er einige Schränke durchsuchte. Nach einer Weile kam er wieder heraus und hielt eine venezianische Maske in der Hand. Auch diese war nachtblau und mit Spitze und Federn verziert.

»Ich würde Sie Ihnen für fünf Pfund überlassen.« Brittany nahm die Maske vorsichtig in die Hand und besah sie sich genauer. Aufsetzen wollte sie die Maske nich, da sie sonst ihre Brille erst absetzen hätte absetzen müsste, doch sie passte wirklich zu dem Kleid.

»Ja, ich denke ich nehme sie.« Das würde ihr weiteres Suchen ersparen.

»Gut, die können Sie dann direkt mitnehmen und das Kleid liefere ich Ihnen am Samstag nach Hause. Die Leihgebühr ist ja bereits bezahlt.« Ja, dachte Brittany, Matts Chef sei Dank. Denn sie würde sich die Gebühr für den Verleih nicht leisten können.

Matt entschied sich ebenfalls für seinen barocken Anzug. Sie bezahlten die Maske und verließen das Geschäft.

Bis Samstag waren es nur noch zwei Tage und Brittany hatte zum Glück an diesem Tag frei.

Samstagmorgen stand sie später auf als gewohnt, denn eigentlich war sie immer früh auf den Beinen. Nach einer schnellen Tasse Kaffee und einer Scheibe Toast, entschloss sie sich, Lebensmittel fürs Wochenende einkaufen zu gehen.

Danach las sie noch eine Weile in einem Buch und am Nachmittag ließ sie sich ein heißes Bad ein. Normalerweise wäre sie nach dem Bad auf ihr Sofa verschwunden, um bei Musik weiter in ihrem Buch zu lesen. Doch heute hatte sie ja etwas anderes vor.

Eigentlich war sie nicht so der Typ, der auf Make-up und Aufbrezeln stand. Doch Matt zuliebe wollte sie sich heute in Schale werfen. Blamieren wollte sie ihn schließlich nicht. Also mussten auch die verhassten Kontaktlinsen her. Ihre Brille konnte sie zu der Maske nicht aufsetzen. Nach mehreren Versuchen saßen die Linsen da wo sie hin sollten und Brittany schminkte sich. Während ihrer Schulzeit hatte sie einen Visagistenkurs belegt und wusste theoretisch, wie sie ihre Vorzüge betonen konnte. Insgeheim dankte sie ihrer Mutter, die sie für diesen angemeldet hatte.

Schließlich stand sie fertig geschminkt und angezogen in ihrem Bad und betrachtete prüfend ihr Werk. So konnte sie sich unter die Leute wagen, Matt würde zufrieden sein. Unschlüssig hielt sie die Maske vor ihr Gesicht und war erstaunt welchen Effekt das hatte. Geheimnisvoll und unnahbar wirkte sie. Doch aufsetzen wollte sie diese erst auf dem Ball. Sie jetzt schon zu tragen, wäre zu viel gewesen, da sie mit dem Taxi zum Ball fahren wollte. Da verließ sie dann doch der Mut. Sie schlüpfte in ihre Pumps und griff nach ihrer Handtasche. Die Maske verstaute sie in einer Seitentasche und packte noch Lip-Gloss und Kajal ein, um nachzubessern, falls es nötig war. Unten wartete bereits das Taxi auf sie und nach einigen Versuchen, mit dem Reifrock einzusteigen, saß sie endlich im Fond und gab dem Fahrer die Adresse des Balls.

Die Villa, in der der Ball stattfinden sollte, kannte sie noch aus Kindertagen. Da hatte sie immer am Zaun gestanden und neugierig durch die Stäbe gelinst. Sie hatte sich immer gefragt, wer wohl in so einem riesigen Haus wohnte.

Sie erreichte die Villa, zehn Minuten zu früh und machte sich auf eine lange Wartezeit gefasst. Matt und Pünktlichkeit passten ja nicht zusammen. Doch zu ihrem Erstaunen stand er schon an der Treppe und hielt ungeduldig Ausschau. Sie raffte den Rock mitsamt dem Reifrock und bemühte sich, so elegant wie möglich die Treppe hochzukommen.

Matt sah ihr bewundernd entgegen. Oben angekommen empfing er sie mit einer freundschaftlichen Umarmung.

»Zuckerschnute, wow, du kannst ja echt heiß aussehen. Hast du deine Maske mit? Bis Mitternacht ist Maskenpflicht.«

»Ja sicher, warte.« Umständlich zog sie die Maske aus der Tasche. Matt half ihr, sie am Hinterkopf zu schließen, da sie nur zwei Samtbänder statt dem üblichen Gummizug hatte. Und endlich saß sie so, dass sie selbst beim Tanzen nicht verrutschen konnte. Brittany drehte sich zu Matt um und schrak zurück. Sie blinzelte, doch das, was sie sah, änderte sich nicht. Von Matts Gesicht war nichts mehr zu sehen, stattdessen stand ein gehörntes Wesen vor ihr. Es erinnerte sie an die Teufelsfiguren aus einschlägigen Horrorfilmen. Das Groteske war die Maske, die er trug. Sie saß nicht richtig, da sein dreieckiger Schädel viel zu groß wirkte für die Halbmaske, die er trug.

Ungläubig schüttelte sie den Kopf.

»Fertig, Zuckerschnute, um mit mir den Ballsaal zu erobern?«

Selbst seine Stimme hatte sich verändert. Zögernd hakte sie sich bei ihm unter. Sicher spielte ihr Unterbewusstsein ihr einen bösen Streich, ja das musste es sein.

Gemeinsam mit ihm betrat sie den Ballsaal. Nur um erneut zusammenzufahren. Unter den Masken blickten sie neugierig verschiedene Kreaturen an. Einige wirkten so furchterregend, dass sie den Blick senken musste.

Aber nicht alle waren so. Einige waren Menschen, die nichts zu bemerken schienen.

»Wein, Zuckerschnute? Ich denke, der hebt deine Stimmung. Du siehst aus, als wäre dir der Leibhaftige persönlich begegnet.«

»Ja, gerne. Ich denke auch, ich kann jetzt etwas vertragen.«

Irgendwas stimmte doch nicht mit ihr. Wie konnten die anderen so unbefangen hier feiern und sie selbst sah diese Monster?

Fast in einem Zug leerte sie das Glas Weißwein, welches ihr Matt gebracht hatte.

»Noch einen bitte.«

»Britt was ist denn mit dir los, Alkohol war noch nie dein Ding. Du verträgst doch nicht viel.«

»Egal, noch einen bitte.« Der kühle Wein tat gut. Und sie wollte unbedingt noch ein Glas, mindestens.

»Gut, wie die Lady wünscht.«

Auch die nächsten drei Gläser stürzte sie fast in einem Zug hinunter. Ein viertes verweigerte Matt ihr.

»Nee, nun mach bitte mal langsam. Dir steigt es zu Kopf, oder es passiert Schlimmeres. Dann ist der Abend schneller vorbei als du dachtest.«

Was mir sehr entgegenkäme, dachte Brittany, sagte es aber nicht. Leichter Schwindel hatte sie erfasst und sie hatte das Bedürfnis, an die frische Luft zu gehen. Doch mit Matt nun den Saal verlassen, das wollte sie auch nicht.

Also stand sie einfach unschlüssig neben Matt, oder dem Ding das er nun war. Aus den Augenwinkeln betrachtete sie ihn näher. Er hatte kleine, hornartige Auswüchse im Gesicht und seine Pupillen waren waagerechte Balken inmitten einer roten Iris. Seine Haut wirkte schuppig und grau. Innerlich erbebte sie, was waren das für komische Halluzinationen? Plötzlich berührte sie etwas am Arm. Erschrocken wandte sie ihren Kopf und sah in ein Gesicht, menschlich. Erleichtert holte sie Luft.

»Darf ich Sie um den nächsten Tanz bitten?«

Ohne einen Blick auf Matt zu werfen, nickte sie und hakte sich bei dem Mann ein. Tanzen war nicht ihre Stärke, doch es war eine Möglichkeit, von Matt wegzukommen. Ihr Tanzpartner war gut einen Kopf größer als sie, hatte flachsblondes Haar und ein markantes Gesicht. Schließlich ließ sie sich in den Rhythmus der Musik fallen. Ihr Tanzpartner verstand es, zu führen und sie kam sich gar nicht so tollpatschig vor. Mitten im Tanz beugte er plötzlich den Kopf an ihr Ohr.

»Du trägst eine Dämonenmaske, wurde sie dir vererbt?«

»Eine was? Die Maske habe ich dem Kostümverleiher abgekauft. Ich weiß nicht, was du meinst.«

»Oh, dann weißt du nicht, welcher Ball dies ist? Du weißt nichts über Dämonen? Und du denkst bestimmt, das, was du siehst, seien Halluzinationen.« Diese Feststellung schien ihn zu belustigen, denn er lächelte sie zwinkernd an.

Erstaunt rückte sie ein wenig von ihm ab und sah ihm in die Augen. Wenn sie am Anfang gedacht hatte, er sei menschlich, musste sie ihre Meinung nun revidieren. Seine Iris war schneeweiß und die Pupille silbern, wie eine polierte Münze.

»Ich verstehe nicht, was du meinst. Dämonen sind doch nur Figuren der Mythologie.«

Er lachte auf.

»Nein, sie sind real und leben mitten unter uns. Ich bin nur zu einem Viertel Dämon, aber die meisten hier sind reinrassig. Aber du bist ein Mensch. Dein Begleiter ist der Schlimmste von allen. Er ist der Sohn des Teufels persönlich. Seine menschliche Mutter wusste nicht, wer sie geschwängert hatte. Erst bei seiner Geburt erfuhr sie es. Matthew war kein gewöhnliches Baby. Seine leibliche Mutter starb kurz danach und Matthew wuchs bei Pflegeeltern auf. Natürlich wussten diese genau, wer er ist und was er werden würde.«

»Er ist seit Jahren mein bester Freund und ich kenne ihn fast solange ich denken kann. Sohn des Teufels, dass ich nicht lache. Matt ist so ziemlich der ungläubigste Mensch, den ich kenne. Für ihn zählt nur der Augenblick und der Spaß, den er dann haben kann.« Nun war sie überzeugt, dass ihr Gegenüber zu viel Wein gehabt hatte, oder an den gleichen Halluzinationen litt wie sie.

»Hmm, er versteht es, seine Tarnung zu perfektionieren. Du bist ihm vielleicht auch wichtig. Wer weiß das schon bei Asmodeus, so heißt er nämlich wirklich.«

Brittany unterdrückte ein Kichern, das wurde ja immer unrealistischer. Aber das lag sicher am Wein. Sie würde jede Wette eingehen, dass sie in Wirklichkeit schlafend auf einem der vielen Sessel lag und träumte. Ja, das war es, sie träumte und gleich würde Matt sie wecken, sich über sie lustig machen und sie zum nächsten Taxi befördern.

»Du träumst nicht und Asmodeus wird dich auch nicht in ein Taxi setzen. Das hier ist real und du bist ein Teil davon.«

Wieso sprach der Kerl das aus, was sie gerade gedacht hatte? »Weil ich Gedanken lesen kann, Britt.«

Damit zog er sie an sich und wirbelte sie im Kreis herum.

Die nächste Drehung ließ sie zusammenzucken. Sie blickte in eine Fratze, die ihren schlimmsten Alpträumen hätte entsprungen sein können. Ein Auge prangte auf der Stirn und der Rest von dem Gesicht bestand aus einem Maul, in dem unzählige spitze Zähne aufblitzten. Ein übler Gestank ging von diesem Wesen aus und ein gurgelnder Laut entfloh seiner Kehle. Ihr Tanzpartner lachte.

»Ja, ich weiß was du meinst. Sie ist ein Leckerbissen. Nur leider nicht für das gemeine Volk bestimmt. Asmodeus ist mit ihr hier. Also würde ich an deiner Stelle nicht deine Beißerchen in ihrem Fleisch versenken.«

Das war zuviel. Brittany blieb wie angewurzelt mitten in der Bewegung stehen. Was sollte das? War sie die einzig Normale hier?

Sie war so in Gedanken, dass sie nicht bemerkte, wie ihr Tanzpartner Matt/Asmodeus zunickte. Dann drehte er sie wieder im Kreis. Sie tanzte sehr lange mit ihm und plötzlich schlug in der Nähe eine Turmuhr. Mitternacht. Sie konnte die Maske absetzen. Beherzt griff sie nach den Bändern und versuchte diese zu lösen, doch sie konnte die Enden nicht ertasten. So versuchte sie, die Maske vom Gesicht zu schieben, doch diese saß fest, keinen Millimeter ließ sie sich verrücken. Verzweifelt krallte sie ihre Nägel unter den Rand der Maske, doch es half nichts. Die Maske blieb da wo sie war. Brittany wimmerte auf.

»Eine Dämonenmaske behält man bis zu seinem Tod auf. Nichts auf der Welt wird sie dir wegnehmen können. Und nur Dämonen können sie sehen, für Menschen ist sie unsichtbar.«

Die Worte drangen zu Brittany, wie durch einen Nebel. Sie versuchte immer verzweifelter die Maske vom Gesicht zu bekommen. Den Schmerz, den ihre Fingernägel auf der Haut verursachten, ignorierte sie. Genau wie das Blut, das aus den Kratzwunden über ihre Haut rann. Sie bemerkte nicht einmal, dass die Musik aufhörte zu spielen und Asmodeus auf sie zutrat. Ihr Tanzpartner umfasste sie fester, sodass ein Entrinnen nicht mehr möglich war. Das Nächste, was sie spürte, war ein stechender Schmerz am Hinterkopf, dann wurde es dunkel um sie.

Als Brittany die Augen aufschlug, war das, was sie wahrnahm eine glatte Oberfläche unter ihrem Arm. Kraftlos öffnete sie die Augen und versuchte, sich zu orientieren. Spärliches Licht fiel durch einen Spalt irgendwo über ihr in den Raum. Es tauchte die Umgebung in ein dämmriges Zwielicht, an das sich ihre Augen langsam gewöhnten Sie hob den Kopf ein wenig, doch sofort zuckte ein dumpfer Schmerz durch ihren Schädel. Stöhnend fasste sie an ihren Hinterkopf und ertastete eine Beule und etwas verkrustetes Blut. Zumindest ging sie davon aus, dass es Blut war. Langsam richtete sie sich auf und ignorierte den Schmerz. Mühsam blickte sie sich um. Der Raum war leer und sie lag auf dem Boden. Am anderen Ende konnte sie eine riesige Glasfront ausmachen. Dahinter war das Licht besser. Sie kroch auf die Scheibe zu. Dann blickte sie an sich hinab. Sie trug ein langes weites Hemd und merkte, dass sie darunter nackt war. Dann hörte sie Schritte den Gang vor der Scheibe entlangkommen. Eine Frau mit zwei kleinen Kindern kam langsam auf ihre Zelle zu. Hoffnung keimte in ihr auf, vielleicht konnte sie ja Hilfe erwarten, denn sie hatte instinktiv das Gefühl, dass ihr hier Gefahr drohte. Wenn doch nur der Kopf nicht so wehgetan hätte, dann hätte sie gewagt aufzustehen. So aber blieb sie gehockt an der Scheibe sitzen. Sie hörte Kinderlachen und eine helle Stimme.

»Mami sieh mal, der Mann hier. Meinst du, den können wir bekommen? Bitte, ich hab so einen Hunger.«

Brittany brauchte eine Weile, ehe sie den Sinn hinter den Worten des Kindes verstand.

Sie versuchte wieder, in den Schatten zu flüchten, schaffte es aber nicht. Da stand die Mutter an ihrem Fenster. An jeder Hand hielt sie ein Kind. Der Größe nach zu urteilen eins ungefähr vier Jahre und eins im Schulalter. Die Kleidung ließ darauf schließen, dass es sich um einen Jungen und ein Mädchen handeln musste, wenn da nicht diese Fratzen gewesen wären. Sie hatten jeder ein Auge in der Mitte der Stirn und ein Maul das den Rest des Gesichtes einnahm. So ein Wesen hatte sie schon einmal auf dem Ball gesehen.

»Oh Mama, sieh mal, die Frau ist auch neu. Bitte, können wir die haben?«

»Nein Schatz, siehst du das Schild hier unten? Da steht, sie ist für Asmodeus reserviert. Er benötigt ja eine Jungfrau für seine Initialisierung. Ich denke, er hat sie schon früh gewählt. Wir suchen weiter. Wir finden schon was Leckeres.«

Wimmernd zog sich Brittany wieder in die Ecke zurück. Asmodeus war Matthew. Matthew, der immer ihr bester Freund gewesen war. Der sie in der Schule immer in Schutz genommen hatte. Der, selbst als er erwachsen war, immer in ihrer Nähe blieb. Der sie immer aufzog wegen ihrer Jungfräulichkeit. Und nun wollte er irgendeine

Initialisierung durchführen und brauchte eine Jungfrau? Das alles ergab keinen Sinn. Je mehr sie darüber nachdachte, desto mehr verwirrte sie das, was geschah. Wie lange sie hier in diesem Raum war, konnte sie nicht mit Bestimmtheit sagen. Kein Tageslicht kam hierher, nur der schmale Streifen und der schien künstliches Licht zu sein. Die Maske saß immer noch auf ihrem Gesicht. Wieder versuchte sie, diese zu entfernen, zerkratzte aber nur erneut ihre Haut. So gab sie es schließlich auf. Ihre Gedanken rasten und sie wollte nur eins, hier raus. Wieder nach Hause. Da öffnete sich eine Türe seitlich von ihr. Eine Trage wurde herein geschoben. Zwei Männer schoben sie und Brittany wagte nicht, diese anzusehen. Aber sie konnte dann doch dem Drang nicht widerstehen. Es waren beides Menschen. Neben ihr kamen sie zum Stehen und hoben sie mühelos auf die Bahre. Brittany versuchte, sich zu wehren, doch die Kraft der beiden war zu groß, sie musste schließlich aufgeben und wurde festgeschnallt.

»Bitte, lasst mich frei. Bringt mich hier raus. Ich habe nie jemandem etwas getan. Bitte.«

»Schweig! Du bist für Asmodeus bestimmt.«

Die Stimme des einen klang hohl und monoton. Sie sah ihn sich genauer an, sein Blick war leer und starr geradeaus gerichtet. Brittany besah sich den anderen, auch dessen Blick war emotionslos. Dann setzte sich die Bahre unter ihr in Bewegung. Panik erfasst sie. Aus Filmen wusste sie, dass Jungfrauen in schrecklichen Ritualen geopfert werden. Sollte das auch ihr Schicksal sein? Über ihr waren Neonröhren, die sich mit weißer Decke abwechselten. Sie hörte, wie eine Tür geöffnet wurde. Dann wurde sie in einen Raum geschoben. Fast hatte sie erwartet, dass es ein OP-Saal sein würde, doch es war ein Raum mit glänzenden, schwarzen Wänden. Und unzähligen schwarzen Kerzen, die dem Ganzen eine mystische Atmosphäre verliehen. Ihre Fesseln wurden gelöst und man hob sie auf einen steinernen Tisch. Dann streifte einer der Männer ihr das Hemd über den Kopf. Sie wollte protestieren und wand sich, um dem zu entgehen, doch der Mann war bedeutend stärker. Schamröte stieg ihr ins Gesicht als sie nackt auf dem Steinaltar lag. Ihre Arme und Beine wurden mit Ketten an den Steinblock gefesselt und so festgezogen, dass sie sich nicht mehr bewegen konnte. Angst schnürte ihr Herz zusammen. Brittany wandte ihren Kopf, um sich umzusehen. Außer den beiden Menschen befanden sich noch mehr Personen im Raum, sie zählte insgesamt sieben. Alle waren in schwarze Umhänge gehüllt und ihre Köpfe mit Kapuzen verdeckt. Die Gesichter, oder was auch immer, konnte sie unter den Kopfbedeckungen nicht ausmachen. Da ertönte ein sonorer Gesang. Komischerweise musste sie an schlechte Filme denken. Doch das hier war real. Die Gestalten schlugen fast synchron die Kapuzen zurück. Brittany zuckte beim Anblick der Fratzen zusammen. Matt/ Asmodeus stand in der Mitte. Ihr Körper fing unkontrolliert zu zittern an. Mit einem Mal wurde ihr bewusst, was passieren würde. Ihr Leben würde hier enden. Sie würde keinen Ausweg finden, niemand würde sie retten. Dies war kein Film, sondern brutale Realität. Der Gesang hörte auf und Asmodeus trat zu ihr. Mit seiner Klaue strich er über ihre Wange und fuhr mit einer Kralle ihren Hals bis zur ihrer Brust entlang. Nun hielt Brittany nichts mehr, sie schrie ihre Angst hinaus. Gleichzeitig strömten Tränen über ihr Gesicht.

»Scht, Zuckerschnute. Es wird schnell gehen. Doch vorher möchte ich, dass du etwas weißt. Ich war wirklich dein bester Freund. Derjenige, der dich davon abhielt, mit irgendeinem Kerl ins Bett zu steigen. Derjenige, der dich seit deiner Kindheit auf diesen Moment vorbereitet hat. Du warst immer dazu bestimmt, mein Initialisierungsopfer zu sein. Denn so werde ich in der Hölle einen Platz unter den ranghöheren Dämonen erhalten. Als Sohn des Teufels hat man es doppelt schwer. Und ich will nur dein Herz, mehr nicht.«

Die sechs übrigen Monster hoben zeitgleich ihre Hände, und die Kerzen im Raum stießen mannshohe Flammen aus. In diesem Moment wurde es unerträglich heiß in dem Raum. Asmodeus hob den Arm, formte seine Hand zu einer Klaue und blitzschnell schoss sie nach unten. Genau auf Brittanys Brust zu. Ein reißender Schmerz durchfuhr ihren Oberkörper und sie schrie, bis nur noch ein Wimmern ihre Lippen verließ. Mit vor Tränen verschleiertem Blick sah sie, wie seine Klaue wieder hochkam. Und mit Entsetzen sah sie ihr Herz, das er in seiner Klaue hielt. Es zuckte nur einmal schwach und war dann leblos. Mit einem Lächeln führte er es zum Mund und fraß es. Wie konnte das sein, dass sie ohne Herz noch sehen konnte, wie er ihr Herz verspeiste? Stimmt, sie hatte im Biologieunterricht gelernt, dass das Gehirn noch arbeitete, wenn das Herz zu schlagen aufhörte. Irrwitzigerweise hatte sie den Drang zu lachen, doch immer mehr verließ sie die Fähigkeit ihren Körper zu kontrollieren. Dann verschleierte sich ihr Blick komplett und alles wurde schwarz um sie.

Die Maske fiel von Brittanys Gesicht und Asmodeus hob sie auf.
»Die sollten wir gut aufbewahren. Nie wieder soll ein Mensch sie tragen können. Und bitte, wirf ihren Kadaver den niederen Dämonen zum Fraß vor. Sie ist nicht länger von Nutzen.«
Brittanys Leiche wurde in einen Raum gefahren, in dem schon die Mutter mit den zwei Kindern wartete. Gierig stürzten sie sich auf die Überreste.

DANSE MACABRE

Corinna Schattauer

In ihrem Traum hörte sie eine Sirene, ohrenbetäubend laut.
Big Ben schlug Mitternacht. Sie stürzte zu Boden.
Dann wachte sie auf.

Benommen öffnete Annie die Augen und starrte ins Dunkel über
ihr. Wie durch Watte drangen gedämpfte Geräusche an ihr Ohr.
Lachen, Musik. In ihrem Kopf herrschte völlige Leere. Wo war sie? Sie
versuchte, sich zu erinnern, doch ihr Gedächtnis schien sich gerade so
ihren gedanklichen Fingerspitzen zu entziehen, egal wie verzweifelt
sie sich danach ausstreckte. Hatte sie Glocken gehört? Sie konnte es
nicht mit Bestimmtheit sagen.

Mühselig setzte Annie sich auf, um sich umzusehen. Rasch
gewöhnten sich ihre Augen an das spärliche Licht , das sie umgab,
sodass sie ihre Umgebung wenigstens schemenhaft erkennen konnte.
Der Raum, in dem sie sich befand, war so hoch, dass sie die Decke
im Halbdunkel kaum noch erkennen konnte. Sie selbst saß auf einem
kalten Parkettboden, eingehüllt in schummriges Dämmerlicht wie in
eine schwerelose Decke. Fenster, Kerzen oder Lampen gab es keine
an den dunkel getäfelten Wänden; lediglich unter einer Tür zu Annies
Linken drangen Lichtstrahlen hindurch und fielen wie ein Fächer über
das polierte Holz. Hin und wieder wurden sie von vorbeieilenden
Schatten unterbrochen, die allem Anschein nach von Menschen hinter
der Tür geworfen wurden. Von dort erklangen die fröhlichen Stimmen
und die Musik, die gerade einen lebhaften Walzer anstimmte.

Annie versuchte erneut in ihr Gedächtnis einzudringen, wenigstens
einer einzigen Erinnerung habhaft zu werden; und sei es auch nur ein
Gesicht, ein Ort, irgendetwas. Doch da war nichts. Sie wusste nicht im
Mindesten, wo sie sich befand und wie sie überhaupt an diesen Ort
gelangt war. Es fühlte sich an, als versuche sie, durch einen zähen,
dichten Nebel zu schauen, der sich nicht lichten wollte. Nur einmal,
ganz plötzlich, blitzte ein Gesicht vor ihrem inneren Auge auf, ein
Gesicht, das sie kennen sollte, doch zu dem sie keinen Namen fand.

Dann ein Geräusch, laut, durchdringend. Sie hatte Angst. Dieses Geräusch machte ihr Angst. Doch so plötzlich wie sie gekommen waren, verschwanden diese Schatten von Erinnerungen, diese bloßen Träume, wieder aus Annies Bewusstsein. Ein glockenhelles Lachen vor der Tür riss sie zurück ins Hier und Jetzt.

Behutsam stand das Mädchen auf und stellte dabei erleichtert fest, dass ihr alle Gliedmaßen einwandfrei gehorchten. Aus irgendeinem Grund hatte sie den Eindruck, dass das eigentlich nicht der Fall sein sollte. Beim Aufstehen erst – vorher zu sehr abgelenkt durch all die neuen Eindrücke – bemerkte Annie, dass sie ein bodenlanges, schweres Kleid trug. Das konnte nicht das ihre sein! In einer Ecke ihres Bewusstseins, irgendwo hinter ihren unzugänglichen Erinnerungen wusste sie, dass es sich dabei nicht um die Art Kleid handelte, die sie für gewöhnlich trug. Solche edlen und teuren Gewänder hatte sie bisher höchstens aus der Ferne bewundern können. Als Annie an sich hinuntersah, erkannte sie selbst im schummrigen Licht die aufgenähten, glitzernden Steine und verschlungenen Muster, die den wertvollen goldenen Stoff kunstvoll verzierten.

Unsicher blickte sich das Mädchen in dem fremden Raum um, als müsste derjenige, der dafür verantwortlich war, dass sie hier war und dass sie dieses Kleid trug, plötzlich in einer der dunklen Ecken stehen und sie beobachten. Doch da war niemand.

Der Raum war fast vollkommen leer. Nur ein niedriger, hölzerner Tisch stand in der Mitte, gerade außerhalb des Lichtscheins, der unter der Tür hindurchdrang. Auf ihm lag, ein heller Fleck in der Dunkelheit, eine weiße Maske. Einen Moment lang stand Annie still und lauschte unsicher, doch es schien sich weiterhin niemand um sie zu kümmern. Also tat sie einen vorsichtigen Schritt auf den Tisch zu. Die hochhackigen Schuhe, die sie, versteckt unter dem Saum des bodenlangen Kleides, trug, verursachten ein helles Klacken auf dem Parkettboden, das in der Stille des hohen Raumes schaurig widerhallte. Gepaart mit dem aufdringlichen Rascheln des üppigen Stoffes, der an ihrem Körper hinunterfloss, zerriss es die fast schon dröhnende Stille.

Annie legte die letzten Schritte bis zum Tisch zurück, während die Musik vor der Tür lauter wurde und im Gegenzug die Stille in dem Raum, in dem sie sich befand, nur noch aufdringlicher machte. Behutsam nahm das Mädchen die Maske in die Hand. Sie war aus glattem, weißem Porzellan gefertigt und mit großer Handwerkskunst waren ihr absolut ebenmäßige menschliche Züge verliehen worden. Die perfekt geschwungenen Lippen bildeten einen geschlossenen Mund, eine makellose, gerade Nase erhob sich darüber. Die Augen aber blieben frei, sodass man durch sie hindurchsehen konnte. So echt es auch wirkte, so leblos schien Annie das allzu makellose Gesicht. Es war ganz so, als hätte man es nach dem Ebenbild einer Frau auf dem Sterbebett angefertigt. Fasziniert drehte Annie das Kunstwerk in ihren Händen, um auch die Rückseite zu betrachten, die ebenso glattgeschliffen und poliert war wie die Vorderseite. Breite rote Seidenbänder, mit fremdartigen, goldenen Symbolen bestickt, waren nahtlos an den Seiten befestigt. Lächelnd drehte Annie die Maske wieder herum. Sie runzelte die Stirn. Hatten sich die Gesichtszüge verändert? Mit einem Mal wirkten die Lippen ein wenig schmaler, das Gesicht als Ganzes jugendlicher. Nein, dachte Annie, sicherlich spielte das schummrige Licht ihr Streiche.

Sie konnte der Versuchung des schönen Spielzeugs nicht widerstehen. Als sie sich noch einmal vergewissert hatte, dass niemand sie beobachtete, legte sie die Maske an ihr Gesicht. Sie passte wie angegossen. Ihre Finger zitterten vor Aufregung, als Annie die Seidenbänder hinter ihrem Kopf zu einer großen Schleife band. Gerade als sie ihre Hände wieder sinken ließ, schwang die Tür zu dem Raum mit einem leisen Knarren auf.

Erschrocken wirbelte Annie herum und hielt die Luft an, während sie mit klopfendem Herzen die geöffnete Tür anstarrte. Würde jemand kommen, um sie zu holen? Goldenes Licht fiel nun ungehindert über die Schwelle, ergoss sich wie Honig einladend auf dem dunklen Boden. Nichts weiter geschah. Niemand kam. Nur die Musik und das Lachen drangen nun lauter und deutlicher an Annies Ohren. Außerdem vernahm sie nun auch das Scharren vieler, vieler Sohlen auf poliertem Parkettboden.

Von ihrer Neugier getrieben trat Annie auf den erleuchteten Durchgang zu und spähte am geschnitzten Türpfosten vorbei in den Saal, der sich dahinter erstreckte.

Er war riesig. Von einer hohen Stuckdecke hingen dutzende gigantische Kronleuchter, die blitzten und funkelten und den ganzen gewaltigen Raum in hellem Licht erstrahlen ließen. Ein sicher hundert-köpfiges Orchester spielte auf einer Bühne, während unzählige Paare in den teuersten Gewändern zu der fulminanten Musik tanzten. Sie alle trugen Masken, die der ähnlich waren, die auch Annie sich aufgesetzt hatte: schlicht, weiß, mit leblosen Gesichtszügen. Dennoch waren sie alle sehr unterschiedlich; jede Maske hatte ein ganz eigenes Gesicht. Manche hatten fast schon tierische Züge, andere waren vollkommen glatt, ohne Mund und ohne Nase, manche zeigten seltsame Auswüchse oder gar Hörner. Eine spindeldürre Dame, die an Annie vorbeitanzte, trug gar eine Maske, die ihren ganzen Kopf einschloss und nicht nur auf der Vorderseite, sondern auch am Hinterkopf ein grausames Gesicht zeigte. Annie zuckte zusammen, als sie vom Hinterkopf aus mit echten Augäpfeln angestarrt wurde. Als sie noch dachte, dass sie sich das eingebildet haben musste, war die Frau schon wieder in der Menge der Tanzenden verschwunden.

Voller Staunen beobachtete Annie weiter das Treiben. Wer waren diese Leute? Woher kamen sie? Was hatte sie mit ihnen zu tun? Warum war sie zu diesem Maskenball gebracht worden? Nun, keine der Fragen würde sich von alleine beantworten.

Annie atmete tief durch, bevor sie über die Schwelle trat. Gerade bevor ihr Fuß den Boden auf der anderen Seite berührte, blitzte noch einmal das Gesicht vor ihrem geistigen Auge auf. Ein Junge, sicher keine sieben Jahre alt, der sie aus großen, blauen Augen anstarrte. Doch als ihr Fuß auf der anderen Seite aufsetzte, zerfiel das Gesicht in dem wabernden Nebelschleier, der sich über ihr Gedächtnis gelegt hatte. Wer war das gewesen?

Einen Moment lang stand Annie unschlüssig vor der geöffneten Tür, während die vielen Paare an ihr vorbeitanzten ohne sie zu beachten. Vielleicht würde sie das Gesicht wieder sehen, wenn sie durch die Tür zurückginge? Sie spähte in den kleinen dunklen Raum hinein, aus dem sie gekommen war. Doch bevor sie einen Entschluss fassen konnte, sprach sie jemand von der Seite an. Annie, in Gedanken verloren, schrak auf und das kindliche Gesicht verschwand ganz und gar aus ihrem Gedächtnis.

»Entschuldigung, wie bitte?«, stammelte Annie, als sie bemerkte, dass sie erwartungsvoll aus den Augenlöchern einer Maske angeblickt wurde. Vor ihr stand ein hochgewachsener, schlanker Mann in einem eleganten, schwarzen, aber einfach gehaltenen Anzug. Nur seine Maske war prachtvoller als alle anderen, denn sie wurde eingerahmt von großen, geschwungen, weißgrauen Straußenfedern.

»Ich fragte, ob du tanzen möchtest«, wiederholte nun ihr Gegenüber. Seine Stimme war sanft, weich und einladend. Annie merkte nicht einmal, wie sie die Entscheidung traf, nach seiner Hand griff, die ihr sehr kalt vorkam, und sich von ihm auf die Tanzfläche ziehen ließ. Nahtlos fügten sie sich zwischen den anderen Paaren ein. Annies Füße tanzten ganz von selbst, setzten einen anmutigen Schritt an den nächsten.

»Ich bin Annie«, unterbrach sie schließlich das Schweigen zwischen sich und ihrem Tanzpartner, das ihr gar zu lange dauerte. In den dunklen Augen ihres Gegenübers konnte sie ein Glitzern erkennen, ganz so als würde der Mann lächeln. Doch seine Lippen konnte sie unter der Maske nicht sehen.

»Ich weiß«, erwiderte er. Annie runzelte die Stirn.

»Und mit wem habe ich das Vergnügen?«, fragte sie nun etwas schnippisch, angesichts des Mangels an Manieren ihres Tanzpartners.

»Nenn mich Hain«, erwiderte er sanft, »Ich bin ein Freund. Und, wie es der Zufall so will, auch dein Gastgeber.«

»In Ordnung«, nickte Annie, »Hain. Dann kannst du mir sicher sagen, wo wir uns befinden. Und auch, warum ich überhaupt hier bin.«

Hain hob den Arm und gab ihr einen sanften, aber bestimmten Schubs, sodass Annie eine Drehung machte. Als er ihre freie Hand wieder ergriff, legte er den Kopf schief.

»Weil jeder hierher kommt, früher oder später«, erwiderte er belustigt, »Ob arm, ob reich, ob bedeutend oder nicht. Jung und alt, gut und schlecht. Hier weiß niemand, wer der andere einmal war, sondern nur, wer er jetzt ist. Es bleibt alles ...« Er ließ kurz von ihrer Taille ab, spreizte die Finger und wedelte mit seiner freien Hand vor seinem verborgenen Gesicht umher, »... hinter der Maske.« Annie schüttelte den Kopf. Das schien ihr keinen Sinn zu ergeben.

»Aber wieso?«, fragte sie. Erneut trat ein Glitzern in die Augen ihres Tanzpartners. Erneut wirbelte er sie herum, doch diesmal war er verschwunden, als Annie seine Hand wieder in der ihren erwartete. Erschrocken blieb sie inmitten der Tanzenden stehen und sah sich um, doch Hain konnte sie nirgends entdecken. Da wurde sie plötzlich von einem der tanzenden Pärchen angerempelt.

»Hey!«, rief Annie ihnen hinterher, »Passt gefälligst ...« Sie wurde unterbrochen, als ein zweites Paar in sie hineintanzte und sie dabei so heftig schubste, dass sie stolperte und auf allen Vieren auf dem Boden landete. Ein spitzer Absatz trat ihr auf die Hand, woraufhin Annie erschrocken aufschrie. Rasch richtete sie sich wieder auf und sah sich verwirrt um. Was geschah hier?

Die Musik schien wieder einmal lauter zu werden. Das Pochen von unzähligen Absätzen auf Holz verschmolz mit dem Scheppern der Trompeten und dem Kreischen der Geigen und dröhnte ihr in den Ohren. Gackerndes Gelächter drang aus einer Ecke des Raumes, schiefer Gesang aus einer anderen. Musik, Stampfen und Stimmen schwollen zusammen zu einer Kakophonie an, die Annies Sinne vernebelte. Taumelnd wich sie einem Paar aus, das es genau auf sie abgesehen zu haben schien. Als die beiden knapp an ihr vorbeiwalzten, erhaschte Annie einen Blick auf ihre Gesichter. Und da bemerkte sie mit einem mal mit Grauen, dass die Menschen um sie herum gar keine Masken trugen. Die Gesichter, die die Tanzenden zur Schau stellten, mochten einmal Masken gewesen sein, doch nun waren sie nahtlos mit ihrer Haut verschmolzen. Direkt unter dem Kiefer zog sich bei allen eine Narbe entlang, wo Porzellan und Fleisch eins geworden waren. Entsetzt sog Annie Luft ein. Plötzlich tanzten Tiergesichter, Teufelsfratzen und Grimassen immer schneller um sie herum, starrten sie mit ausdruckslosen Augen an. Panisch versuchte Annie, ihre eigene Maske herunterzureißen, doch es gelang ihr nicht. Sie fügte sich nur selbst Schmerzen zu, denn das glatte Porzellan war bereits eins geworden mit ihrem Gesicht. Zitternd tastete sie mit den Fingerspitzen über die Maske und spürte, dass es sich nicht mehr um das gleiche, ebenmäßige Antlitz handelte, das sie zuvor noch gezeigt hatte. Wie auch bei den Wesen um sie herum hatten sich Auswüchse und Einfurchungen gebildet, die zuvor nicht da gewesen waren.

Nun, da der Zauber von den Masken abgefallen und blankem Entsetzen gewichen war, bemerkte Annie, was die teuren und überbordenden Kleider der Anwesenden zu verhüllen suchten: Verwesende Hautfetzen zeigten sich an Hälsen und Schultern, knöcherne Hände steckten in feinen Spitzenhandschuhen, Maden und Würmer tummelten sich in verfilztem Haar. Annie konnte nicht fassen, was sie sah. Erst als sie erneut angerempelt wurde, überwand sie ihre Schockstarre, raffte den schweren Rock ihres Kleides und rannte los. Aber sie prallte gegen eine Wand aus unbarmherzigen Leibern, die sie nicht durchdringen konnte. Unsanft wurde sie von den Tanzenden, die sich immer schneller im Kreise drehten, in die Mitte der verfaulenden Körper zurückgeschubst.

Da stand Hain plötzlich wieder hinter hier, legte ihr seine kalten Hände an die Taille und flüsterte in ihr Ohr:

»Du weißt nun, wo du bist, nicht wahr?«, fragte er. Seine Stimme war noch immer weich und sanft, hatte nichts von ihrem einladenden Ton verloren.

»In der Hölle«, presste Annie unter Tränen der Verzweiflung hervor.

Hain wirbelte sie schwungvoll zu sich herum, presste sie an sich und begann ihren Tanz von Neuem.

»Die Hölle gibt es nicht«, versicherte er, »Nur das Jenseits. Den Tanz der Ewigkeit.«

Annie versuchte, sich loszureißen, doch Hains Griff war eisenhart. Sie konnte gar nicht anders, als sich mit ihm wieder unter die Tanzenden zu mischen.

Sie war also tot, traf Annie die Erkenntnis. Und mit einem Mal erinnerte sie sich.

Sie erinnerte sich an ein Mädchen in verschlissenen Kleidern auf der Suche nach etwas zu essen. An ihren Bruder, Jack, sieben Jahre alt, auf sich allein gestellt, nun da sie nicht mehr da war. Die Monate des Hungers seit ihre Eltern tot waren. Die ständigen Angriffe, das ständige Heulen der Sirenen. Sie hatte Jack versprochen, ihn zu beschützen. Nun saß er in ihrem gemeinsamen Versteck, alleine in der Kälte und der Dunkelheit, und wartete darauf, dass sie zurückkehrte. Er würde vergeblich warten.

»Ich muss zurück!«, schrie Annie über das fanatische Stampfen zahlloser Tänzer hinweg, »Ich muss sofort zurück!«

Mit einem Mal hörte die Musik auf zu spielen, alle kamen zum Stehen und blickten sie an. Vollkommene, erwartungsvolle Stille legte sich über den ganzen Saal.

Auch Hain stoppte ihren Tanz so abrupt, dass Annie übel wurde. Wie das Kaninchen vor der Schlange stand sie steif vor ihm, während er sie durchdringend anstarrte. Dann versetzte er ihr einen Stoß, sodass sie zur Seite stolperte, fing sie aber mit seinem anderen Arm in ihrem Rücken wieder auf. Hilflos hing Annie in Hains unbarmherziger Umarmung. Mit glitzernden Augen lehnte er sich über sie, bis ihre Gesichter so dicht voreinander waren, dass Annie seinen Atem auf ihrer Haut spüren konnte. Er war eiskalt.

»Niemand kehrt zurück«, zischte ihr Tanzpartner leise. »So sind die Regeln.«

Annie schürzte die Lippen. »Dann musst du eben eine Ausnahme machen«, presste sie in der Hoffnung hervor, dass ihre Stimme nicht allzu sehr zitterte. Hain beugte sich noch weiter nach vorne, sodass seine kalten Porzellanlippen Annies Ohr berührten.

»Warum?«, flüsterte er heiser. Annie kniff die Augen zusammen und wandte das Gesicht ab.

»Weil ich dir dafür gebe, was immer du willst«, stieß sie hervor. Eine kalte Hand legte sich ihr an den Hals und streichelte sie in einer Geste, die wohl zärtlich sein sollte, die das Mädchen aber schaudern ließ.

»Was immer ich will?«, wiederholt Hain leise. Bei diesen Worten berührten die Lippen seiner Maske Annies Haut. Sie erschauerte und bog ihren Kopf so weit wie möglich zur Seite.

»Alles«, bestätigte sie hastig. Ganz plötzlich richtete Hain sich auf und zog sie mit sich.

»Dann sollten wir die Verhandlungen beginnen!«, verkündete er heiter, während er begann, Annie mit federnden Schritten zu umrunden. »Was hast du mir anzubieten?«

Nervös flackerte Annies Blick zwischen den grauenvollen Masken hin und her, aus denen tote Augen sie gnadenlos anstarrten. Weglaufen war unmöglich. Doch was hatte sie schon anzubieten? Sie besaß nichts außer dem Kleid und den Schuhen, die sie trug. Und die gehörten vermutlich ohnehin bereits ihrem Gastgeber. Sie versuchte, Haltung zu wahren.

»Nenne deinen Preis!«, forderte sie Hain hochmütig auf. Der hochgewachsene Mann hielt in seinem Gang inne, um sie anzusehen.

»Du bist mutig«, gab er zu, während er auf sie zuschritt. Kurz vor ihr blieb er stehen und legte seinen langen, dünnen Zeigefinger an ihre linke Schulter, ließ ihn in einem sanften Bogen über ihren Hals und ihre Kehle gleiten, bis er genau über ihrem Herzen haltmachte.

»Das hier ist mein Preis«, hauchte er, »Dein Herz.« Annie reckte das Kinn in die Höhe.

»Wie kann ich ohne mein Herz in die Welt der Lebenden zurückkehren?«, widersprach sie, wobei mehr Mut in ihrer Stimme mitklang, als sie tatsächlich fühlte. »Der Handel, den du vorschlägst, ist unmöglich.« Rasch legte Hain seinen kalten Zeigefinger an Annies Lippen.

»Überlass das nur mir«, flüsterte er, »Ich versichere dir, dass du in die Welt der Lebenden zurückkehren kannst, um dort zu bleiben, bis das Schicksal dich wieder in meine Arme treibt. Meine Seite des Handels lass meine Sorge sein. Dein Herz, meine Liebe, schlägt nicht nur in deiner Brust.« Hain nahm seinen Zeigefinger von Annies Lippen. »Haben wir eine Abmachung?«

Das Mädchen nickte. Ehe sie reagieren konnte, hatte Hain die Porzellanlippen seiner Maske auf die ihren gepresst.

Annie erwachte vom durchdringenden Heulen des Fliegeralarms. Es war dunkel, denn in keinem der Häuser in ganz London durfte ein Licht brennen. Panisch tastete das Mädchen nach ihrem Gesicht, doch die grauenhafte Maske war verschwunden. Nur ihre Haut zeugte davon, dass ihr Erlebnis kein Traum gewesen war. Sie fühlte sich rau an, wo das Porzellan mit ihrem Fleisch verschmolzen war. Der Lärm von Flugzeugen ganz in der Nähe riss Annie endgültig in die Wirklichkeit zurück. Eilig sprang sie auf die Beine und bemerkte, dass sie wieder ihr eigenes, abgenutztes Kleid unter dem zu großen Wollmantel trug, der einmal ihrer Mutter gehört hatte. Ihre Füße steckten in den groben Halbschuhen mit der abgewetzten Sohle, die sie schon seit Jahren trug. Als sie zu Big Bens verdunkeltem Ziffernblatt emporsah, überkam sie trotz der allgegenwärtigen Zerstörung eine Welle der Erleichterung. Sie war zu Hause. Von Hain gab es weit und breit keine Spur.

Annie raffte rasch ihre Habseligkeiten zusammen, die sie hatte einsammeln können, bevor die Bombe niedergegangen war. Das Brot hatte im Matsch gelegen, aber sie und ihr Bruder hatten schon Schlechteres gegessen.

Eilenden Fußes machte sie sich auf zu ihrem Versteck. Sie fand Jack wohlbehalten in dem verlassenen Keller, in den sie beide sich vor einer Weile schon eingenistet hatten. Sie umarmte ihren kleinen Bruder so fest sie nur konnte, so glücklich war sie, ihn wiederzusehen. Um ein Haar wäre ihr das auf ewig versagt geblieben.

»Was ist mit dir passiert, Annie?«, fragte er erschrocken, als er die Narben unter ihrem Kiefer erblickte.

»Nichts«, versicherte sie rasch, »Hier, iss!« Sie schob ihm alles Brot zu, das sie hatte ergattern können. Ohne weitere Fragen zu stellen begann Jack gierig zu essen. Er hatte schon viel zu lange nichts mehr in seinen heranwachsenden Magen bekommen.

Annie atmete tief durch, ließ sich im Schneidersitz auf den Boden sinken und schloss die Augen. Sie war zu Hause. Es war kein gutes zu Hause, doch es war besser als dieser grausige Maskenball. Sie schreckte auf, als Jack plötzlich würgte und sich erschrocken an die Kehle griff.

»Jack?«, fragte Annie besorgt, aber in der Hoffnung, dass ihr kleiner Bruder sich nur einen Scherz mit ihr erlaubte. Doch die Augen des Jungen wurden groß, als er sie hilflos nach Luft ringend ansah. »Jack!« Verzweifelt stürzte Annie zu ihm hinüber. Ihr kleiner Bruder fiel zuckend zu Boden. Er schwitzte, während Krämpfe seinen kleinen Körper schüttelten. Starr vor Schreck kniete Annie vor ihm und wusste nicht, was sie tun sollte. »Jack«, schluchzte sie vollkommen hilflos, »Hör auf damit!«

»Ich fürchte, das wird noch eine Weile so weitergehen«, erklang eine allzu bekannte Stimme hinter ihr. Annie wirbelte herum. »Was hast du mit ihm angestellt?«, fauchte sie den schlanken Mann an, der ihr gegenüber stand. Seine makellose Erscheinung, die durch einen Pelzmantel noch dekadenter wirkte, war vollkommen fehl am Platz an einem trostlosen Ort wie diesem. Hain schüttelte in gespielter Trauer seinen Kopf, sodass sie Straußenfedern seiner Maske sanft in der Zugluft schwangen.

»Ich habe gar nichts getan«, erwiderte er, »Ich kann kaum etwas dafür, dass du Brot stiehlst, das sein Besitzer zum Vergiften der Ratten in seiner Küche gedacht hatte.«

Annie sank auf die Knie.

»Nein«, flüsterte sie, »Das warst du. Du hast gesagt, du würdest mir mein Herz nehmen. Du hast mich in dem Glauben gelassen, du würdest es wörtlich meinen.«

»Vielleicht habe ich die ein oder andere Ratte in bewusste Küche gesetzt«, gab Hain leichthin zu, »Aber ich habe dich nie belogen, meine Gute.«

Annie vergrub ihr Gesicht in ihren Händen. Als sie ihre Tränen hinuntergeschluckt hatte, blickte sie Hain fest in die Augen.

»Lass ihn gehen«, bat sie, »Ich ... ich wusste ja nicht, dass ... bitte, nimm mir alles, nur nicht ihn.« Mit einer ungeduldigen Geste gebot Hain ihr zu schweigen.

»Du hattest eine Verhandlung«, wies er sie scharf zurecht. »Eine zweite Chance bekommt niemand.«

Schweigen füllte den feuchten Keller, nur unterbrochen von Jacks schmerzerfülltem Keuchen.

»Dann nimm mich mit«, bat Annie. »Lass mich nicht ohne ihn hier zurück.«

Hain legte den Kopf schief. Er schien kaum überrascht zu sein. Schließlich nickte er langsam. Er griff in die Innentasche seiner Jacke und förderte eine Maske zutage. Weiß, makellos, mit goldener Stickerei auf dem roten Band. Ohne dass er sie auffordern musste, griff Annie danach. Das Mädchen schluckte schwer, warf Jack einen Blick zu und setzte sich die Maske ein weiteres Mal auf. Das rote Band knüpfte sie zu einem festen Doppelknoten. Hain nickte, dann ging er zu Jack hinüber und hob ihn mühelos vom Boden auf, als wöge er nichts. Sofort wurde der Junge ruhiger, seine Atmung entspannte sich, bis er nur noch sanft zu schlafen schien. Mit ihrem Bruder in einem Arm nahm Hain Annie mit der anderen Hand an der Taille und begann einmal mehr, sich mit ihr im ewigen Tanz zu drehen, bis der feuchte Keller zu einem festlichen Ballsaal wurde und helles Licht sie alle umfing.

DIE MASKE DES GARGOYLES

Stefanie Bender

Winter 1886

Der Sturm tobt schon seit Stunden. Eisiger Wind fegt an den Schlossmauern entlang und dringt in jede Ritze des alten Mauerwerks. Die sonst so lebhafte Kleinstadt liegt wie ausgestorben zu meinen Füßen. Vereinzelt halten Kutschen an Haustüren, um auch die letzten Passanten in die sicheren vier Wände zu geleiten. Nach und nach erlischt das Licht hinter den Fenstern der Wohnungen. Vielleicht ist es die Angst, die sie veranlasst, die Häuser zu verdunkeln. Menschen haben immer Angst. Ihre Seelen sind zerfressen von Furcht und Zweifel. Ich spüre, dass der Sturm nur der Vorbote eines harten, langen Winters ist und der verhasste Schnee schon bald auf die Erde niederfallen wird.

Kaum dass ich den Gedanken beendet habe, sehe ich die erste weiße Flocke vom Himmel gleiten. Sie wird den Weg bis zur Erde nicht überstehen. Sie wird vergehen, noch bevor sie sich auf die kalte Straße niederlegen kann. Doch die Wolken sagen bereits die Ankunft ihrer unzähligen Nachkommen voraus. Wie es meiner Natur entspricht, sitze ich unbewegt auf meiner Zinne – noch. Schon bald wird der Stein erweichen, bröckeln und mich endlich freigeben. Ich spüre die baldige Befreiung, das Leben, zum Greifen nahe. Lange habe ich gewartet. Ein Jahr lang blickte ich auf die Menschen hinab, ohne meinen Hunger stillen zu können. Das Wasser würde mir im Maul zusammenlaufen, wäre mein Körper aus Fleisch und Blut, und nicht aus Stein. Wie mir, so geht es auch anderen, denn ich bin nicht allein. Viele gibt es von uns; zwölf an der Zahl. Wir teilen uns das Jahr. Jede Nacht, wenn die Sonne hinter dem Horizont verschwunden ist und der Mond die Welt in schummriges Licht taucht, ist es einem von uns gestattet zu erwachen. Wir fliegen über die Wiesen und nahen Berge, genießen die Stunden, in denen unsere feinen Sinne und Schwingen endlich ihre Macht entfalten können, bevor wir den aufgestauten Hunger stillen. Mir gehört der elfte Monat des Jahres.

Noch sitze ich hier und warte geduldig – versteinert auf der Zinne. Nichtsdestotrotz lebe ich. Ich kann mich nicht rühren, fühle weder Puls noch das Blut durch meine Venen pumpen. Allein meine Augen bewegen sich und sehen die Welt. Die Freiheit, die mein Körper so sehr begehrt. Hunger bedeckt meine Gedanken wie der frühmorgendliche Nebel die Gassen der Stadt. Ich habe solch großen Hunger. Bald werde ich ihn stillen. Heute Nacht. Es beginnt im November, dies ist mein Monat. Die Kirchturmuhr schlägt noch nicht. Mir bleiben noch wenige Minuten zum Beobachten und Auswählen meiner Opfer. Schaut nur, wie sie rennen. Sie rennen in ihre Häuser, verstecken sich unter Decken. Ich kann nur lachen über diese Geschöpfe. Ein raues Knurren in gemeißeltem Fels. Der steinerne Tod lauert auf den Mauern der Kathedrale – und ihr lauft vor einem Gewitter davon. Diejenigen, die nicht laufen, werden tanzen. Heute ist der Abend der Masken. Einen Ball nennen sie es. Ein Maskenball voller Träume.

Heute Nacht nehme ich drei. Vielleicht auch mehr. Ich werde sehen, ich plane nicht gerne weit voraus.

Zuerst besuche ich das Mädchen. Träume von Kindern schmecken süß, doch zu leicht für ein Hauptmahl, welches ich aber gerne auslasse. Frühstück und Nachtisch, mehr bedarf es nicht heute Abend.

Ich hinterlasse kein Blut, ich hinterlasse keine Nachricht. Meine Spur ist unsichtbar und führt ins Nichts. Sie haben keine Ahnung.

Der Glockenturm läutet. Mein Lebenszeichen. Ich fühle, wie die Last des Steins von meinem Körper fällt. Meine Gelenke knacken, während ich mich strecke und dehne. Mit einem genussvollen Knurren erhebe ich mich in die Luft in Richtung der nahen Berge. Die armselige Welt zieht unter mir vorbei. Die Menschen schlafen oder tanzen. Ich drehe noch eine Runde über dem See, dann übersteigt mein Begehren die Grenze der Zurückhaltung und ich begebe mich auf den Weg – den Weg zu ihr. Es dürstet mir nach einem unschuldigen, kindlichen Traum und ich weiß genau, wo ich ihn finde.

Die Mauern, Türen und Fenster des kleinen Hauses halten mich nicht auf. Meine äußere Form ist wandelbar, mir reicht ein Ritz, ein Loch und schon krieche ich hindurch. Kein Auserwählter kann mir entkommen. Der Hausflur ist kalt, weder Kerzen noch Mondlicht erhellen die kleinen Räume. Da ist sie – da liegt sie. Gebettet in Kissen, mit einem Teddybären in ihrem Arm. Ich weiß nicht wie jung sie ist – es ist mir auch egal – doch ihre Gesichtszüge zeigen mir, dass mein Diebstahl sie hat altern lassen. Vor vier Jahren, als ich das erste Mal an ihrem Bett gestanden hatte, blühte ihre Kindheit wie eine Mohnblume auf dem Feld. Ihr dickes, braunes Haar wellt sich über das Kissen und präsentiert mir leuchtend eine graue Strähne. Viel Leben steckt nicht mehr in ihr. Noch ein Mal werde ich von ihr kosten und erst in einigen Jahren an ihr Bett zurückkehren. Sie soll durch mich sterben. Jedoch nicht heute. Tief atme ich ein, rieche und fühle den Traum, in den sie gefallen ist. Der Tiefschlaf eines Kindes; süß und unschuldig. Ich tauche hinein, meine Seele verschmilzt mit der Ihren: Eine grüne Wiese und eine Decke, auf der sie sitzt. Sie pflückt Gänseblümchen und flicht sie zu einem Kranz. Kichernd legt sie ihn auf die Glatze des Großvaters, setzt sich auf seinen Schoß und stimmt ein Kinderlied an. Sie träumt von vergangenen Tagen, an denen sie noch unbeirrt herumtoben konnte. Damals, als sie noch nicht so schwach war. Ein Leben zerstört – durch mich. Durch meinen Raub, durch mein Geschenk.

Wir Gargoyles nehmen nicht nur, wir geben auch. So stahl ich dem Mädchen Jahr für Jahr einen weiteren Traum und setzte ihr als Dank einen Incubus in die kleine Seele. Ich nehme etwas Schönes und gebe etwas Schlechtes. Ich finde das ist ein aufrichtiger Tausch. Auch heute wird es mein Geschenk für sie sein. Nicht jeder Mensch überlebt unsere Albträume, denn sie lassen sie altern und erkranken. Meine Pranke nähert sich ihrem Gesicht. Es ist so klein, dass ich es mit einem Griff komplett bedecke. Sie schlägt die Augen auf, ihr Mund zu einem Schrei geöffnet, ihre Augen voll Pein. Ja, genauso muss es sein. Pure Angst, die heilige Beilage meiner Hauptspeise. Kurz lächelt mein Innerstes. Es freut sich über das nackte Gesicht, wohl das einzige an diesem Abend, das keine Maske trägt.

Jetzt muss es schnell gehen, der Traum darf nicht entweichen. Mit der anderen Krallenhand drücke ich sie nieder. Sie bäumt sich auf, ich ziehe an ihrem Traum, reiße ihn mit einem einzigen Ruck aus ihrer Seele. Ungefiltert strömt meine Gier durch meine Eingeweide, ich werfe den Kopf in den Nacken und brülle meine Ekstase hinaus.

»Ich habe ein Geschenk für dich«, hauche ich in ihr Ohr und gebe den Incubus frei. Sie zittert, Tränen rinnen über ihre blassen Wangen und ich sehe, wie mein Geschenk sich in ihre Seele frisst. Die grüne Wiese ist zur heißen Sandwüste geworden. Das Mädchen lacht nicht mehr, singt nicht mehr; es schreit. Schreit in grenzenloser Panik um Hilfe. Doch der Blumenkranz auf der Stirn des Erwachsenen hat sein dunkles Werk schon fast beendet. Gänseblümchen wachsen zu dornigen Ranken und graben sich tief in den Kopf des Großvaters. Das Blut spritzt in ihr Gesicht. Sie will rennen, aufwachen, aber der Incubus hält sie fest in ihrem Albtraum. Noch einmal bäumt sich der Körper unter mir auf, dann erschlafft er und wird regungslos, ich lasse von dem Mädchen ab. Lauter werdende Schritte warnen mich. Es ist Zeit zu gehen. Mein Körper wandelt sich ohne sichtbare Anstrengung in den grauen Dunst, den sie Nebelschwaden nennen. Stumm verabschiede ich mich von ihr und freue mich auf unser nächstes Treffen. Ich weiß, dass sie auf mich warten wird. Von dieser Nacht an wird sie zu schwach sein, um aufzustehen. Komme ich wieder, wird sie an der gleichen Stelle liegen und sich nicht wehren, wenn ich ihre Träume stehle. Noch einmal sehe ich zurück durch das Fenster, durch dessen Ritzen ich verschwunden bin. Der Kopf des Mädchens fällt zur Seite. Leblose Augen blicken mir vorwurfsvoll entgegen. Ich habe mich verschätzt, der Incubus war zu gründlich. Traurig wende ich mich ab; für nächstes Jahr muss ich mir ein neues Kind suchen.

Meine Gier ist nun besänftigt, doch der Hunger noch nicht gestillt. Die Suche nach dem jungen Mann mit dem Zylinder dauert nicht lange, ich weiß, wo er sich heute Nacht aufhält. Wie auch in den letzten Jahren betrinkt er sich zwischen schillernden Kreaturen und bunt durcheinandertanzenden Geschöpfen. Sie verstecken sich hinter Federn, aber ich sehe durch die Masken in ihre Seele, egal wie pompös diese auch sind. Durch die Ritzen der schweren Flügeltüren dringt der Hauch meines Ichs in den Ballsaal des größten Anwesens der namenlosen Stadt.

Schon erkenne ich ihn. Seine Maske ist verrutscht. Mit dem vermutlich sechsten Glas Whiskey sitzt er in einer Ecke, mutterseelenallein und schnarcht. Mich erfreut dieser Anblick.

Die Anzahl der Menschen um uns herum ist belanglos. Nichts werden sie bemerken – so betrunken, wie sie sind. Euphorisch und sorglos spielen sie ihr buntes Spiel der Masken. Ich kann meine Fassade des Nebels verlassen.

Ich sitze auf seiner Brust. Er sieht erschreckt aus und lallt mir unverständliche Worte entgegen, dann legt sich meine Klaue auf sein Gesicht. Ohne Eile, ohne Hast, aber dennoch erbarmungslos, schließlich sind die Träume der Erwachsenen hartnäckig. Auch er reißt seine Augen auf und wimmert gedämpft unter meiner Pranke. Ich zerre an seinem Traum – einen, wie ich schon viele nahm: der Träumer und eine Frau, nackt, auf einem Bett. Wilde Bewegung, Stöhnen, Erregung und Schweiß. Ob Gänseblümchen oder Sex, ich will alles! Er hat Angst, doch ist er schwächer als das Kind. Er weint und bittet mich stumm, ihn gehen zu lassen. Es scheint, als würde er wissen was geschieht, wenn ich seinen Traum genommen und den Incubus verpflanzt habe. So etwas wie Mitleid kenne ich nicht. Ein Beben erschüttert meinen Körper, während ich den Traum in mich aufnehme und ihm meine Gabe überlasse.

»Ich habe ein Geschenk für dich«.

Ein Bett, eine Frau und er. Gier, Leidenschaft – und spitze Zähne. Er weiß nicht, wie ihm geschieht, als sie sich über ihn wirft und ihre Reißzähne in seiner Halsschlagader versenkt. Ein kurzer Alp, sein letzter Traum. Eine Maske wird er nicht mehr brauchen. Noch einmal drehe ich mich um, denn ich verabschiede mich immer. Weit aufgerissen sind seine Augen, steif sein vor Schreck verzerrtes Gesicht. Ein wenig enttäuscht ziehe ich von dannen und überlege, welch anderer Mensch an seine Stelle treten könne.

Der Nebel, in den ich versinke, wabert über die Tanzfläche. Ich schlängele mich durch Beinstelzen, über Lack und Leder, um ihn zu finden. Weit kann der Gast nicht sein. Ich rieche ihn träumen. Dreckige Träume wie im letzten Jahr. Der Geruch leitet mich in einen angrenzenden Raum. Leise ist die Musik geworden, das Zimmer aber ist mit Leere erfüllt. Er war hier, vor geraumer Zeit. Seine dunkle Seele ist nah und lässt meinen Magen knurren. Ich folge meinem Gespür und verlasse den Ballsaal die Wendeltreppe hinauf. Wind bauscht die Vorhänge auf und bietet mir eine verführerische Aussicht. Der Zigarrenstängel glimmt noch immer, doch der Kopf des Mannes ruht auf seiner Brust. Seine Füße leger auf einen zweiten Stuhl abgelegt. Er schläft, er träumt, ich habe Hunger.

Der Nebel formt sich, gibt mir Rumpf, Beine, Arme, Klauen und Kopf. Ich komme von hinten, gespannt, ob er sich erneut als Kriegsheld sieht und das Gewehr in die Luft reißt. Meine Krallenhand schnellt nach vorne und packt sein Gesicht. Ich halte ihn und schmecke den dunklen Traum bitter auf meiner Zunge. Ein Held, wie er im Buche steht. Ein Bein gestützt auf einer Leiche, die Waffe erhoben, ein stolzes Lächeln ziert sein Antlitz. Bitterer Traum, blutiger Traum. Ich muss ihn haben. Ganz ruhig, junger Mensch, ich bekomme etwas von dir und gebe dir dafür ein Geschenk. Ganz ruhig. Keine Angst. Doch etwas stimmt nicht. Er ist so gelassen. Kein Wimmern, kein Zucken. Dann plötzlich wehrt er sich!

Der Mensch greift mich an – völlig unerwartet. Das hat noch keiner getan. Ich spüre wie die Wut in meiner saugenden Klaue tobt. Ich kann ihn nicht halten. Seine Arme greifen nach hinten. Er fühlt mich, zuckt zurück, nur um noch einmal Kraft zu sammeln. Nein, er hat ein Messer gezogen und sticht zu. Rücklings in meine Seite. Ich will nicht kämpfen, ich kann es nicht. Noch nie musste ich das tun. Wer ist dieser Mensch?

Erst jetzt bemerke ich, dass er fort ist – der Traum ist verschwunden, als sei er nie da gewesen. Kein Traum kann sich in Nichts auflösen. Ich rieche und schmecke die Träume noch stundenlang, auch wenn sie längst dem Bewusstsein des Träumenden entschwunden sind. Das kann nicht sein. Ich vergesse beinahe, mich zur Wehr zu setzen, als mir klar wird, welch lächerlichen Fehler ich begangen habe. Dieser Mensch, er schlief nicht. Nur ein Tagtraum hat ihn heimgesucht, ein Traum bei voller Besinnung. Ich bin ein Gargoyle, solche Missgeschicke dürfen mir nicht widerfahren. Wie konnte ich nur so ... Mein Blick zuckt zum Kirchturm. Ich habe keine Zeit zu kämpfen, mir läuft die Zeit davon. Der Morgen naht. Ich muss zurück zur Zinne – jetzt! Ich hole aus. Meine Krallen treffen auf seinen Nacken, fahren durch Haut und Knochen. Seine wütenden Schreie verstummen abrupt. Warme Tropfen brennen auf meinem Gesicht – Blut. Der Mensch bricht in sich zusammen, etwas rollt über Steine, bleibt einige Meter weiter liegen und starrt mich durch seine schwarze Maske an. Gebrochene Augen – der Tod lauert mir auf. Ich erhebe mich und fliege so schnell ich kann zur rettenden Kathedrale. *Ich will leben*, höre ich meine Seele schreien. Zurück muss ich, zu meiner Zinne, zurück, zurück. Doch mir bleiben nur Sekunden und mein Platz ist noch so weit entfernt. Ich höre die Glocken schlagen und sehe die aufgehende Sonne am Horizont. Zu spät. Das hier ist mein Ende. Das Ende eines Gargoyles.

Mein Körper spannt sich an. Ich spüre, wie sich steinerne Partikel in meine Haut und mein Fleisch fressen. Meine Schwingen werden schwer, die Haut ergraut.

Die Menschen werden meine Überreste finden. Verteilt in der dreckigen Gasse unter mir. Ich spüre wie ich falle, ich stürze hinab auf die Erde. Ein Wasserspeier stürzte von der Zinne, ja, das werden sie glauben und Stein für Stein fortschaffen. Mein Fall dauert an. Ich falle wie im Traum eines Menschen, langsam und ohne Ende. Ich blicke nach unten, um die Steine zu sehen, denen ich alsbald Gesellschaft leiste.

Mein Herz gefriert, als ich den Menschen erblicke, der zu mir nach oben starrt. Das Mädchen, es ist das Mädchen, dessen Traum ich an diesem Abend gestohlen habe. Aber, sie ist doch tot!

Ich falle direkt in ihre Richtung. Ihre Augen sind rot wie das Feuer. Sie wachsen, werden größer und größer, als wollten sie aus den Höhlen quellen. Ihr Haar, schwarz wie Pech, tropft in klebrigen Fäden auf ihre nackten Füße. Ihr Mund, zur Fratze verzerrt, präsentiert mir ihre riesigen Hauer. Welch grausame Maske für ein so schönes Kind. In ihrer blutverschmierten Hand hält sie eine vertrocknete Blumenkette. Sie schaut mich an, ihre Fangzähne schimmern im letzten Mondlicht der Nacht.

»Hast du schon einmal geträumt, Gargoyle?«, fragt sie in einem gurgelnden Ton. »Der Tod bringt den ewigen Traum, doch der Tod jagt unmaskiert.« Ein tiefes Grollen dringt aus ihrer Kehle, dann springt sie mir mit gefletschten Zähnen entgegen. Bevor meine Maske am Tod zerschellt, vernehme ich seine Worte, wie in einem Traum:

»Ich habe ein Geschenk für dich«.

EINE HARLEKINADE

Ellen Kaiser

»Narri!«, schallt es über die Menge. Ich rolle mit den Augen und zwinge mir ein »Narro!« hervor. Warum bin ich noch einmal hier? Ganz bestimmt nicht, weil ich Freude daran habe, verkleideten und nicht verkleideten Narren dabei zuzusehen, wie sie Scheiße bauen und sich besaufen.

Julius grinst mir zu und hebt schulterzuckend sein Glas. Ich schnaube. Ach ja. Mein allerliebstes Bruderherz hat mich her geschleift. Ich bräuchte auch mal ein wenig Spaß, hat er gemeint. Und den gibt's bitte noch einmal wo? Bisher muss ich irgendwie dran vorbeigelaufen sein.

»Na komm, Anne! Jetzt mach doch kein Gesicht wie zehn Tage Regenwetter! Es ist Fasent! Hallo, wie kann man denn da schlechte Laune haben?«

»Na, man muss nur euch anschauen ... da kommt einem doch ganz von alleine die Galle hoch.« Ich rümpfe die Nase und lasse einen vielsagenden Blick über Stefanie, Michael und Sabine gleiten, die am Straßenrand stehen und allesamt definitiv betrunkener sind, als sie es um diese Zeit sein sollten. Julius hat auch schon das ein oder andere Glas zu viel intus, aber er hält sich zurück. Und er leistet mir Gesellschaft, hier auf dem kleinen Platz mit den Fressbuden, wo es nicht ganz so eng ist.

»Jetzt stell dich mal nicht so an! Sollen wir alle mit solchen Mienen rumstehen wie du? Dann nehmen sie uns noch im Umzug mit, weil sie unsere Visagen für Masken halten. Bestens geeignet, um Dämonen zu verjagen!« Ich werfe ihm einen entnervten Blick zu. »Siehst du! Sag ich doch, das Vertreiben hättest du echt drauf!«

»Schade nur, dass du kein Dämon bist.« Ich nippe an meinem Sekt, den ich jetzt schon seit zwei Stunden in der Hand halte, damit er mir keinen neuen kauft und wechsle unruhig von einem Bein auf das andere. Diese verdammten Umzüge werden auch von Jahr zu Jahr länger und unsere Gemeinde rühmt sich sogar noch damit. Dieses Jahr sind mehr als 200 Gruppen dabei. Als ob das toll wäre. Dann dauert der Umzug bestimmt wieder fast drei Stunden und die

Zuschauer können alle nicht mehr stehen, wenn sie mal nach Hause dürfen. Sogar die Kinder haben nach der Hälfte der Zeit eigentlich keine Lust mehr, dabei geht's denen eh nur um die Süßigkeiten. Und davon haben sie jetzt schon mehr, als sie essen können.

Ich unterdrücke ein Gähnen. Passiert hier heute eigentlich noch was, außer dass meine Begleiter immer blauer werden und ich mir immer blöder vorkomme? Stöhnend zupfe ich an meiner Zwergenmütze. War ja klar, dass mir mal wieder nur das absolut dämlichste Kostüm passen würde, das wir noch in der Faschingskiste hatten. Und diese Pausbacken−Grinse−Maske macht es auch nicht besser. Mit der sehe ich aus, als hätte ich einen Kürbiskopf. Eine kleine Kugel mit Kürbiskopf und Stupsnase, das bin ich. Und fehl am Platz.

Das Teufelchen namens Bruder kommt auf mich zugeschlendert. Er kann ja nicht meckern, sein Kostüm passt wenigstens und die rote Maske mit den schwarz umrandeten Augen unterstreicht sein schelmisches Grinsen. Er deutet auf die Straße und sagt etwas, doch selbst wenn ich mich auf die Zehenspitzen stelle, kann ich den Umzug nicht sehen. Als ich mich wieder abwende, ist mein Bruder verschwunden.

Ein schallendes, unangenehm hohes Lachen, ganz wie man es sich von einem Kobold vorstellt, schneidet durch die Luft. Ein Schlag auf den Rücken raubt mir fast den Atem. Ich fahre herum und rolle mit den Augen. »Lass den Scheiß, Jul...«

Ein kleiner Mann im karierten, bunten Flickenanzug und einer Hörnerkappe steht vor mir. Funkelnde Knopfaugen zwinkern mich schelmisch hinter einer schwarzen Halbmaske an.

»Was guckst du denn so böse? Hast du etwa keinen Spaß?« Ein weiteres Kichern. »Ha, das werde ich aber ändern! Wart's nur ab! Das wird noch ein lustiger Tag heute!« Der gefällt mir nicht. Gut, ich mag sowieso keine Narren, aber den da mag ich noch weniger. Er ist aufdringlich, lacht zu hoch und grinst zu viel. Wenn er nicht aufpasst, kriegt er bald eine Kieferstarre.

»Julius?«, frage ich trocken. »Was ist das?«

Mein Bruder lacht leise. »Ich denke mal, ein Narr.«

»Schlauberger.«

Der kleine Mann zieht eine Schnute, verschränkt die Arme vor der Brust und krakeelt los: »Nei−nei−nein! Das stimmt so aber nicht!« Er wackelt mit dem Kopf, zieht eine Grimasse und lässt sich dann direkt vor uns in den Handstand, zieht eine Hand weg, springt wieder auf zwei Beine, schlägt Räder um uns herum, nur um hinter meinem Bruder zum Stehen zu kommen und einen Schluck aus seinem Sektglas zu nehmen. »Mund zu«, prostet der Narr mir zu und grinst dabei.

»Wow.« Julius hat Augen, so groß wie Wagenräder. Sie sprengen die Grenzen seiner Maske, sodass es aussieht, als ob ein Teil abgeschnitten wäre. Irgendwie ... gruselig. »Mach das nochmal!«

»Pfft.« Der Narr schüttelt kichernd den Kopf und lässt das Sektglas zu Boden fallen. Es klirrt leise, als das Glas in tausend kleine Teile zerspringt.

»Hey!« Jetzt sind Julius' Augen ganz schmal. »Was soll das?«

»Du befiehlst dem Harlekin nicht, was er tun soll. Der Harlekin macht, was er will.« Wieder ein Lachen. Der Narr springt um uns herum, zieht an meinen Haaren und rückt mir mit seinem Grinsen auf die Pelle. So nah, dass ich fast hinter die Maske schauen kann. Aber nur fast. Eine Hand fährt über meine Wange, sie ist kalt und wirkt irgendwie ... knöchern. Viel zu dünn. Der sollte mal mehr essen anstatt so rumzuhüpfen! Er flüstert etwas, aber ich kann die Worte kaum verstehen. Ein Windstoß reißt jeden Ton von seinen Lippen und trägt ihn fort, dabei war es den ganzen Tag ganz ruhig, ohne ein Lüftchen. Der Narr zwinkert mir zu, sein Blick trägt ein lautloses Versprechen. *Es wird ein lustiger Tag werden.*

Der Wind legt sich langsam wieder, als der Harlekin sich abwendet und auf die Straße zuhüpft. »Komischer Kerl ...«, murmle ich, während ich mich schüttle, um das klamme Gefühl loszuwerden.

»So was gehört verboten!« Julius starrt auf die Scherben. »Ich meine, die Narren haben doch auch eine gewisse Verantwortung. Besucher werden gebeten, sich möglichst anständig zu verhalten und dann haut der nächstbeste Kerl im Narrenkostüm dir das Glas runter! Kann's echt nicht sein.«

Sein Pfand bekommt er jetzt jedenfalls nicht wieder. Schon scheiße. Vielleicht sollten wir woanders hingehen, ehe der Kerl wirklich nochmal wiederkommt. Ich schlage Julius vor, am Ende der Umzugsmeile zu schauen, ob wir noch einen anderen Sektstand finden – jetzt habe sogar ich nichts gegen einen kleinen Schluck einzuwenden – und er ist einverstanden.

»Waaarummm sssind'n wir da jezz wech?« Michael hat schon ordentlich was intus, während Sabine und Stefanie mal wieder damit beschäftigt sind, den neusten Tratsch auszutauschen, während sie hinter uns herwatscheln. Die drei haben sich zu sehr mit dem Umzug und ihren Gläsern beschäftigt, um irgendwas anderes mitzukriegen.

»Da war so 'n komischer Typ«, murmle ich. Ob es wirklich so eine gute Idee ist, nach einem Alkoholstand Ausschau zu halten? Michael verträgt bestimmt nicht mehr so viel.

»Hat d...der dich etwa belästigt?« Er kommt mir bedrohlich nahe, Alkoholatem schlägt mir entgegen. Ich verziehe das Gesicht.

»N...nein. War schon in Ordnung. Kein *so* komischer Typ.«

»Ein Narr«, springt Julius ein, schon wieder besserer Laune. »Ein ziemlich unverschämter, aber ein Narr.«

Michael murmelt etwas davon, dass es auf einem Fastnachtsumzug keinen Sinn macht, vor Narren wegzurennen, aber das ist mir egal. Ich laufe einfach weiter, bahne mir meinen Weg durch die Massen. Hinter mir ziehe ich einen kleinen Zug her, bestehend aus Teufel, Katze, Pirat und undefinierbarem Etwas, das einfach mal alles aus der heimischen Faschingstruhe gerissen und aufgesetzt hat.

Nachdenklich wende ich mich zu meinem Teufel. »Hast du den eigentlich schon mal hier gesehen? Also einen dieser Art? Ich dachte, hier nehmen sie hauptsächlich ansässige Gruppen der alemannischen Fastnacht auf?«

»Nee, da kann's schon mal Ausnahmen geben. Das war mal, dass sie das so eng gesehen haben, aber nein, den kannte ich jetzt auch noch nicht. Ein Harlekin. Komischer Name, was?«

Ich nicke, aber bin mir sicher, das schon einmal irgendwo gehört zu haben. Nur wo?

»Guckt mal Leute! Da vorne!« Michael stößt einen triumphierenden Schrei aus und stürzt sich auf die nächste Bude. Na, da sind wir doch wieder alle zufrieden. Sabine und Stefanie liegen sich kichernd in den Armen und fangen bei der nächsten Guggenmusik an zu schunkeln. Die Stimmung steigt wieder und auch ich lasse mir ein neues Glas in die Hand drücken, dränge die Gedanken an den aufdringlichen Besucher beiseite.

»Sag mal, Anne, was läuft da eigentlich zwischen dir und Michael, hm?« Auf einmal steht Sabine grinsend vor mir. Ich verziehe das Gesicht. Was soll denn der Mist jetzt? Ich will nichts von diesem Fass. Wirklich nicht. Michi ist wirklich jedes Wochenende besoffen und das ist einfach nicht meine Kragenweite. Nur leider verstehen weder er noch seine kleine Clique das. Und zu der gehört eben auch Sabine. Und Julius, zumindest zeitweise. Immer dann, wenn er, wie er selbst sagt »saufen, nicht feiern« will.

»Gar nichts«, stelle ich klar.

»Ach komm schon. Das kannst du mir aber nicht erzählen. Du guckst ihm doch immer total lang nach ... jetzt gib doch zu, dass du auf ihn stehst! Was war denn vor einem Jahr auf der Klassenfahrt, hm?«

Ach du heilige Scheiße, weiß das jetzt schon die ganze Schule? Ich werfe Stefanie einen bösen Blick zu. Sie, damals noch eine meiner besten Freundinnen, ist die Einzige, die davon weiß. Aber da ist wirklich nichts gelaufen! Er hat ein wenig mit mir geflirtet und ich war so scheiße drauf, dass ich mich darauf eingelassen habe. So zur Ablenkung. Als er mehr wollte, habe ich ihn abblitzen lassen. Das ist alles und Stefanie weiß das auch. Warum hat sie es dann diesem Plappermaul Sabine erzählt?

»Nichts. Was soll da gewesen sein?«

»Ooooh, Süße, da habe ich aber ganz andere Quellen ...« Sabine macht einen Schmollmund und ihren Engelsblick, aber ich drehe mich nur entnervt rum und starre auf die Straße. Auf einmal sind herumwackelnde Tannenzapfen, die eigentlich nur Menschen in Verkleidung sind, unglaublich interessant. Toll sind diese Masken ja schon. Vielleicht wollte ich sogar wirklich mal was von Michael. Ob die wohl handbemalt sind? Bevor er angefangen hat, so viel zu trinken. Hey, die Narren tragen sogar noch diese kleinen Miniaturen um den Hals! Als ich klein war, haben wir immer ein paar gekauft. Jetzt ist da aber nichts mehr. Das sind so kleine Nachbildungen ihrer schweren Kopfmasken, etwa faustgroß und schweineteuer, eignen sich aber gut als Deko. Er ist ein Idiot. Ob man die immer noch kaufen kann? Die Masken. Nicht die Idioten.

»Ich geh mal dem Zug nach«, murmle ich in die Gruppe, und bin mir sicher, dass nur Julius es gehört hat. Er ruft mir etwas nach, das ziemlich sauer klingt, aber es ist mir egal. Ich will so eine Maske. Weil das früher so üblich war. Weil ich dann ein wenig weg von Michael komme. Weil das ein Stück Kindheit ist. Weil Masken kaufen nicht beinhaltet, an ihn zu denken.

Mittlerweile sind die Kerle schon ganz schön weit weg und ich muss ein wenig rennen, um sie einzuholen. Ich verhandele mit einem der Zapfen um die Miniaturmaske und kaufe sie schließlich für zwanzig Euro. Sauteuer, sagte ich ja. Aber ist ja auch Handarbeit und so. Und ich hätte wohl jeden Preis gezahlt, um nicht mit leeren Händen zurückzukommen und das Manöver als Ablenkung zu enttarnen.

Zufrieden schlendere ich möglichst langsam wieder zurück, drücke die Menschenmenge zur Seite. Clowns und Prinzessinnen, Cowboys und − girls und ... och ne.

»Hallihallo!« Der Harlekin grinst mich breit an. Und ich bin auch noch alleine. Mahlzeit. »Was ziehst du denn schon wieder für eine Schnute?« Scheltend hebt er einen Finger.

»Was willst du?«, murmele ich und verschränke die Arme vor der Brust. Wohler wird mir dadurch nicht.

»Dich zum Lachen bringen!« Er grinst mich an und legt den Kopf extrem schief, sodass die ganze Haltung enorm unnatürlich wirkt. Ich kann seine Knochen fast knacken hören, wenn ich ihn nur ansehe. Mir wird ein wenig schlecht und ich sehe weg.

»Lass das ...«, murmle ich. Aus meinen Augenwinkeln suche ich einen Weg an dem Narren vorbei, doch die Straßen sind so mit Menschen vollgestopft, dass da kein Durchkommen ist.

»Warum?« Der Harlekin ist auf einmal hinter mir und guckt mir über die Schulter. Er grinst übernatürlich breit und hinter seiner Maske funkelt es schelmisch auf. Ein Schauer läuft über meinen Rücken. Ist der irgendwie ... nicht ganz dicht? Mein Gott, der guckt wie so ein perfider Massenmörder im Fernsehen ... Ich trete einen Schritt zurück und stoße fast gegen einen dicken Mönch mit überdimensionalem Bierkrug. »Hey! Pass doch auf!«, grummelt er, dann dreht er sich wieder weg. Warum macht er denn nichts? Was ist mit den Anderen hier? Ich bin doch nicht alleine! Bin ich denn die Einzige, die diesen Kerl unheimlich findet? Wieder dieses schrille Lachen. Es hallt in mir nach, frisst sich in meine Gedanken und nistet sich dort ein. Ich presse die Augen zusammen und schüttele heftig den Kopf, doch es verschwindet nicht. Als ich sie wieder öffne, hopst der Harlekin ohne Unterlass vor mir auf und ab und zieht dabei die lächerlichsten Grimassen, die auf halber Höhe von der Maske abgeschnitten werden. Seine weit aufgerissenen Augen geben dem Ganzen eine groteske Niedlichkeit. Ich zittere, meine Hände sind ganz klamm. Julius ... wo ist mein Bruder? Er soll mich hier rausholen, er soll mich wegbringen von diesem ... diesem Ding! Ich will nach ihm rufen, doch der Schrei, eben noch so klar und deutlich in meinem Kopf, verwandelt sich in heiße Luft.

»Warum so ängstlich?« Hände greifen stützend nach mir. Ich stoße sie weg, so heftig, dass der Harlekin nach hinten stolpert. Sofort drehe ich mich um, renne den Gehsteig entlang. Aufschreie, protestierende Rufe anderer Besucher schlagen mir entgegen. Ich ignoriere sie, laufe weiter, bis sich ein anderes Geräusch hineinmischt, laut und durchdringend, eine Mischung aus Schreien und Kichern, die von überall zu kommen scheint. Ich renne im Zickzack, verliere vollkommen die Orientierung, in mir nur das unbarmherzige Geheul, das durch mein Bewusstsein hallt, sich überschlägt und lauter wird, bis ich nichts anderes mehr höre. Alles bebt und kreischt und schwingt mit diesem einen hohen Ton, der mich gleichzeitig schreien und verstummen lässt. Dann ist da Stille. Meine Füße donnern auf den Boden, immer und immer wieder, aber ich höre kaum noch etwas. Ich will mich anschreien, aufwecken, rütteln, aber ich renne nur, drehe mich um, suche Hilfe, aber da sind nur noch unverständliche Gesichter hinter Masken und Schminke. Sie starren mich an, es ist schwer, mehr zu erkennen, als dass sie mit mir sprechen, mir etwas zurufen. Sind sie zornig? Freundlich? Warnend? Alles verschwimmt hinter halbverborgenen Gesichtszügen, verzerrten Mienen, grotesk betonten Augen und einem Funkeln in jedem Blick, das von allem und nichts kommen könnte.

Mehrfach stolpere ich, kann aber, sooft ich auch hinter mich blicke, den Harlekin nicht mehr sehen. Nur hören kann ich ihn immer noch durch den dumpfen Nebelschleier auf meinen Ohren und so renne ich weiter, bis sich eine Hand auf meine Schulter legt.

Nicht schon wieder! Ich schreie, kreische, trete um mich, aber die Hand gräbt sich nur tiefer in meine Schulter. Jemand reißt mich an sich, ich spüre, wie ich gegen Stoff gedrückt werde, meine Schreie verklingen, werden erstickt in der Weste eines Piraten. Michael. Ich verstumme. Einen Moment bleibe ich einfach da. An seiner Brust. Gehalten von seinen Armen, die sanft, tröstend über meinen Rücken fahren. Er sagt nichts und das ist auch gut so. Langsam beruhigt sich meine Atmung, ich hole tief Luft ... und rieche Alkohol. Sofort stoße ich ihn von mir weg.

»Anne ...« Seine Stimme ist rau und ich ahne, was er mir sagen will, aber ich hebe eine Hand. Ich will nichts hören, Und wenn er mir zehnmal sagen würde, dass er mich liebt, ich kann auf einen Säufer wirklich verzichten! »Wir ... ich ... Sabine ... komm einfach.«

Ich horche auf. Was ist denn jetzt los? Ich starre ihn an, doch er schüttelt nur den Kopf. Erst jetzt sehe ich in sein Gesicht. Es ist starr und merkwürdig entrückt, kaum etwas bewegt sich, nur die Augen, die rastlos umherirren, als suchten sie eine Antwort, die er nicht finden kann.

Er führt mich ein paar Schritte vom Trubel des Umzugs weg, in eine Nebengasse. Da ist Julius! Aber ... vor wem kniet er denn da? Eine dünne Gestalt liegt zitternd am Boden. Meine Schritte werden schneller. Scheiße, was ...?

»Er war wieder da.« Julius sieht mich aus großen Augen an. Ich blinzle. Wer? Wer, verdammt? »Der Harlekin.« Ich schüttele den Kopf. Nein. Das kann nicht sein. Er war doch bei mir, an einem ganz anderen Ort, weit weg von ihnen?

»Aber ...«

»Ich bin dir gefolgt ... weil ich nicht wollte, dass du allein bist, nachdem dieser Kerl dich vorhin schon so interessant fand. Das hat mir nicht gefallen. Aber ich hab' dich aus den Augen verloren und als ich zurückkam ... war es schon passiert.« Er nickt zu der Gestalt am Boden. Langsam, Stück für Stück drehe ich den Kopf. Ich will es nicht sehen. Nicht das, was Julius mir verschweigt. Er wird einen Grund dafür haben. Sein Gesicht ist blass, irgendwie unnatürlich. Ein schales Gefühl greift nach mir, schnürt mir die Kehle zu und erschwert das Atmen. Nicht hinsehen. Ich drehe den Kopf ein weiteres Stück. Lass das! Noch eines. Verdammt, hör mit dem Scheiß auf! Ich öffne die Augen.

Sabine liegt keine drei Schritte von mir entfernt. Ihr Körper bebt und verkrampft sich in schnellen Abständen. Langsam dringt auch ihr leises Schluchzen durch den gedämpften Fastnachtslärm. Es klingt merkwürdig hohl, metallisch. Ich lasse meinen Blick nach oben gleiten. Wo eigentlich das Gesicht einer als Katze verkleideten jungen Frau sein sollte, ist eine Metallmaske, die mir eine überlange Zunge herausstreckt. Sie ist schon ein wenig rostig und wirkt sehr groß, schwer. Ich schlucke. Soll ich jetzt erleichtert sein? Eigentlich hatte ich Schlimmeres erwartet. Was genau, kann ich nicht sagen, aber irgendetwas, ... das mich schreien lässt und zittern und weinen. Aber es ist nur eine Maske. Eine Maske, die mich aus hohlen Augen ansieht, weil ich das, was hinter der Öffnung liegt, im Schatten nicht mehr erkennen kann. Nur ein in Metall gepresstes, grässlich verzerrtes Gesicht mit weit aufgerissenem Mund und einer Zunge, die ekelhaft weit heraushängt.

Ich spüre, dass ich doch zittere. Erleichterung stellt sich nicht ein. Aber warum denn nicht? Es ist doch nur eine Maske! Warum stellen sich alle so an? Ich, Sabine, Julius ... nur eine Maske. Vielleicht wird es wahrer, wenn ich es noch ein paar Mal sage. Das Metallgesicht starrt uns an. Die schwarzen Löcher, wo Augen sein sollten, bannen jeden Blick. Sie verschlingen meine Fragen, jedes Wort. Langsam hebt sich der Mundwinkel des schreienden Gesichtes. Es lacht mich an. Lacht und schreit gleichzeitig. Auf einmal ist das Kreischen wieder da und Sabines bebender Körper wirkt, als kicherte sie.

Ein leises Wimmern entfährt meinen Lippen, aber ich drücke die Hand darauf, beiße hinein bis ich Blut schmecke. Ich bin doch kein Kleinkind mehr! Es gibt keinen Grund zu jammern! Reiß dich zusammen, Anne! Ich zwinge meine Zähne aus dem Fleisch und sinke an die Wand.

»Ich hab diesen Kerl noch wegspringen sehen. Den von vorhin, diesen Harlekin. Aber da hatte sie die Maske schon auf. Und jetzt kriegen wir sie nicht ab.« Julius' Worte dringen wie durch eine Nebelwand zu mir. Ich zwinge mich, doch noch einmal hinzusehen. »Die Maske ist hinten durch ein Schloss gesichert und wir haben leider keinen Schlüssel.«

Muss Sabine jetzt für immer so bleiben?! Sofort entspringt meiner Kehle noch ein Wimmern. Nein, das ist doch Quatsch. Wir kriegen sie da schon wieder raus. Ganz sicher. Alles ist gut. Alles wird wieder normal.

»Michael ist gegangen. Einen Sanitäter holen.« Wieder ein Wimmern. Diesmal nicht von mir. Warum weint Sabine denn? Es ist doch nur …

Ich schlage mit der Hand gegen die Wand der Gasse. Schmerz schießt durch die Finger, ich unterdrücke einen Schrei, aber das Lachen in meinem Inneren ist leiser geworden und auch die Maske steht nicht mehr ganz so deutlich vor meinen Augen. Ich atme tief durch. »Gut«, murmle ich.

»Was ist denn los, Anne?« Julius legt mir eine Hand auf die Schulter. Ich schüttele heftig den Kopf.

»Keine Ahnung.« Meine Stimme erstickt fast. »Ich … es ist alles … ich weiß es nicht, verdammt.« Ich weiß gar nichts mehr. Ob dieser Kerl vorhin wirklich bei mir war, wenn er doch hier gewesen sein muss, was das zu bedeuten hat, warum ich seine Lache immer noch höre, wieder und wieder. Ich lasse mich zu Boden gleiten.

»Übrigens weiß ich jetzt wieder, woher ich solche Kerle kenne« Julius guckt mich an. Ich starre auf den grauen Asphalt. »Erinnerst du dich an den Theaterkurs? Der Harlekin … das war doch so eine Hanswurst–Figur der Wanderbühnen in der Frühen Neuzeit. Ich hab auch mal so einen gespielt. Derbe Scherze, Herumspringen, aber auch ernste Moral und ein wenig Sadismus … das ist ein Scherzbold. Einer, der es etwas zu weit treibt. Arschloch halt.«

»Sadismus?« Ein heiseres Lachen entfährt meiner Kehle. Wie … beruhigend. Ich ziehe eine Grimasse, sehe in Julius' Augen und weiß, dass ich jetzt besser die Klappe halte. Störe niemals jemanden dabei, sich die Welt schönzureden.

»Ach, Unsinn. Der macht sich nur einen schlechten Scherz.« Er nickt zur Maske. »Oder wie nennst du das sonst, einem jungen Mädchen eine mittelalterliche Schandmaske wegen Tratsch aufzuzwingen … dabei hat Sabine heute doch gar nicht gelästert!«

Ich verkneife mir meinen Kommentar. *Das wird noch ein lustiger Tag.* Nein, das hat er nicht wegen mir getan. Solche Masken hat man im Mittelalter unmoralischen Menschen zur Buße aufgezwungen. Damit ihre »Sünde« für jeden sichtbar war und sich alle darüber lustig machen konnten. *Ich will dich …* »Sag mal …« Mir wird kalt. … *zum Lachen bringen!*

»… hatten mittelalterliche Schandmasken nicht auch die Funktion, die Zunge einzuquetschen?« Ich sehe zu Sabine, die bei dem Wort nur zusammenzuckt und noch mehr zu weinen anfängt.

»Quatsch!« Julius schreit fast. Er funkelt mich wütend an. »Lass den Scheiß, Anne! Ich brauche deine überlebendige Fantasie jetzt nicht auch noch! Du liest zu viele schlechte Geschichtsromane!« Sabine wimmert. Ein Riss im Asphalt, direkt vor mir.

»Wo ist Stefanie?«, frage ich, um die Stille zu überbrücken. Die ist bestimmt mit Michael mit, damit er den Sanitäter auch findet, aber irgendetwas muss ich ja sagen.

Julius schweigt. Ich wiederhole die Frage, eingehender. Er zuckt mit den Schultern. »Nicht da.« Seine Stimme ist leise. Eine starke Böe heult durch die Gasse und erstickt die letzte Silbe fast. Ich starre ihn an. Der Wind reißt an meinen Haaren, beißt in meine Ohren und lacht mich höhnisch an.

Das ist nicht sein Ernst. Das kann nicht sein Ernst sein. Stille. Wann ist es so windig geworden? Vor der Gasse gehen die ersten Eltern mit ihren Kindern nach Hause, obwohl der Umzug immer noch läuft. Ich kann die Musik hören und das Lachen der Narren, aber es klingt wie Hohn.

»Anne?« Julius' Stimme klingt bittend, fast schon flehend, als ich nach einer Ewigkeit immer noch nichts gesagt habe. Jetzt wirkt er wieder normal. Ich schüttle mich leicht, sehe ihn mit einer Mischung aus Zorn und Fassungslosigkeit an. »Wie bitte? Sie ist verschwunden und du sagst mir nichts?!« Meine Stimme überschlägt sich, die Worte wirbeln in der Luft herum, bis sie wie das Jaulen eines geprügelten Hundes klingen. Ich schlinge die Arme um meinen Oberkörper, weil ich zittere. Eine kalte Böe schlägt mir ins Gesicht. Finger aus eisiger, beißender Luft fahren unter meine Kleidung, reißen und zwicken an meiner Haut.

»Wir suchen sie. Sobald der Sanitäter hier ist.« Was soll der schon machen können? Glaubt er etwa doch auch, dass ... Ich schließe die Augen, drücke mich fest an die Wand. Sie gibt mir Sicherheit.

»Anne?«

»Ich will heim.«

»Wir können auch gehen, sobald Michael zurück ist.«

»Nein.« Ich schluchze. »Wir suchen.« Es fühlt sich gut an. Die Worte sind warm und tröstend. Wir suchen. Wir können etwas tun. Alles wird gut. Die Zeit gefriert hier in der kleinen Gasse. Der Wind zerrt die letzte Wärme aus mir heraus. Bald wird alles stillstehen.

»Da! Da sind sie!« Julius springt auf und fuchtelt wild im aufgekommenen Nebel herum. Zwei undeutliche Schemen im Nirgendwo. Der eine strahlt leuchtend orange vor dem bunten Farbenmischmasch. Der Sanitäter. Der Schatten daneben taumelt ein wenig, aber er läuft einigermaßen zielstrebig auf uns zu. Michael. Ich atme auf, will einen Schritt auf den Gehsteig machen, aber Julius hält mich zurück.

»Bleib du hier.« Dann ist er an mir vorbei und ich stehe noch immer in der Gasse voller gefrorener Gedanken, neben einer Sabine, die längst aufgehört hat, zu weinen. Nur manchmal entweicht ihr noch ein entkräfteter Ton, ein Summen oder ein leises Wimmern, vielleicht will sie auch etwas sagen ... es ist gleich. Es ist das einzige Geräusch, das hier geblieben ist, neben der leise verklingenden Guggenmusik und dem heulenden Wind, dem kichernden, lachenden Pfeifen, das er in der Gasse hinterlässt.

Ich spähe vorsichtig aus der Gasse, sehe Julius' Teufelskostüm bei dem orange gekleideten Herrn stehen. Nun kommt schon! Sabine wimmert lauter. Kann sie nicht mal Ruhe geben! Das macht mich noch ganz verrückt!

»Anne! Lauf!« Julius! Ich springe auf die Straße, fahre zu ihm herum, da sehe ich nur noch, wie etwas, das wie ein Knüppel aussieht, auf seinen Hinterkopf niedergeht und er zu Boden bricht. Ich schreie. Der orangerote Mann dreht sich um. Nun kann ich sehen, dass da noch mehr Farben auf seinem Anzug sind. Er lässt von Julius ab, nimmt den Knüppel in die Hand und rennt auf mich zu. Hörner zeichnen sich deutlich auf seinem Kopf ab. Das Lachen wird vom Wind zu mir getragen. Kreischend bahnt er sich seinen Weg, bis alles in einem lauten, schrillen Kichern versinkt. Betäubt taumle ich zwei Schritte. Verdammt, jetzt reiß dich zusammen! Ich zwinge mich weiter. Noch zwei. Das schnelle Donnern von Füßen auf Asphalt, direkt hinter mir. So schnell ... das ist mehr als einer! Was ...? Ich wimmere, fahre herum und renne, renne die Straße hinab, an den anderen Zuschauern vorbei, durch die Menge, tiefer hinein, vielleicht unter die Narren, irgendwohin, wo sie mich nicht mehr finden, wo ich nicht auffalle. Flüche hallen mir nach, Finger greifen nach mir. Passanten, die mich wegstoßen wollen? Oder kalte, knöchrige Hände, die schon fast meine Schulter erreicht haben? Ich werfe einen Blick nach hinten. Ein Schrei.

Die schwarze Halbmaske ist keine zwei Handbreit hinter mir! Sie grinst mich an, starr und unbeweglich, zum ewigen Lachen verdammt. Der Harlekin kreischt vergnügt, springt in die Lücken zwischen den Passanten als sei das ein Parcours, sein Knüppel in der Hand wippt auf und ab.

Ich renne weiter, schneller und immer schneller. Manchmal blicke ich auf. Vor mir grinst es, neben mir, ich höre das Lachen, es ist überall, um mich, über mir, in mir. »Siehst du, Anne!«, kichert es. »Ist das nicht ein lustiger Tag geworden? Lache, Anne! Nun lach doch!« Der letzte Satz klingt zornig, donnernd brandet er durch mein Bewusstsein, lässt mich aufschreien und schneller laufen. Etwas reißt an meinen Klamotten, meiner Haut. Wind schlägt mir wie heißer Zorn entgegen. Dann flaut er ab. Ich werde langsamer. Ist er fort? Ein leises, schadenfrohes Flüstern: »Narri!«

Mit voller Wucht trifft mich eine Böe. Ich keuche, die Luft stemmt sich gegen mich, brennt in meiner Lunge. Ich müsste doch schon längst am Ende der Straße sein, irgendwo, wo keine Narren mehr sind und keine Zuschauer, aber ich sehe nur noch Masken, nur noch grinsende, kichernde Narren, die sich um mich scharen und nach mir greifen. Hinter mir das rhythmische, laute Klatschen des Knüppels, den der Harlekin schwingt. Ich höre ihn rufen. »Jipiieeeh! Lauf kleine Anne, lauf!« Und ich laufe, laufe bis ich nicht mehr kann, bis alles um mich herum schwarz wird und das letzte was bleibt, sein Lachen ist, das mich ergreift und zurückzieht, wie eine Kralle, die sich längst um mich gewunden hat und mich nie wieder frei lassen wird.

Auszug aus der Acher-Rench-Zeitung vom 15.02.2013:
Mord im Narrenkleid?
Drei Jugendliche verschwinden bei Fastnachtsumzug. Eine junge Frau konnte nur noch tot aufgefunden werden, eine weitere verletzt. Freunde beschuldigen einen Narren. Die Polizei tippt auf Gewaltverbrechen oder Drogenmissbrauch.
Wenig zu lachen hatte gestern, Do. den 14.02., eine kleine Gruppe Jugendlicher, die sich auf dem örtlichen Fastnachtsumzug getroffen hatte. Bereits am Nachmittag meldeten Passanten einige junge Menschen, die sich äußerst merkwürdig verhielten. Sie seien verängstigt

gewesen und hätten von einem unheimlichen Narren erzählt. Auf die Hinweise der Passanten herbeieilende Ärzte fanden die Gruppe leider nicht mehr vor. Erst am Abend stellte sich ein deutlich alkoholisierter junger Mann freiwillig. Er sprach davon, eine seiner Freundinnen sei von einem Harlekin mit einer Schandmaske versehen worden und bat um Hilfe. Die Ärzte brachten ihn daraufhin zum Ausnüchtern und begaben sich auf die Suche nach dem vermeintlichen Opfer. Obwohl der Jugendliche betonte, einen Harlekin gesehen zu haben, ist laut Liste des Oberbürgermeisters keine derartige Gruppe für den diesjährigen Umzug gemeldet gewesen.

Im Laufe der Suchaktion fanden die Helfer weitere zwei der fünf Jugendlichen mit teilweise schockierenden Verletzungen. Eine junge Frau wurde mit deutlich angeschwollener Zunge und zerkratztem Gesicht aufgefunden, die Ursache der Verletzungen ist weiterhin unklar. Sie steht noch immer unter Schock.

Auf der Suche nach den verbleibenden Vermissten suchte die Polizei in der Nacht auch die Außenbezirke der Stadt ab, was durch den aufgekommenen Sturm stark erschwert wurde. Die Beamten fanden die Leiche einer 17-Jährigen gegen 0:30 Uhr am Stadtrand. Der mittlerweile nüchterne junge Mann identifizierte sie als Anne Scherer, eine der Gesuchten. Die Todesursache ist noch unbekannt, äußere Spuren von Gewaltanwendung wurden nicht gefunden. Von den zwei verbleibenden Vermissten fehlt bisher weiter jede Spur. Die Polizei schließt ein Gewaltverbrechen nicht aus, zumal im Blut der Jugendlichen außer geringer Alkoholspuren keine bekannte Droge nachgewiesen werden konnte.

»Es ist nicht auszuschließen, dass die Gruppe wirklich bedroht wurde, jedoch wohl kaum von einem Harlekin. Das hätte schon ein äußerst närrischer Dämon sein müssen«, so Kommissar Schubert.

Der Begriff »Harlekin« bezeichnet sowohl eine beliebte Narrenfigur der Frühen Neuzeit, als auch einen, besonders bei Sturm erscheinenden, heidnischen Dämon.

JOYCE

David Michel Rohlmann

Schwermütig erblickte ich die leuchtenden Kristallfenster des Schlosses, das wie eine weiß gepuderte Krone auf dem Gipfel des Berges thronte. Vor dem nächtlichen Horizont hob sich das Gebäude als bloßer Schemen ab und das dichte Schneetreiben erschwerte zusätzlich die Sicht, sodass ich froh hätte sein sollen, es überhaupt gefunden zu haben.

Das war ich aber nicht. Ich wusste nicht, wann ich das letzte Mal wirklich froh über etwas gewesen war.

Tränen rannen meine Wangen hinab, wurden aber sogleich von der Kälte zu Schneeflocken gefroren und vom Wind davongerissen, um sich im Tanz mit ihren Geschwistern zu vereinen. Der Gedanke ließ mich zusammenzucken. Mit ihren Geschwistern vereint ...

Ich zog mir den langen Mantel fester um die Schultern, aber es war nicht die Kälte von außen, die mir zu schaffen machte, sondern mein Innerstes, das fror, umweht von Flocken der Angst und Zweifeln aus Eis. Der kniehohe Schnee erschwerte meine trägen Schritte und schien mich zurückhalten zu wollen. »Lass es bleiben, Marie, das ist es nicht wert.«

Ich hätte hier nicht sein sollen. Und doch schritt ich weiter, zögerlich zwar und langsam, aber ich kehrte nicht um. Die Entscheidung war bereits gefallen, als ich das Buch im Geheimfach der Bibliothek entdeckt hatte. Ich brauchte Gewissheit.

Erschrocken sah ich auf, als mich eine durchdringende Männerstimme aus meinen trüben Gedanken riss. »Guten Abend, Mylady.« Erst jetzt wurde mir bewusst, dass ich den Weg hinauf zum Schloss gedanken-verloren hinter mich gebracht hatte. Das alte, verwitterte Gebäude erhob sich nun wie ein gefräßiges Ungeheuer vor mir. All der Glanz und jegliche hoheitliche Erhabenheit waren verschwunden.

Ich schüttelte mein Unbehagen mit einiger Mühe ab und wandte mich an den Pagen. Er trug eine dünne, rote Uniform und hatte zum Schutz gegen die klirrende Kälte einen Hitzeschild um sich herum errichtet.

»Geht es Euch gut?«, erkundigte er sich besorgt. »Soll ich Eure Kleider trocknen?«

Er sog erschrocken die Luft ein, als seine magischen Sinne meine Magie wahrnahmen.

Magie existiert auf einer anderen Ebene als die materielle Welt. Jeder Magier ist mit einem ganz persönlichen See von Magie verbunden, mal größer bei den Mächtigen, mal kleiner bei den einfachen Magiern. Wir nutzen die Verbindung zu unserem jeweiligen Magie–See, um Magie in die materielle Welt zu ziehen und damit einen Zauber zu wirken. Schließen wir ihn ab oder werden unterbrochen, kehrt der Teil unserer Magie, den wir dazu genutzt haben, stets in die andere Ebene zu unserem See zurück. Magie geht somit nie verloren.

Zugleich ist unser Magie–See wie ein Fingerabdruck, der von fähigen Magiern sogar auf große Distanz wahrgenommen werden kann. Daher ist es üblich, die eigene Magie bei einem Hexensabbat hinter eine Barriere zu bannen: Anonymität als Garant der eigenen Sicherheit.

Die Größe meines Magie–Sees hatte den Pagen offenbar erschreckt.

»Ihr habt keine Barriere um Eure Magie errichtet!«, keuchte er schockiert. Es klang wie ein Befehl, das jetzt nachzuholen. Auch dem Mann schien das aufzufallen, denn er senkte hastig den Blick und fügte demütig hinzu: »Wie Ihr sicherlich wisst.«

»Ach ja, stimmt«, sagte ich schnell, um den Mann aus seiner prekären Situation zu entlassen. »Manchmal vergesse ich das einfach, wo wir hier doch alle Freunde sind.«

Das war eine glatte Lüge. Auch der Page schien sich dessen bewusst zu sein, denn sein dankbares Lächeln wirkte nicht ganz geglückt. Eilig wandte er sich um, öffnete den Deckel einer verschneiten Holzkiste und förderte eine Maske zutage, um sie mir gleich darauf in die Hand zu drücken.

»Willkommen beim alljährlichen Hexensabbat«, grüßte er mich routiniert und lächelte ein gekünsteltes Lächeln. »Wenn Euch während des Aufenthalts ein bestimmter Wunsch überkommt, zögert nicht, auf das Personal zuzugehen. Die gesamte Dienerschaft wünscht einen angenehmen Aufenthalt.«

»Danke«, murmelte ich und verbarg meine nachdenkliche Miene hinter der Maske. Sie war in Rot– und Schwarztönen gehalten und mit allerlei Federn und einem spitzen Schnabel verziert. Unwillkürlich musste ich an einen finsteren Phönix denken und ein freudloses Lächeln stahl sich auf meine Lippen. Ich trocknete meine Kleider mit einem eigenen Flammenzauber und sorgte dafür, dass meine Magie hinter einer Barriere verschwand.

Anschließend stieg ich die schneefreien Stufen zum Eingangsportal hinauf und eine Frau in der gleichen roten Pagenuniform öffnete die große, weißgoldene Tür für mich. Das Innere des Schlosses war genauso prunkvoll, wie es von außen den Anschein erweckt hatte: Verzierungen aus Gold allerorts, weißer Marmor als Bodenplatten oder Statuen, Stuck an der hohen Decke und den Wänden, Bleiglas als Material für die Fenster und als Tränen, die von den Kronleuchtern herabhingen, der Teppich, die Stuhlpolster und die schweren Gardinen aus rotem Samt. Keine billigen Replikate, hier war nicht gespart worden. Unecht waren nur das Lachen und die ungezwungenen Gespräche der übrigen maskierten Gäste.

Als ich den Saal betrat, hoben einige ihre Blicke und musterten mich neugierig. Vielleicht auch misstrauisch. Womöglich wussten sie bereits, was ich vorhatte.

»Nein!«, unterbrach ich meine Gedankengänge. Mir brach der Schweiß aus, aber ich schwor mir, jetzt nicht die Nerven zu verlieren. Niemand konnte etwas von meinem Vorhaben ahnen und der Preis, um den es ging, war zu hoch, um jetzt einzuknicken.

Ich wollte mich schon bei einer bereitstehenden Dienerin nach Mutter Gotel erkundigen, bis ich mir bewusst machte, wie dumm diese Idee war. Wir trugen die Masken auf unseren Gesichtern und die Barrieren um unsere Magie beim Hexensabbat nicht zum Spaß, sondern zum Selbstschutz.

Manchmal wünschte ich mir, so schwach zu sein wie die Personalmagier. Sie brauchten keine Angst zu haben, von Neidern oder Magie-Dieben aufgrund ihres Magie-Sees angegriffen zu werden.

Joyce war solch einem missgünstigen Konkurrenten zum Opfer gefallen.

Aber jetzt würde genau die Magie, wegen derer sie getötet worden war, sie zurückbringen. Ich klammerte mich an diese Hoffnung.

Ungeduldig ließ ich meinen Blick über die Menge schweifen. Alle Gesichter der Magier waren wie meines hinter einer Maske verborgen. Unter ihnen waren stilvolle Tiermasken mit echtem Pelz und Federn, bemalte und mit Perlen besetzte Porzellangesichter und kunstvoll geschnitzte Rindenstücke mit Gucklöchern. Jede davon verbarg das Gesicht ihres Besitzers ebenso nachhaltig wie die Barrieren ihre Magie-Seen. Zwischen den maskierten Großen schritten – abgesehen von den rot uniformierten Dienern – auch allerlei andere Gestalten umher, meist als persönliche Leibwächter, Diener oder Haustiere. Die Palette reichte von Zentauren, Satyrn und Wassergeistern über Gestaltwandler und Wolfsbestien bis hin zu Wesen, die selbst ich bislang nicht gesehen hatte. Bei vielen der angeblichen Leibwächter war ich mir nicht sicher, ob sie das Leben ihres Meisters, und aller anderen, nicht vielmehr gefährdeten, statt es zu beschützen. Magier waren ein selbstgefälliges Völkchen, sie gaben viel zu gerne mit ihren Errungenschaften an.

»Mutter Gotel!«, erinnerte ich mich selbst an mein Vorhaben.

Die Suche dauerte ohne meine Magie weitaus länger als mir lieb war. Die Zweifel und die Angst zerrten an meinen Nerven.

Schließlich verriet sie sich durch ihre Körperhaltung, die, trotz ihrer gebeugten Schultern und der schweren, warmen Decke darüber, Macht und Gelassenheit ausstrahlte. Mein Blick war auf der Suche nach ihr bereits einige Male unachtsam über sie hinweggestreift. Sie saß vor einem wärmenden Feuer etwas abseits des Prunksaals und trug eine finstere, glatte Porzellanmaske, die nicht so recht zu dem Bild passen wollte, das ich von ihr hatte.

Trotz allem kannten wir Großen uns untereinander viel zu gut. Jeder hatte übers Hörensagen oder durch direkte Spionage in etwa eine Vorstellung von Aussehen, Stärke und Charakter der anderen. Umso wichtiger waren die Masken und Barrieren. So konnte man sogar mit Konkurrenten, die man eigentlich fürchtete oder verachtete, ungezwungen reden – so die Theorie. In Wirklichkeit herrschte stets Misstrauen auf den Hexensabbaten und jeder versuchte, herauszubekommen, wer das Gegenüber war. Immerhin sorgte diese Anonymität dafür, dass wir einander nicht länger töteten, um die Magie des anderen zu stehlen. Zumindest war das die letzte Zeit so gewesen.

Zu meinem Glück kam hinzu, dass Mutter Gotel vor vielen Jahren mein Heimatdorf vor einem Dämon gerettet hatte. An diesem Tag hatte sich ihre gesamte Erscheinung unauslöschlich in mein Gedächtnis eingebrannt.

Da die Magierin mein Herankommen nicht bemerkte, legte ich ihr sanft eine Hand auf die Schulter. Misstrauisch sah Mutter Gotel zu mir auf.

»Sei gegrüßt, Freundin«, flüsterte ich und ließ mich neben Mutter Gotel nieder.

»Sei gegrüßt, mein Kind«, antwortete sie. Ihre Stimme zerstreute auch den letzten Zweifel. Nie würde ich die machtvolle Ruhe und Freundlichkeit darin vergessen. Sie selbst schien sich nicht an mich zu erinnern, doch schließlich war ich noch ein Kind gewesen, als sie mich und Joyce gerettet hatte. Wenngleich Joyce' Tod dadurch nur einige Zeit aufgeschoben war.

»Wie geht es Euch? Seid Ihr gut angekommen?«, fragte ich nervös. Ihre Antwort ging in meinen rasenden Gedanken unter. Innerlich war ich schon lange über derlei Belanglosigkeiten hinaus. Es drängte mich, zum Kern dieser Unterhaltung vorzustoßen.

»Ich wollte Euch etwas fragen«, unterbrach ich schließlich Mutter Gotels ausschweifende Erzählungen über das unbeständige Wetter.

»So frag, Kind«, erwiderte Mutter Gotel verwirrt.

»Angenommen ...« Ich biss mir auf die Unterlippe. Noch konnte ich umkehren, noch hatte ich mich nicht verraten. Es war bloß ein Gedanke, eine Möglichkeit. Ich seufzte und gab mir einen Ruck. »Angenommen man wollte eine Wiedererweckung durchführen, wie müsste man dies bewerkstelligen? Ich habe in einem Buch davon gelesen, doch die Angaben waren sehr ungenau.«

Mutter Gotel zögerte. Ihre Augen verengten sich zu Schlitzen, als sie sprach, obwohl der Klang ihrer Stimme sich nicht veränderte. »Wie du weißt, ist es uns durch das Beschwören möglich, auf die jenseitigen Ebenen zuzugreifen, um Dämonen und Geister hinüberzuziehen«, erklärte sie.

Die Unruhe ließ meinen Blick fahrig umherhuschen. Ich hasste es, jetzt diesen Alltagserklärungen lauschen zu müssen und konnte nur mit Mühe den Drang unterdrücken, die Alte an den Schultern zu packen und zu schütteln, bis sie mir eine klare Antwort gab.

»Das erfordert für viele Hexen und Magier bereits große Kraftanstrengungen. Nur die mächtigsten der Großen wagen sich bis an den Rand der jenseitigen Ebenen, wo die stärksten Dämonen herrschen. Nur wenige Magie–Seen haben eine ausreichende Größe dafür.« Mutter Gotel stockte kurz, offenbar verunsichert, ob sie fortfahren sollte. »Wenn man jedoch noch weiter geht, so heißt es, gelangt man dorthin, wo die verstorbenen Seelen ihr Dasein fristen. Auch sie könnte ein fähiger Magier wie Dämonen und Geister, mit einer entsprechend riesigen Kraftanstrengung, unter Zuhilfenahme eines unwahrscheinlich großen Magie–Sees, ins Diesseits beschwören. So etwas soll Magiern ... im Krieg möglich gewesen sein, doch in Zeiten des Friedens sollte niemand nach einem derart großen Magie-See trachten. Ganz gleich, wie schwer der persönliche Verlust wiegt, das ist es nicht wert.«

»Also ist es rein hypothetisch durchaus möglich, sich – vielleicht unrechtmäßig – einen Magie–See zu verschaffen, mit dem ein Verstorbener wiederbelebt werden könnte?«, fragte ich leise und ignorierte dabei die letzten Worte Mutter Gotels. Die Angst vor einer Antwort ließ meinen Mund trocken und meine Stimme brüchig werden. Ich wusste nicht, was schlimmer sein würde: Widerspruch oder Bestätigung.

»Das weißt du doch«, erwiderte Mutter Gotel langsam und blickte mich über den Rand ihrer Maske hinweg aufmerksam an. »Es ist möglich. Aber der Preis ist denkbar hoch.«

»Ich danke Euch«, erwiderte ich und ließ mich erschöpft zurücksinken. Mein Kopf war wie leer gefegt ob dieser Eröffnung. Meine geheimsten Wünsche und größten Ängste schienen sich mit einem Mal gegenseitig aufzuheben und mich ausgehöhlt zurückzulassen, jetzt da sie mehr waren als bloße Hirngespinste.

»Ich habe dir Hilfe gewährt, weil du darum gebeten hast und ich werde nichts tun, um dich aufzuhalten«, setzte Mutter Gotel an und beugte sich zu mir vor. »Aber ich bitte dich, deinen Entschluss zu überdenken. Ich vertraue darauf, dass du das Richtige tust, wenn es soweit ist.«

»Ja, natürlich«, erwiderte ich fahrig und straffte den Rücken. Stattdessen hatte sich mein Entschluss endgültig erhärtet. Ich zitterte vor Angst. Das, was bislang nur ein theoretischer Plan gewesen war, gewann schlagartig an Substanz. Ich sagte mir selbst, dass ich keine Wahl hätte, dass es im Grunde genommen meine Pflicht sei und ich so handeln müsse. Aber tief im Inneren war mir klar, dass ich es auch wollte. Ich war so einsam.

Um Joyce wiederzubeleben, würde ich Magie benötigen. Noch mehr Magie, als mein eigener See umfasste. Soviel Magie wie die Hexen sich damals im Krieg angeeignet hatten. Ich würde genau das tun, was die Masken und Barrieren verhindern sollten: töten.

Elektrisiert von dem Gedanken sprang ich auf und begann unruhig hin und her zu laufen. Es würde nicht leicht werden. Zwar war ich eine der mächtigsten Großen. Dennoch, ich musste gerissen vorgehen. Gegen einen aufgebrachten Mob aus Meistern hätte ich nicht den Hauch einer Chance gehabt. Je mehr Magie diejenigen besaßen, die ich tötete, desto weniger müssten sterben. Sofort tauchten einige Gesichter aus dem Wirrwarr meiner Erinnerungen auf: Neben mir selbst galten vor allem Lady Greenwell und die Drei Geschwister als äußerst mächtig. Vielleicht reichte es schon, die Magie einiger dieser Großen zu absorbieren. Es musste reichen, immerhin war ich allein bereits mächtig!

Jedoch galt es erst einmal eines meiner potenziellen Opfer – mir schauderte bei diesem Wort – zu finden. Danach konnte ich überlegen, wie ich es in eine Falle locken würde. Angesichts meiner eigenen Skrupellosigkeit wurde mir schlecht, dennoch begann ich, mich forschend umzusehen.

Der samtene Teppich knirschte leise unter meinen Fußballen, als ich mich streckte, um über die Köpfe der anderen Maskierten hinweg zu sehen. Während draußen der nachlassende Wind heulte, knisterten im Inneren wärmende Feuer in den zahlreichen Kaminen, nur gelegentlich von einem angespannten Gespräch übertönt. Diener eilten mit Tabletts und Getränken einher, was es zusätzlich erschwerte, mir einen Überblick über die Menge zu verschaffen.

Ich hielt vorrangig nach den Geschwistern Ausschau. Da sie als Drillinge durch ihren gemeinsamen Magie-See verbunden waren, würden sie sich jetzt, da sie sich durch die Barrieren von diesem gemeinsamen Magie-See abschirmen mussten, einsam fühlen und nah beieinander sein.

Kaum hatte ich diesen Gedanken zu Ende gedacht, fielen mir mehrere Personen in der Nähe des großen Feuers auf. Sie standen in kleinen Gruppen umher, doch waren drei von ihnen in etwa gleich groß und warfen sich hinter ihren Masken immer wieder versteckte Blicke zu. Die Geschwister. Das mussten sie sein.

Und half mir das weiter? Könnte ich überhaupt einen von ihnen töten, um mir seine Kräfte anzueignen, geschweige denn alle drei?

Ich schüttelte den Kopf, wich in den Schatten einer dekorativen Ritterrüstung zurück und murmelte: »Schweig still«, um die Stimme des Gewissens in mir zu ersticken.

Wenn ich dem Weg folgen wollte, auf den mich meine Entscheidung gebracht hatte, musste ich mir tatsächlich Gedanken darüber machen, wie ich die Magie der anderen meiner eigenen hinzufügten konnte. Wie ich die Geschwister töten könnte.

Ich hatte zwar in weiser Voraussicht einen scharfen Dolch mitgebracht, aber allein der Gedanke an körperliche Gewalt ließ mich zittern. Es wäre mir deutlich lieber gewesen, wenn ich meine Magie dazu hätte nutzen können. Sie war meine eigentliche Stärke und ich war mir sicher, mich damit gegen beinahe jeden anderen Magier durchsetzen zu können. Im Gegensatz zu dem Dolch hatte ich meine magischen Kräfte schon des Öfteren im Kampf benutzt: gegen aufständische Bauern oder wilde Tiere und auch zur Jagd. Ich wusste, wie viele Feuerimpulse einen Bären töteten und wann ein Schutzschild brach.

Das Problem war natürlich, dass zwar die versammelten Meister nichts davon mitbekämen, da ihr magisches Gespür zusammen mit ihrer Magie hinter den Barrieren gefangen war, die nicht abgeschirmten Diener es jedoch sofort bemerken würden.

Ich seufzte. Im selben Moment entschuldigte sich eine Person, von der ich annahm, sie gehöre zu den Drei Geschwistern, und entfernte sich von den übrigen beiden. Würde die Magie der Drei Geschwister ausreichen, um meine Kräfte für eine Wiederkehr zu vergrößern? Ich ging davon aus. Zwei der größten Magie–Seen der Welt vereinigt, das musste reichen!

Ich verfluchte mich dafür, von Mutter Gotel nicht mehr Informationen erbeten zu haben, aber ich war vorhin viel zu durcheinander gewesen. Und es war auch fraglich, ob sie mir diese gegeben hätte.

Während ich dem Unbekannten mit den Augen folgte, ging ich einige Schritte zurück, um in den Gang zu spähen, wo Mutter Gotel vor dem Feuer saß. Doch die alte Hexe war mittlerweile verschwunden. Ich verfluchte sie und meine eigene Zerstreutheit und konzentrierte mich stattdessen ganz auf die Verfolgung des einzelnen Drillings, der bereits einen weniger belebten Teil des Schlosses erreicht hatte. Der rote Samtteppich wich kaltem Stein, die Kristallleuchter verloren ihren goldenen Glanz. Wieso verließ diese Person die Feier? Was hatte sie vor?

Statt sich hier mit jemandem zu treffen oder den Abort anzusteuern, öffnete der Unbekannte eine schäbige Holztür, die offenbar in den Keller führte, und ich heftete mich an seine Fersen.

Als die Tür hinter mir zurück ins Schloss fiel, war die Dunkelheit vollkommen. Zwar hallte noch immer der Lärm des Festes herein, doch nach ein paar Dutzend Stufen verklang auch dieser.

Dunkel. Leer. Kalt und feucht. Kein großer Unterschied zu dem, was ich sonst empfand. Joyce hatte bei ihrem Tod mehr mitgenommen als nur ihr eigenes Leben.

Entschlossen schlich ich weiter voran, und erkannte vor mir das leuchtende Glimmen eines magischen Feuers, dessen Licht einige Lagerkisten und die niedrige Kellerdecke beleuchtete.

»Verdammt«, zischte ich. Wer auch immer hier herabgestiegen war, er hatte offenbar seine Barriere gelöst. Seine Magie konnte vom Personal aufgespürt werden, es war nur noch eine Frage der Zeit, bis es soweit war.

»Guten Abend, Marie«, ertönte eine männliche Stimme in der Finsternis. Ich beschloss, dass es keinen Sinn hatte, sich weiterhin zu verstecken, also tauschte ich meine Barriere gegen einen überraschend starken Schutzschild. Das Personal würde jetzt zusätzlich meinen Magie-See erkennen können, doch das machte schließlich keinen Unterschied mehr. Angespannt trat ich um eine Ecke, dem Mann entgegen.

»Guten Abend«, sagte ich tonlos.

»Du wirst mich heute Nacht töten«, eröffnete mein Gegenüber. Es handelte sich um Tom, den ruhigsten der Drei Geschwister. Er hatte die Maske abgenommen und sein blasses Gesicht wurde unheimlich von dem blauen Feuer in seiner Rechten beschienen.

Ich zögerte. »Du ... du besitzt die Gabe der Hellsicht?«, fragte ich unsicher und versuchte, für den bevorstehenden Kampf einen festen Stand auf dem unebenen Kellerboden zu finden. Tom nickte lediglich.

»Wieso bist du dann hergekommen?«, fragte ich, weil mir nichts Besseres einfiel. Vielleicht auch um das hinauszuzögern, was ich in wenigen Augenblicken würde tun müssen.

»Das ist das Problem«, seufzte Tom. Er wirkte seltsam gefasst. »Hellsichtige können zwar alles sehen, aber es nicht ändern.« Seine Stimme wurde eindringlicher. »Ich weiß, dass ich dich nicht von deinem Vorhaben abbringen kann. Auch wenn ich nicht nachvollziehen kann, was du dir dabei denkst – zu morden für ein Leben.«

Meine Miene verhärtete sich. Darauf durfte ich mich auf keinen Fall einlassen. Wenn ich jetzt nachgab, würde ich scheitern. Aber vielleicht wäre das genau richtig?

»Hör zu. Du weißt, wie Magie sich bei Drillingen verhält?«, durchbrach Tom meine Gedanken.

»Ja?«, antwortete ich langsam. Immerhin hatte ich selbst eine Zwillingsschwester. Gehabt, fügte ich hinzu und verspürte einen wohlbekannten schmerzhaften Stich.

Der Magie-See war bei Zwillingen oder Drillingen deutlich größer als bei einfachen Magiern, aber statt nur mit einem Magier verbunden zu sein, gehörte er zu zweien oder dreien, sodass die Geschwister untereinander stets in Verbindung standen.

»Gut ... Ich schlage dir daher vor, dass du die gesamte Magie aus mir herausziehst. Nicht nur ein Drittel, sondern alles, den ganzen See.«

»Worin bestünde der Nachteil für mich?«, fragte ich misstrauisch.

»Es gibt keinen. Wir ziehen beide einen Vorteil daraus«, erläuterte Tom ruhig. »Obwohl ich weiß, dass Jenaja und Isaak dadurch ihre Magie verlieren, so bleiben sie wenigstens am Leben. Für dich bedeutet es hingegen deutlich weniger Arbeit. Schließlich musst du so nur mich umbringen.«

»Ihre Barrieren werden zusammenbrechen, wenn sie keine Magie mehr haben. Sie werden von großen Meistern zu normalen Menschen. Das Personal und auch sie selbst werden erkennen, dass etwas nicht stimmt«, warf ich ein.

»Die Dienerschaft ist ohnehin schon auf uns aufmerksam geworden«, antwortete Tom und nickte zu dem Feuerball in seiner Hand. »Wir haben beide unsere Barrieren aufgehoben. Was meinst du, wie lange es noch dauert, bis einer von ihnen hier auftaucht?«

»In Ordnung«, stimmte ich schließlich zu. Der Gedanke, nur einen Mord statt dreien begehen zu müssen, war zu verlockend für mein gequältes Gewissen. »Aber wenn du mich fragst, tue ich deinen Geschwistern damit keinen Gefallen, dass ich sie am Leben lasse, während du stirbst.«

In Toms Augen leuchtete ein seltsames, mitfühlendes Verstehen auf, das mir schwer zu schaffen machte. Ich sah betreten zu Boden.

Der Angriff kam so unerwartet, dass mein Schutzschild zu wanken anfing. Instinktiv zog ich Magie aus meinem See – sie fühlte sich seltsam an – und schleuderte sie Tom entgegen. Die Flamme in seiner Hand erlosch überraschend schnell und er wurde gegen die Wand geschleudert, wo ich die Magie der Drillinge aus ihm herauspresste, wie aus einem nassen Schwamm.

Als das Drittel des Sees, das Tom zustand, aus ihm herausgeströmt war, begann er die Augen aufzureißen und unmenschlich zu kreischen. Aber ich konnte nicht aufhören, noch nicht. Es schien Stunden zu dauern, ehe Tom verstummte und der gesamte Magie-See der Drillinge mir gehörte. Seine Augen waren noch immer weit aufgerissen und starrten mich anklagend an, doch sein Herz hatte zu schlagen aufgehört. Entsetzt wich ich vor ihm zurück und ließ auch meine Magie verebben, sodass er leblos zu Boden fiel. Lautlose Tränen strömten meine Wangen hinab, als ich mich von dem schrecklichen Anblick abwandte. Doch das Bild blieb, als hätte es sich in meine Netzhaut gebrannt.

Ängstlich, als hätte ich nun etwas Verdorbenes in mich hineingelassen, tastete ich nach meinem Magie-See – und keuchte erschrocken auf. Er war überwältigend, um einiges größer … und anders. Ich fand mich nicht sofort zurecht, hatte das Gefühl von drei verschiedenen Magiesorten, die alle mir gehorchten, dabei sollten es nur zwei sein: meine eigene und die der Drillinge.

Ich schüttelte unwillig den Kopf, zu aufgewühlt und verwirrt, um mich um diese neue Ungereimtheit zu sorgen.

Würde es reichen? Sollte ich zusätzlich die Kraft von jemand anderem absorbieren?

Ich konnte froh sein, wenn ich den heutigen Tag überlebte! Da Toms magischer Fingerabdruck erloschen war, durfte jedem klar sein, dass etwas nicht stimmte. Egal, wie mächtig ich war, gegen die vereinte Macht aller anderen Magier hätte ich noch immer wenig Chancen, und wieso einen Kampf riskieren? Ich sollte zusehen, dass ich von hier verschwand. Wenn es nicht reichte, konnte ich später immer noch eine Gelegenheit finden, an mehr Macht zu gelangen.

Entschlossen richtete ich mich auf und eilte zurück zur Treppe, doch über mir ertönten bereits Schritte. Sofort bündelte ich einen Teil meines mittlerweile riesigen Magie-Sees in einen blauen Feuerball wie Tom es zuvor getan hatte. Die Flammen in meiner Hand erhellten die Umgebung und ich konnte sie notfalls auf einen Angreifer schleudern. In dem tanzenden Azurlicht wurde die glatte, schwarze Porzellanmaske von Mutter Gotel erkennbar.

»Gotel!«, stieß ich scharf aus und senkte den Feuerball ein wenig. »Ich muss hier raus. Kann ich nach oben?« Ich wusste nicht, ob ich ihr glauben konnte, denn sie musste mitbekommen haben, was vorgefallen war, der Barriere, die sie umgab, zum Trotz. Es fiel mir dennoch schwer, ihr gegenüber etwas anderes zu empfinden als Vertrauen, wo sie mir in meinem Leben bereits zwei Mal bedingungslos beigestanden hatte.

Mutter Gotel legte einen Finger an die Lippen der Maske, schüttelte daraufhin den Kopf und eilte überraschend schnell an mir vorbei. Ich wartete eine Sekunde und sandte tastend meine Magie aus. Tatsächlich hatten im Gegensatz zu Mutter Gotel bereits viele der Magier im Schloss oben ihre Barrieren fallen gelassen, sodass ich ihre Magie-Seen mit meinen magischen Sinnen orten konnte. Ein gutes Dutzend von ihnen war auf dem Weg zu mir. Ich wandte mich hastig um und folgte Mutter Gotel.

Im hinteren Bereich des Kellers hatte die alte Hexe eine versteckte Falltür geöffnet und war hineingeschlüpft. Nach kurzem Zögern folgte ich ihr. Ich konnte mir nicht vorstellen, dass diese herzensgute Frau mir eine Falle stellen würde.

Also schlüpfte ich durch die Falltür, schloss sie hinter mir und betete, dass sie von der anderen Seite genauso schwer zu entdecken sein würde wie zuvor. Ich fand mich in einer zugigen, schmalen Höhle wieder. Von einem Ende fiel fahles Mondlicht herein und die ungewöhnlich große Gestalt Mutter Gotels war zu sehen. Langsam überkamen mich Zweifel. Ich hetzte meiner vermeintlichen Retterin hinterher und stolperte neben ihr ins Freie. Der Sturm hatte sich gelegt und das kalte Licht des Mondes dominierte die weiße Schneelandschaft. Das Schloss lag still über uns.

Misstrauisch wandte ich mich der Maskierten zu. »Wer bist du? Du bist nicht Mutter Gotel.«

Die Unbekannte hob ihre jugendliche Hand und nahm Mutter Gotels schwarze Porzellanmaske ab. Darunter kam mein eigenes Gesicht zum Vorschein.

»J... Joyce?«, stotterte ich und hob die Hand zum Gesicht meiner Zwillingsschwester. »A... aber du bist tot.«

Es stahl sich ein freudloses Lächeln auf ihre Lippen. »Wenn du das geglaubt hast, habe ich ganze Arbeit geleistet.« Jetzt erst ließ sie die Barriere fallen. Ihre Verknüpfung zu meinem, zu unserem Magie-See – ich konnte sie tatsächlich wieder spüren! Joyce lebte.

»Ah«, sagte sie genüsslich und ließ blaue Flammen um ihre Hände tanzen. »Magie. Endlich wieder Magie. Und die Macht der Drei Geschwister macht sich gut bei uns.«

Endlich ließ der Schock nach. Die Verwunderung schwand und heiße Wut brodelte in mir hoch. »Wieso hast du dich all die Jahre nicht gezeigt? Wieso hast du gewartet, bis ich Tom umgebracht habe, ehe du deine Barriere wieder fallen lässt und mir offenbarst, dass du gar nicht tot bist?!«

»Nun, ich musste doch sehen, auf wessen Seite du stehst«, antwortete Joyce und zwinkerte mir zu. »Immerhin hättest du mit denjenigen, die meinen Tod wünschten, gemeinsame Sache machen können. Ich musste sehen, ob du über Leichen gehen würdest. Für mich. Aber die zusätzliche Magie der Drillinge war natürlich auch nicht zu verachten.«

Es war, als hätte sie mich geohrfeigt. Ich wusste nicht, was ich erschreckender fand: ihre Grausamkeit oder die Unterstellung, dass ich ihren Tod gewünscht haben könnte.

Ach ja? Ihre Grausamkeit? Und was war mit meiner eigenen?

Nur langsam fand ich meine Stimme wieder. Mittlerweile klang sie verbittert und rau. »Was hast du mit Mutter Gotel angestellt?«

Joyce schien meinen Stimmungsumschwung nicht zu bemerken. Noch immer lag ein Lächeln auf ihren Zügen. »Ich habe ihren Magie–See unserem eigenen hinzugefügt. Du wusstest doch, dass Mutter Gotel sehr mächtig war. Wieso hast du dich für die Drillinge entschieden und nicht für sie?«

»Aber ... sie hat mir ... sie hat uns doch geholfen«, sagte ich schockiert. Zaghaft tastete ich nach unserem Magie–See, und jetzt wusste ich auch, was sich so seltsam angefühlt hatte und welche drei Magiesorten sich mir präsentierten: unsere eigene, die der Drillinge und Mutter Gotels. Joyce musste sie absorbiert haben, während ich durch meine eigene Barriere von der Magie abgeschnitten gewesen war. Andernfalls hätte ich ihre Verbindung zu unserem Magie–See sicherlich bemerkt.

Mir wurde sofort schlecht, als hätte ich den Leichnam von Mutter Gotel berührt.

»Sie hat uns geholfen, na und! Manchmal helfen sie, manchmal wenden sie sich gegen uns. Nur Macht bleibt immer gleich.« Joyce blickte mitleidig zu mir herüber. Meine Schwester war nicht mehr dieselbe. Die langen Jahre der Einsamkeit schienen nicht nur mir, sondern auch ihr selbst zugesetzt zu haben ... Oder hatten sich diese Charakterzüge bereits zuvor bei ihr gezeigt und ich hatte es nicht wahrhaben wollen?

»Schau nicht so tadelnd! Du verstehst mich doch!«, bellte Joyce. »Deshalb wollten die anderen Großen mich tot sehen! Sie hatten Angst vor meiner Macht, Angst vor meinen Vorstellungen von der Zukunft.«

Wie vor den Kopf gestoßen ließ ich mich in den Schnee fallen. Mein ganzes Leben schien vor mir in Trümmern zu liegen. Ich dachte an Mutter Gotels letzte Worte. »Ich vertraue darauf, dass du das Richtige tust, wenn es soweit ist.« Wieso hatte ich nicht auf sie gehört?

Joyce ragte vor mir auf wie eine düstere Rachegöttin, wie eine verdorbene Form meiner selbst. Es umgab sie ein mächtiger, magischer Schutzschild aus unserem Magie–See ... aus der Magie von Mutter Gotel und den Drei Geschwistern. Nicht einmal der fähigste Magier würde diesen Schild durchbrechen können.

Und ich erkannte, dass Joyce' Machthunger nie gestillt werden würde. Sie würde die übrigen Meister töten und ihre Kräfte absorbieren, eine

Schreckensherrschaft antreten, in der nur die Mächtigen ihr Leben verdienten. Nichts und niemand konnte sie jetzt noch davon abhalten. Nicht mit diesem übermächtigen Magie-See.

Ein trauriges Lächeln schlich sich auf meine Lippen. Wieso mussten es ausgerechnet diese Umstände sein, die uns zusammenführten?

»Es ist schön, dich wiederzuhaben, Joyce«, flüsterte ich und betrat ihr Schutzschild, um sie in die Arme zu nehmen.

»Das finde ich auch, Marie«, antwortete sie und es klang von Grund auf ehrlich. Mit einem Lächeln breitete sie die Arme aus und drückte mich an sich. »Ich habe dich vermi...«

Ihre Stimme verlor sich beim letzten Wort, als ich meinen Dolch in ihrem Rücken umdrehte.

»Es tut mir leid«, flüsterte ich und ließ meine Zwillingsschwester in meinen Armen zu Boden sinken. »Aber die Welt, die du erschaffen willst, wäre für jeden Magier so schrecklich wie meine Welt ohne dich, und diesen Schmerz kann ich ihnen nicht antun.«

Im Schnee liegend hielt ich den leblosen Körper von Joyce in den Armen, ganz so als würde sie lediglich schlafen, und wartete auf den Sonnenaufgang.

BAIKALSEE

Kriss Ruhi

Heute stand Jakob in der Redaktionssitzung vor mir. »Ihr neuer Kollege, Tim Schröder«, hieß es und Jakob grinste mich breit an. Er heißt Jakob, nicht Tim. Ich habe meiner Kollegin gesagt, dass mir schlecht sei und bin gegangen. Sofort. Gerannt. Und habe die Wohnungstür dreimal abgeschlossen. Was soll ich jetzt tun?

Wir waren zu viert. Damals. Vor fast zwanzig Jahren. In dem alten Jeep, mit dem wir die Mongolei durchquerten. »Von Ulan Bator zum Baikalsee« hieß die Reportage der Studentenzeitung, die Heike und ich schreiben wollten. Von Ulan Bator an den Baikalsee und zurück. Ich muss verrückt gewesen sein.

Jakob war unser Kontaktmann in der Mongolei. Wessen Idee das Ganze gewesen war, weiß ich nicht mehr. Heike hatte mir auf irgendeiner Party von Jakob erzählt. »Mit der Gesellschaft für technische Zusammenarbeit in Ulan Bator«, hatte sie mir zwischen zwei Schlucken Rotwein ins Ohr gebrüllt.

»Was ist das?«, hatte ich gefragt und die Hauptstadt der Mongolei gemeint, von der ich nie zuvor etwas gehört hatte. Dann fing sie an, mir von der Einsamkeit dieses unerschlossenen Landes zu erzählen, schwärmte von der Weite der Steppe, der unberührten Natur.

»Du fährst stundenlang über Graspisten und triffst keinen Menschen. Keine Straße, kein Dorf, keinerlei Zivilisation.« Drei Stunden später war ich betrunken und hatte eine Wette abgeschlossen, dass ich diese Reportage schreiben würde. Und Heike fuhr mit.

Jakob war mir vom ersten Tag an nicht geheuer. Er hatte uns vom Flughafen abgeholt und seine schmalen, funkelnden Augen hatten mich schaudern lassen. Er war groß und hager und hatte schulterlanges, pechschwarzes Haar. Ich gab ihm die Hand und noch heute kann ich mich daran erinnern, dass ich eine Gänsehaut bekam.

Ganz anders Heike. Sie war hingerissen von ihm. Hängte sich sofort bei ihm ein und erkundigte sich im Plauderton über unsere bevorstehende Reise.

Jakob wohnte mit seinem Kumpel Eniz im fünften Stock eines Plattenbaus. Die Eingangstür des Hochhauses war dick und aus minderwertigem Stahl. Sie war verbeult und hing schief in den Angeln. Im Treppenhaus stank es nach Urin. Eniz kam erst, nachdem Jakob uns bereits zur Begrüßung eine Runde Wodka eingeflößt hatte.

Ich weiß noch, dass mir schwindlig war und ich gerade die Tapete mit ihrem aufwendigen Ornamentmuster betrachtete, als er den Raum betrat. Eniz war größer und stämmiger als Jakob, seine dichten braunen Haare hingen ihm bis über die Ohren.

Wir saßen noch bis in die Nacht im Wohnzimmer auf dem Boden, tranken Bier und Wodka und machten Pläne für die nächsten Tage. Irgendwann gähnte ich, woraufhin Eniz und Jakob uns sofort ihre Betten anboten. Wir lehnten ab und legten uns auf Isomatten ins Wohnzimmer. Ich war todmüde, doch ich schlief sehr unruhig in dieser ersten Nacht. Die Geräusche der Nacht, Stimmen auf der Straße, Hupen. Irgendwie war ich froh, dass wir die Stadt bald verlassen würden.

Am nächsten Morgen waren die Vorbereitungen tatsächlich in vollem Gange. Heike packte bereits ihre Sachen zusammen, als ich aus dem Bad kam. Sie strahlte vor Vorfreude und plauderte die ganze Zeit.

Eniz und Jakob waren noch vor uns auf den Beinen und packten einen Jeep, der aussah, als stamme er aus dem Fuhrpark des letzten russischen Zaren. Heike lachte, als sie mein Gesicht sah. »Ich war mal in Sibirien«, erzählte sie, »und so ein Jeep ist garantiert das beste Transportmittel!«

Heike ... ihre langen blonden Haare, ein strahlendes Lächeln und ihre ansteckend lustige Art. An sie zu denken, versetzt mir einen Stich ins Herz.

Eniz setzte sich ans Steuer und fuhr den Jeep fast den ganzen Tag durch die Steppe. Zunächst hatten wir uns noch auf asphaltierten

Wegen befunden, doch bereits kurz hinter Ulan Bator wurden die Straßen schmaler und die Gegend menschenleer. Stattdessen eröffneten sich fabelhaft weite Wiesen, flache Berge, kleine Wälder. Nach zwei Stunden mussten wir einen Fluss durchqueren und ich starb fast vor Angst, als wir mit dem Jeep hindurchfuhren. Heike saß auf dem Beifahrersitz – Jakob hatte auf diesen Platz gezeigt mit dem Hinweis auf »den exklusiven Ausblick, der für die Reportage unerlässlich« sei.

Mittags hielten wir an, um auf einem kleinen Lagerfeuer ein paar Nudeln zu kochen, was nicht gelang, weil es zu windig war. Tot und matschig lagen die Teigstreifen im warmen Wasser. Danach ging es weiter. Von Stunde zu Stunde wurde es einsamer. Nach einer Pause tauschten Heike und ich die Plätze. Ich konnte kaum genug bekommen von der großartigen Landschaft, die sich uns bot. Heike hatte nicht übertrieben: menschenleere Weite bis zum Horizont! Als es dämmerte, steuerte Eniz den Jeep auf eine kleine Anhöhe. Dort standen drei runde, weiße Zelte nebeneinander.

»Das sind die Jurten der Nomaden. Sie leben als Viehzüchter hier in der Steppe«, erklärte Jakob altklug.

Kurz darauf saßen wir rund um den Ofen in der Mitte des großen Zeltes. Überall waren bunte Tücher aufgehängt, in einer Ecke entdeckte ich einen kleinen Schrein. Um uns herum standen an den Zeltwänden Betten. Sie sahen aus wie Feldbetten und man bot sie uns sofort als Schlafmöglichkeit an. Wir holten unsere Schlafsäcke aus dem Auto. Ich blieb einen Augenblick stehen und betrachtete den nächtlichen Himmel. Unzählige Sterne waren zu sehen, keine Häuserflucht versperrte den Blick, es war vollkommen still.

»Wahnsinn«, murmelte ich, »wie klein und ohnmächtig man sich fühlt unter diesem gewaltigen Nachthimmel.« Eniz fasste mich am Arm und ich war mir meiner Haut unter seiner Berührung bewusst. Allein mit zwei unbekannten Männern, dachte ich und spürte eine Gänsehaut.

»Ich schlafe im Auto«, sagte Eniz ruhig. »Wenn etwas ist …«

»Was soll sein?«, fragte ich möglichst gleichgültig und sah ihn an. Die Tiefe seiner braunen Augen überraschte mich. Ich fragte mich, ob er wohl mein schnell schlagendes Herz hören konnte.

Zusammen mit den anderen Bewohnern der Jurte legten wir uns schlafen. Bald war es ganz still, nur das Bollern des Ofens in der Mitte des

Zeltes war zu hören. Wieder schlief ich sehr unruhig. Mitten in der Nacht schreckte ich hoch. Ich glaubte einen Schatten zu sehen, der sich über Heike beugte. Doch als ich mich aufrichtete, war da nichts. Beunruhigt legte ich mich wieder hin, konnte jedoch nicht wieder einschlafen.

Heike schlief lang an diesem Morgen. Ich musste sie schütteln, damit sie aufwachte. Entschuldigend rieb sie sich den verspannten Nacken.

»Das muss der Jetlag sein!«

Am zweiten Tag hielten wir nachmittags an einer Jurte. Eine Horde Hunde sprang bellend um unser Auto herum. Ich wollte aussteigen, doch Eniz drehte sich zu mir.

»Lasst die Türen zu! Erst muss jemand die Hunde zurückrufen.«

Die Holztür der Jurte wurde geöffnet und ein Mann trat heraus, klein, seine Haut war wettergegerbt. Er stieß einen gellenden Pfiff aus und nahm einen der Hunde am Halsband. Nachdem er ihn angeleint hatte, beruhigten die anderen Tiere sich.

Wir stiegen aus und Eniz und Jakob begrüßten den Mongolen mit Handschlag. Der Hund war zunächst ruhig gewesen, doch als Eniz und Jakob ausstiegen, fing er an, an der Leine zu zerren und zu bellen. Auch die anderen Hunde schlichen knurrend um die beiden herum, Heike und mich beachteten sie nicht. Eine Frau trat aus der Jurte. Als sie Jakob und Eniz sah, verzog sie das Gesicht und zischte etwas, das wie ein Fluch klang. Der Hund begann wieder hysterisch zu bellen und die Frau verschwand in der Jurte. Der alte Mongole folgte ihr und schloss die Tür hinter sich. Wenige Minuten später erschien er wieder, schüttelte jedoch den Kopf.

»Wir können unsere Zelte aufschlagen«, erklärte Eniz.

»Was ist?«, wollte Heike wissen.

Eniz schüttelte den Kopf. »Die Damen wollen uns nicht in der Jurte haben!«

»Ach was!« Jakob legte von hinten den Arm um Heike. »Wie du dich wieder ausdrückst! Die haben bloß nicht genug Betten. Wir haben gleich gesagt, dass wir draußen schlafen können.«

Ich sah den Hund an, der sich mittlerweile hingelegt hatte, Jakob aber nicht aus den Augen zu lassen schien. Mich schauderte. Das Tier hatte nur noch ein Ohr, von dem anderen waren nur ein paar Fetzen übrig.

»Der hat mit Wölfen gekämpft«, flüsterte mir Eniz ins Ohr, als er sah, dass ich das Tier beobachtete. Der ganze Körper des großen Hundes schien gespannt zu sein. Jeder Muskel bereit zum Angriff. Das Fell war ungepflegt, aber nicht struppig.

»Mit ihm in der Nähe brauchen wir uns vor Wölfen wahrscheinlich wirklich nicht zu fürchten«, dachte ich beklommen.

Wir bauten unsere Zelte auf. Eines für Heike und mich und eines für Eniz und Jakob.

»Heute Nacht bitte das Zelt nicht verlassen«, sagte Jakob grinsend. »Der Alte lässt nachher wieder den Hund von der Leine!«

Heike machte ein entsetztes Gesicht. »Vielleicht sollten wir besser in der Steppe übernachten! Das scheint ungefährlicher zu sein!«

Eniz grinste. »Wenn du willst, dass statt der Hunde dann die Wölfe an unseren Zelten schnuppern, gern!«

Ich konnte lange nicht einschlafen. Wölfe heulten in der Steppe, der Wind rüttelte an unserem Zelt. Außerdem schlichen die Hunde um uns herum. Man hörte ihren Atem, die leichten Tritte der Pfoten auf dem dünnen Grasboden. Die Vorstellung, dass in hundert Kilometern Umkreis keine befestigte Siedlung, kein Krankenhaus, vielleicht nicht mal eine Polizeistation zu finden waren, ängstigte mich plötzlich. Einmal glaubte ich Schritte zu hören, einen Menschen oder ein großes Tier. Ein Hund winselte kurz, dann schlief ich ein.

Ich erwachte von einem lauten Kreischen und riss, ohne an die Hunde zu denken, den Reißverschluss des Zeltes auf. Die Frau vom Vortag stand lamentierend vor einem Bündel Fellreste, das feucht in der Morgensonne glänzte. Der Mann versuchte offensichtlich, sie zu beruhigen, aber sie fuchtelte wild gestikulierend mit den Armen. Mehrmals zeigte sie auf unsere Zelte, bis sie mich bemerkte. Einen Augenblick lang hielt sie inne, dann formten ihre Lippen lautlose Worte. Ihre Augen hielt sie starr auf mich gerichtet, dann drehte sie sich um und ging langsam zurück zur Jurte. Eniz trat neben mich und beugte sich zu mir herunter.

»Weck Heike«, flüsterte er. »Wir fahren!«

Schweigend saßen wir im Auto. Heike gähnte. Über den Hund mit dem abgerissenen Ohr sprachen wir nicht.

Nichts veränderte sich. Wir fuhren über Schotterpisten und die Weitläufigkeit der Landschaft, die mir am ersten Tag den Atem genommen hatte, begann mich zu langweilen. Heike war blass und schweigsam. Als ich sie darauf ansprach, sagte sie, sie habe Migräne. Nachmittags gelangten wir zu einer kleinen Siedlung, von der aus es nicht mehr weit bis zum Baikalsee sein sollte. Jakob hatte bereits eine Unterkunft für uns, mehrmals musste er jedoch nach dem Weg fragen. Etwas außerhalb der Siedlung kamen wir zu einer befestigten Jurte, die auf einer kleinen Lichtung stand.

Das Gelände um das mongolische Zelt war eingezäunt. Soweit man die morschen Bretterbalken, die von verrosteten Nägeln zusammengehalten wurden, als Zaun bezeichnen konnte ... In einigem Abstand befand sich ein Holzhäuschen, das sich als Plumpsklo entpuppen sollte. In einem Verschlag befanden sich mehrere Schafe. Etwas abseits vor dem Wald stand eine kleine Hütte. Von außen sah sie aus wie ein skandinavisches Blockhaus im Miniaturformat. Ich sah mich um: keine Hunde zu sehen. Ein Mann trat aus der Jurte, er trug einen langen, roten Mantel und hohe Lederstiefel. Jakob und Eniz gingen zu ihm und zu dritt gingen sie zu dem Miniaturblockhaus. Wir folgten ihnen.

»Wir können hier wohnen«, sagte er als wir näher kamen und zeigte auf das Miniaturhaus, das sich bei näherem Hinsehen doch als nicht ganz so solide gebaut entpuppte. Ich zuckte die Achseln, den Wind und die Wölfe würde es in der Nacht abhalten.

Der Mongole öffnete die laut quietschende Tür und Jakob sah hinein, dann gab er dem Mann die Hand.

»Können wir die hier nutzen?«, fragte Heike und zeigte auf eine steinumgrenzte Feuerstelle, die unweit des Hauses errichtet war.

»Und wo schlafen wir?« Blinzelnd sah ich in das staubige Halbdunkel des Blockhauses. Einen Stuhl und einen Tisch sah ich, ganz hinten in der Ecke eine schwere Holztruhe, aber kein einziges Bett.

»Wir legen unsere Isomatten auf den Boden«, brummte Eniz.

»Wir müssen ohnehin zusammenrücken, denn es gibt keinen Ofen und heute Nacht wird es bestimmt wieder kalt.« Dass es in der Mongolei sogar im Sommer Minusgrade hatte, war nichts für mich.

Jakob sah Heike an, doch sie schien seinen Blick nicht zu bemerken. Ich fröstelte und drehte mich um, doch da stand Eniz hinter mir und legte mir die Hand auf die Schulter.

»Wir können auch im Auto schlafen, wenn euch das lieber ist«, sagte er laut.

Ich spürte Jakobs Blick im Nacken und hob trotzig den Kopf. »Das ist schon in Ordnung!« Sogar sehr, dachte ich bei der Vorstellung, dass Eniz die Nacht neben mir verbringen würde.

Der Rest des Tages verlief ruhig. Wir machten Feuer. Heike setzte sich auf einen Holzklotz und stierte vor sich hin. Als ich sie ansprach, sah sie mit glasigen Augen durch mich hindurch.

»Geht es dir nicht gut?«, fragte ich leise, doch sie schüttelte den Kopf.

»Alles klar«, sagte sie, »warum?«

»Du wirkst so – so abwesend.«

Sie zuckte mit den Schultern. »Wahrscheinlich bin ich unterzuckert.« Sie ging ins Blockhaus und kam mit einem Glas Frankfurter Würstchen zurück, das sie neben die Feuerstelle stellte. Kommentarlos setzte sie sich wieder und starrte weiter in die Flammen, die unaufhörlich an den Ästen und Zweigen leckten, die Eniz und Jakob von Zeit zu Zeit ins Feuer warfen.

Die Nacht brach abrupt herein, schnell wurde es stockfinster. Der Mond war noch nicht zu sehen.

»Wir sind weit weg von jeder Großstadt«, erklärte Eniz, als ich ihn darauf ansprach, »keine Straßenbeleuchtung, keine Autoscheinwerfer, kein Flughafen in hundert Kilometern Umkreis. Deshalb wird es so unglaublich dunkel.« Im Schein des Feuers sah ich seine warmen, braunen Augen und wollte mich darin verlieren. Ein Schatten, den ich aus dem Augenwinkel wahrnahm, riss mich in die Einsamkeit dieser kalten Nacht zurück.

Jakob war zu Heike gegangen, hatte ihr etwas ins Ohr geflüstert und wie ein Lamm, das man zur Schlachtbank führt, nahm sie seine Hand und ließ sich zur Hütte führen. Mit dem Blick folgte ich ihnen und wollte gerade etwas sagen, als ich Eniz' Finger spürte, die sanft meinen Kopf zu sich drehten, und kurz darauf seine warmen Lippen auf meinen.

Heike ist erwachsen, dachte ich, sie muss wissen, was sie tut.

Als wir später auf Zehenspitzen die Hütte betraten, schlief Heike. Erschreckend weiß leuchtete ihr Gesicht im schwachen Mondlicht, das zum Fenster hereinschien. Jakobs Arm lag besitzergreifend auf ihr.

Ich drehte mich zur Seite, denn er hob den Kopf, als er unsere Tritte auf den knarrenden Dielen hörte.

Eniz und ich legten uns nebeneinander in unsere Schlafsäcke. Er nahm meine Hände und küsste jeden einzelnen Finger. Plötzlich überfiel mich eine unglaubliche Müdigkeit. Ich hörte Eniz etwas flüstern, aber ich verstand ihn nicht. Meine Augenlider waren unendlich schwer und es war unmöglich sie noch einmal zu öffnen. Ich spürte noch seinen Atem an meinem Ohr und seine Zunge, die warm und rau wie die einer Katze über die empfindliche Haut meines Halses fuhr. Dann kann ich mich an nichts mehr erinnern.

Morgens lag Raureif auf der Wiese. Ich ging in den kleinen Wald und suchte eine geschützte Stelle am Bach. Er war mit einer dünnen Eisschicht überzogen. Ich schaute mich um, niemand zu sehen. Wir hatten uns seit unserer Abfahrt nicht gewaschen und ich verspürte das dringende Bedürfnis nach eiskaltem, klarem Wasser auf meiner Haut.

Als ich zurück zur Hütte kam, hatten die anderen Feuer gemacht.

»Wo ist Jakob?«, fragte ich Heike, die sich die Hände an einer dampfenden Blechtasse wärmte. Mit runden Schultern über die Tasse gebeugt kam sie mir schmaler vor als sonst.

Sie zuckte die Schultern. Dann hob sie das Gesicht und sah mich aus müden Augen an.

»Willst du Kaffee?«, fragte Eniz. Ich sah ihm ins Gesicht, musste aber sofort an die vergangene Nacht denken und ärgerte mich, dass ich so schnell eingeschlafen war. Ich nickte und spürte, dass mir das Blut in die Wangen schoss.

Umständlich holte Heike die Kamera heraus und brachte mir meinen Schreibblock.

»Das müssen wir festhalten!«, erklärte sie und ihre Hände zitterten, als sie mir meinen Tintenroller reichte. »Eiskalte Luft, azurblauer Himmel, ein Lagerfeuer und Kaffee aus Blechtassen.« Sie legte den Kopf in den Nacken, und einen Augenblick lang erschien mir ihr

Hals, obwohl sie ihn in einen dicken Schal gewickelt hatte, zu dünn, um das Gewicht halten zu können. Als ich sie ansah, glaubte ich einen dunklen Fleck in ihrem Nacken erkennen zu können. Ich musste schmunzeln. Deshalb, dachte ich, ist sie müde.

»Nächste Woche sitzen wir wieder im Grammatikseminar! Ich muss das hier festhalten!« Heike lachte und fotografierte Eniz und mich am Lagerfeuer. Das Foto habe ich noch. Es liegt ganz unten in meinem Schrank in einer Kiste, in der alles liegt, das mir als Erinnerung an sie geblieben ist.

»Der Baikalsee ist tief wie die russische Seele, strahlend blau liegt er jahrtausendealt in die Erde gegossen«, schrieb ich auf meinen Notizblock, nachdem ich mich von dem Anblick hatte losreißen können.

»Wahnsinn!«, murmelte ich. Wir waren von unserer Holzhütte aus noch einmal eine halbe Stunde unterwegs gewesen, bis wir in einem kleinen Hüttendorf endlich am Ziel unserer Reise angekommen waren.

Ich spürte, dass Eniz von hinten an mich herantrat. Vorsichtig legte er mir beide Armen um die Schultern und nahm mir Schreibblock und Kuli aus der Hand. »Schau es dir lieber mal richtig an«, flüsterte er mir ins Ohr. »Schreiben kannst du auch später noch!«

Wir waren in einem winzigen Fischerdorf gelandet und Eniz zeigte mir, wie die Einheimischen fischten. Heike blieb mit Jakob zurück und ich drehte mich noch ein paar Mal nach ihr um. Sie hatte wenig gesagt, als sie das Ziel unserer Reise erblickt hatte.

»Ich glaube, Heike ist krank!«, sagte ich leise zu Eniz.

Verständnislos sah er mich an. »Warum?« Ohne meine Antwort abzuwarten, ging er zu einem kleinen Verkaufsstand. Ich zuckte die Schultern. Vielleicht machte ich mir zu viele Sorgen.

Eniz kaufte geräucherten Fisch für uns alle und als wir zurück an den See kamen, setzten wir uns in die Sonne. Heike erschien mir noch blasser als vorher und sie aß fast nichts. Eingehüllt in Jacke und Schal saß sie da.

Ich wartete auf einen Moment, in dem ich sie allein hätte sprechen können, aber Jakob ließ sie nicht aus den Augen. Er wacht über sie wie ein Adler über seine Beute, fuhr es mir durch den Kopf und im nächsten Moment erschreckte mich mein eigener Gedanke. Er machte sich wohl Sorgen, schalt ich mich. Damals war ich zu blind, um zu sehen, was vor sich ging. In den letzten zwanzig Jahren ist kein Tag vergangen, an dem ich mir nicht Vorwürfe gemacht habe. Vielleicht hätte ich etwas ändern können, wenn ich nicht so naiv gewesen wäre. So blind. Vielleicht hätte ich verhindern können, was danach geschah.

Nachmittags fuhren wir zurück.

»Das muss gefeiert werden«, verkündete Jakob.

»Was?«, fragte Heike abwesend.

Vorsichtig nahm ich ihre Hand. »Wir haben es bis hierher an den Baikalsee geschafft! Jakob meint, dass das gefeiert werden muss!« Heike nickte, ohne mich anzusehen. Ich streichelte ihr mit dem Daumen über den Handrücken.

»Vielleicht, Heike«, begann ich vorsichtig, »sollten wir schnell zurück nach Ulan Bator und in ein Krankenhaus mit dir?!« Ich wusste, wie unsinnig meine Worte waren, denn wir waren drei Tagesreisen von Ulan Bator entfernt. Außerdem war ich mir nicht sicher, ob man ihr dort würde helfen können. Doch Heike schüttelte energisch den Kopf und streckte sich.

»Lass uns feiern«, sagte sie, »ihr habt recht. So jung kommen wir nie mehr zusammen.«

»Aber du wirkst krank«, warf ich ein.

Sie versuchte zu lächeln. »Ich bin nur ein wenig angestrengt von der langen Reise!« Sie erhob sich wackelig. »Man lebt nur einmal, meine Liebe, und vielleicht ist morgen schon alles zu Ende!«

Wir wussten nicht, wie Recht sie behalten sollte!

Wir machten Feuer und etwas später kam Jakob mit zwei Flaschen Wodka unserer Gastgeber zurück. Tatsächlich mobilisierte der Alkohol Heikes Kräfte, denn sie wirkte allmählich wieder lebhafter und gesünder. Sie lachte sogar, als sie neben Jakob am Feuer saß und für einen Moment hätte ich die beiden fast als schönes Paar bezeichnet. Ich spülte dem Gedanken einen Schluck Wodka hinterher. Heiß brannte er sich den Weg meinen Hals hinab und als ich aufsah, schaute ich direkt in Jakobs Augen, die zu glühen schienen. Er hatte seinen

Arm um Heikes Schultern gelegt, eine Hand unter ihrem Kinn und mit offensichtlichem Vergnügen bog er ihr den Hals zurück, sodass ihr Kopf auf seiner Schulter zum Liegen kam. Ich konnte meine Augen nicht aus seinem Blick lösen, während er mit der Zunge über die weiche Haut ihres Halses fuhr. Der Fleck in ihrem Nacken war größer geworden. Jakob grinste.

Eniz' Hand auf meiner Schulter befreite mich aus Jakobs Bann. Mein Körper fühlte sich steif und erstarrt an. Ich schüttelte mich und drehte mich zu Eniz, der sich neben mich gesetzt hatte. Ich vermied es, zu Jakob hinüberzusehen. Doch auch Eniz sah ich nicht an. Ich fühlte mich in der Falle.

Wir saßen am Feuer, bis die Dämmerung einsetzte. Mit dem verschwindenden Tageslicht schienen Heikes Kräfte zurückzukehren. Ich sah ihre Augen im Feuerschein glänzen, als sie Jakob wort- und gestenreich von unserer Arbeit in der Redaktion erzählte. Wir saßen dicht um das Feuer und tranken Wodka. Eniz begann, russische Lieder zu singen. Sanft klang seine tiefe Stimme durch die dunkle Steppe. Schließlich holte er noch seine Gitarre aus dem Jeep. Heike stand auf und begann mit ausgebreiteten Armen ums Feuer zu tanzen. Pulli, Schal und Anorak hatte sie abgelegt. Erleichtert lehnte ich mich gegen Eniz' Rücken. Ich spürte die Vibrationen seiner Stimme und sah Heike zu. Jakob gesellte sich zu ihr und die beiden lachten und alberten herum. Heikes Haare leuchteten im flackernden Licht und umspielten ihr Gesicht wie ein Rahmen.

Plötzlich stand Heike neben mir und zog mich am Arm.

»Komm schnell! Ich habe eine Idee!« Sie wirkte aufgekratzt wie ein kleines Mädchen.

Ich überlegte, wie ich sie warnen könnte, ob ich sie fragen sollte, woher die Kratzer kamen, aber mein Hals war wie ausgetrocknet.

Aufgeregt plappernd zog sie mich zur Holzhütte, ich konnte ihr kaum folgen.

»Ich habe etwas gefunden«, sagte sie verschwörerisch und schloss die Tür hinter mir. Sie ging in die Ecke, in der die große Holztruhe stand. Ächzend hob sie den Deckel an, der viel zu schwer erschien für ihre dünnen Arme.

»Hilf mir«, keuchte sie.

Im Inneren befanden sich große Holzmasken, die uns aus leeren Augen anstarrten. Heike nahm eine heraus. Sie waren aufwendig und bunt verziert.

»Man setzt sie auf die Schultern und die Brust und bindet sie hinten mit Lederbändern fest.«

»Woher weißt du das?«, fragte ich.

»Jakob hat es mir gezeigt.« Sie zwinkerte mir zu. »Sie wurden früher zu allen möglichen Tänzen getragen.«

»Was für Tänze?«, fragte ich, doch sie zuckte nur die Schultern und nahm sich eine mit roten Ornamenten heraus.

»Wir erschrecken die Jungs!«, kicherte sie. Umständlich setzte sie eine auf, wand ihre langen Haare auf die Seite und im schwachen Licht, das durch das kleine Fenster fiel, sah ich ihren Nacken, über dem ich nun die Maske binden sollte. Wie gelähmt starrte ich auf den großen Bluterguss und die Kratzer, die ihre weiße Haut bedeckten.

»Bind mal!«

Wie in Trance folgte ich ihren Anweisungen und wehrte mich nur schwach, als sie mir die Maske aufdrängte.

Hand in Hand gingen wir zur Tür und mit einem lauten Schrei, der durch die stille mongolische Nacht hallte, flog sie förmlich aus der Tür und setzte in wilden Sprüngen auf Jakob zu. Fauchend wie ein mongolischer Dämon umkreiste sie ihn, der sie belustigt betrachtete, bis er sich auf das Spiel einließ und mit erhobenen Händen – wie die Krallen einer Katze die Finger gespreizt – tanzten sie mit breitbeinigen Sprüngen ums Feuer, das jetzt hochloderte. Ihre Bewegungen warfen gespenstische Schatten.

Ich war fasziniert und gleichzeitig beängstigt von dem Anblick und nahm langsam die Maske ab. Jakob hatte das Gesicht verzerrt.

»Er brauchte keine Maske. Er trägt sie bereits die ganze Zeit«, murmelte ich und eiskaltes Entsetzen packte mich.

Ich hätte schreien sollen, Heike warnen, mit ihr fliehen, doch stattdessen starrte ich die zwei Tänzer am Feuer an. Ich war betrunken vom Wodka, berauscht vom Feuer und den Flammen und für einen Moment sah ich nicht mehr Heike und Jakob dort am Feuer, sondern zwei Dämonen aus einer längst vergangenen Zeit, die auf der Suche nach Ewigkeit einander in den Flammen verführten.

Plötzlich fiel mir auf, dass es vollkommen still um uns herum war. Meine Sinne waren auf paradoxe Weise geschärft. Ich roch das Feuer, fühlte den Wind und spürte Eniz' Wärme. Er berührte mich nicht, aber ich wusste, dass er neben mir stand und ebenfalls das Schauspiel betrachtete, das sich uns bot.

Eiskalt erfasst mich die Gewissheit, dass ich Heike nicht mehr mit nach Hause nehmen würde. Ich spürte, wie sich Tränen in meinen Augen sammelten. Mein Herz schlug schnell und ein Rauschen setzte in meinem Kopf ein. Eniz legte die Arme um mich und ich ließ mich von ihm führen. Ohne Widerstand ließ ich mich in die Hütte und auf unser Schlafsacklager ziehen. Heiß brannten seine Hände auf meiner Haut, seine raue Zunge an meinem Hals. Die Sorge um Heike flackerte noch einmal kurz auf und ich wollte Eniz bitten, etwas zu tun. Doch bevor auch nur das erste Wort meinen Mund verlassen konnte, hatte ich alles vergessen und um mich war nur noch Nebel, Feuer, Musik und Ekstase.

Als ich im ersten Dämmerlicht wieder erwachte spürte ich jeden Knochen meines Körpers. In meinem Schädel hämmerten Kopfschmerzen, mühselig richtete ich mich auf. Heikes Schlafsack war unberührt. Auch Jakob war nicht da. Schnell und leise, weil Eniz noch schlief, zog ich mich an und schlich nach draußen.

Das Feuer glühte nur noch. Die Holzmaske, die Heike getragen hatte, lag neben der Feuerstelle. Auf der Bank, auf der sie gesessen hatte, lag noch immer ihre Jacke. Ich sah mich um. Keine Spur von den beiden. Ich ging in den kleinen Wald, bis zu der Stelle, an der ich mich gewaschen hatte, doch ich traute mich nicht weiter. Dann ging ich zur Jurte unseres Gastgebers, doch als ich um sie herumging, stand plötzlich Eniz vor mir.

»Komm«, er streckte die Hand aus. »Du wirst sie nicht finden. Beunruhige die armen Leute nicht, sie können dir ohnehin nicht helfen.«

Ich verachtete mich für meine Hilflosigkeit, aber ich nahm Eniz' Hand. Wir gingen zurück zur Feuerstelle und Eniz schürte das Feuer. Ich nahm Heikes Maske. Blutrot die Verzierungen, doch an einer Stelle blätterte die Farbe ab. Das Holz hatte einen tiefen Kratzer quer über die Wange. Eniz hatte der Asche ein paar schwache Flammen entlockt und ich warf die Maske hinein. Das Feuer reichte für einen Kaffee.

»Ich sollte weinen«, sagte ich zu Eniz, der unsere Sachen in den Jeep gepackt hatte, als seien wir nie zu viert unterwegs gewesen. Er nahm meine Hand und sagte nichts. Ich weinte nicht.

Er fuhr zwei Tage und eine Nacht durch. Wenn wir rasteten war es kurz und deshalb, weil ich darum gebeten hatte.

»Warum nicht ich?«, fragte ich ihn einmal.

»Weil ich es so will«, sagte er trocken, »ich will, dass du lebst.«

Zurück in Ulan Bator buchte Eniz meinen Rückflug um und setzte mich in den nächsten Flieger nach Deutschland. Ohne Heike.

»Was soll ich sagen, wo sie ist?«, fragte ich Eniz beim Abschied.

»Sag, was du willst«, erwiderte er, »Niemand wird sie finden, wenn Jakob es nicht will.«

»Du auch nicht?«

Er sah mich traurig an. Mit der Hand strich er mir eine Strähne aus dem Gesicht. »Ich möchte, dass du gehst und nicht zurückkommst.«

Ich senkte den Kopf. Sehe ich dich wieder?

Mit dem Finger fuhr er an meinem Gesicht entlang bis zum Kinn. Vorsichtig hob er meinen Kopf.

»Irgendwann«, flüsterte er in mein Ohr.

DER TEMPEL DER MASKEN

Alexandra Neumeier

Wer wird er heute sein? Mein Blick streift über Metall und Seide, Holz und Stein, Pappmaché, Porzellan und Glas. Die Fackeln an den Wänden bringen Rubine zu feurigem Leben, spiegeln ihre Flammen auf Bronze. Kristalle werfen regenbogenfarbene Prismen auf matte Lederflächen, und die flackernden Schatten erwecken dunkle Augenhöhlen zum Leben.

Hier und da zieht etwas meine Aufmerksamkeit auf sich: ein ausgefranstes Band, das Fehlen eines Ziersteins, ein Riss im Holz, grüner Span auf grauem Metall, vom Boden bis hoch in den gewölbten Dom des Raumes, durch dessen rundes Auge silbernes Mondlicht wie eine solide Säule auf den Boden fällt. Tausende von Masken, tausende Facetten menschlicher Ängste, Wünsche, Träume und Erinnerungen. Hier arbeite ich Nacht für Nacht und hege und pflege die Masken für meinen Meister, der in sie hineinschlüpft wie in Rollen in einem Theater. Jede Maske macht ein anderes Wesen aus ihm, mit anderen Zügen und Eigenschaften. Sie alle dienen den Menschen auf ihre Weise. Wenn sie auf meinem Schoß liegen und ich sie ausbessere, poliere und sanft einöle, sie nach ihren Strapazen beruhige, dann erzählen sie mir Geschichten aus der Welt der Menschen: von ihrem Wirken mit dem Meister, von schlauer List und gutmütigen Warnungen, von gerechter Strafe und verdienter Belohnung. So ist es seit Jahrhunderten gewesen, und meine Pflicht hat mich glücklich gemacht, weil ich wusste, dass die Menschen gelenkt und ihre Geschicke mit weiser Hand gesteuert werden.

Aber seit einiger Zeit scheint das Mondlicht fahler und die Masken ... herrischer, als ob sie sich von meinem Meister nicht mehr nur tragen ließen. Als ob sie ihn zu unterwerfen versuchten. Manchmal meine ich sie zu ertappen, wie sie mich anstarren, stumm, beinahe feindselig, wo sie sich zuvor auf meine heilenden Hände gefreut hatten. Und heute Nacht ist das Mondlicht weiß und kalt, und die Augen der Masken glitzern in der Dunkelheit.

Ich sammle alle Masken ein, die meiner Pflege bedürfen, und setze mich im Schneidersitz auf das Seidenkissen, das direkt im Zentrum des Raums in der Säule aus Mondlicht auf mich wartet. Mein Herz klopft in meinem Hals, und als ich den Korb mit den Masken absetze, bemerke ich, dass meine Hände zittern. Zum ersten Mal seit Jahrhunderten graut mir vor meiner Pflicht: die Geschichten, Echos der Erlebnisse des Meisters, die in den Masken hängenbleiben, sind grausam geworden.

Ich beginne mit der Maske des langnasigen Pulcinella, deren Leder geölt werden muss. Während ich mit kreisenden Bewegungen das Öl in die Maske massiere, entsteht vor mir im Mondlicht ein Bild: Der schlaue Pulcinella hat den Menschen mit List und Tricks zur Seite gestanden, so wie es seine Bestimmung ist. Das Liebespaar hat sich gefunden, der junge Held hat seine Frau und sein neugeborenes Kind gerettet, die Bösewichte sind überführt, und jetzt kommt die hübsche Columbina, um ihrem Mann den wohlverdienten Kuss zu geben. Im Arm hält sie ihren Säugling, der grinst und strampelt und mit seinen Fäustchen nach den Sonnenstrahlen hascht, die durch das Fenster fallen. »Mein Liebster«, haucht die junge Frau und streckt ihm ihren Sohn entgegen. Der junge Mann geht einen Schritt auf die beiden zu und lacht: Endlich haben die drei ihr Glück gefunden.

Aber der Meister, statt seiner Rolle als schlauer Pulcinella gehorchend zu lachen, sich zu verbeugen und zu verschwinden, bleibt im Schatten des jungen Mannes stehen.

Ich fühle eine kalte Schweißperle meinen Rücken hinunterkriechen, und ich muss mich zusammennehmen, um die Maske weiter zu ölen, als sie weitererzählt: Die Maske wirkt nachtschwarz vor dem weißen Gewand des Meisters, die lederne Nase wirft einen tiefen, langen Schatten wie ein grausamer Schnabel. Versteckt hinter seiner ledernen Maske zieht Pulcinella eine Grimasse und flüstert dem jungen Mann, der ihm voll und ganz vertraut, ins Ohr.

Die Miene des jungen Mannes verfinstert sich, sein haselnussfarbener Blick wandert von den blauen Augen des Kindes zu den schwarzen Augen der Mutter und schnellt dann zu Pulcinella, der ihm vielsagend zunickt. Die Mutter erstarrt. Mein Meister im Gewand des listigen Pulcinella zieht hinter seinem Rücken einen Stock hervor, schwarzledern und dick und lang wie sein Arm. Die Mutter drückt das Kind an sich, Pulcinella nickt erneut, und bietet den Stock auffordernd dem jungen Mann dar, der abwehrend die Hände hebt.

Wieder zischelt der Meister etwas in sein Ohr, und seine behandschuhten Hände deuten spöttisch auf die Frau und das Kind. Die Mutter öffnet den Mund, um sich zu verteidigen, aber mit einem höhnischen Kichern fällt ihr der schlaue Pulcinella ins Wort. Seine nächste Äußerung treibt den jungen Helden zur Weißglut, und mit einem Schrei stürzt er sich auf die Frau. Wie durch Zauberei hat er den Stock in den Händen, und hebt ihn hoch über seinen Kopf, und er lässt nicht ab, bis sich die Mutter nicht mehr bewegt. Schweißüberströmt richtet der junge Mann sich auf, und Pulcinella deutet schweigend erst auf das Kind, das greinend am Boden liegt, und dann auf das Fenster ...

Die Maske fällt mir aus den Händen, die sich beide entsetzt auf meinen Mund legen, um meinen Schrei zu unterdrücken. Was hat der Meister getan?

Einen Moment lang denke ich, es muss die Maske sein, sie ist fehlerhaft, ich habe sie nicht gebührend gepflegt und ihr Charakter ist zerstört und verdorben! Das kommt vor, sage ich mir, das ist schon passiert, und wenn eine Maske erst korrumpiert ist, dann darf sie nie mehr verwendet werden. Ich werfe das Antlitz des Pulcinella weit von mir. Mich ekelt vor der Maske, und meine Hände kribbeln, wo ich sie berührt habe. Aber tief in meinem Inneren weiß ich, dass es nicht die Maske ist, die fehlerhaft ist.

Mein Blick wandert zu den anderen Masken, die auf Reparatur und Pflege warten, auf Fruchtbarkeitsmasken und solche, die göttliche Weisheit kanalisieren sollen. Vor mir liegen Schamanen, Dämonen, gute Geister und Rachegötter, alles Rollen, die der Meister unter den Menschen eingenommen hat. Meine Fingernägel schneiden tief in meine Handballen beim Gedanken an das Grauen, das der Meister mit diesen Masken angerichtet haben mag, und ich möchte zu Stein erstarren, hier an diesem göttlichen Ort im Mondlicht, umgeben von allem, was den Menschen heilig ist.

Und doch muss ich wissen, muss sehen, was geschehen ist, und so strecke ich meine Hand nach einer der Masken aus, und dann nach der nächsten, bis ich sie alle gesehen habe, und die Bilder im Mondlicht flackern und tanzen und mir den angstkeuchenden Atem rauben.

»Meister, wer werdet Ihr heute sein?«

Meine Stimme klingt hohl im hohen Raum, der jetzt nicht mehr vom Mondlicht erhellt wird, sondern von den purpurnen Strahlen der aufgehenden Sonne. Ich habe alle Masken ausgebessert und zurück an ihre Plätze gesetzt, und ich bin erschöpft. Doch das Werk des Meisters beginnt mit dem Morgen, und er muss wählen. Dann erst kann ich schlafen gehen. Er steht stumm in der Mitte des Raumes, betrachtet sinnierend die Masken, als ob er nach einer bestimmten suchte, aber sein Blick ist leer, und er lässt seine Schultern hängen. Er muss wählen, aber in ihm scheint kein Wille mehr zu sein.

Und da höre ich es: ein Zischeln, ein Knistern und Rascheln von Federn im Wind und Goldketten, die aneinanderreiben. Es kommt von den mächtigsten der Masken, den Gestalten, die die Menschen in ihren Sagen und Märchen erschaffen haben – die Weise Frau: die Baba Yaga, die Hel, die Hera, die Priesterin; der Alte Mann: der Teufel, der Eremit, der Narr – sie alle, mit ihren vielen Gesichtern, drängen sich dem Meister auf, verlangen nach ihrem Recht, und der Meister steht stumm und verwirrt und zweifelnd vor ihnen.

»Meister«, wiederhole ich drängend. »Wer werdet ihr heute sein?«

Mein ganzer Körper ist angespannt: Noch nie hat der Meister gezögert! Er muss entscheiden, er muss wissen, wie er den Menschen heute helfen kann. Er steht zwischen diesem schwachen Geschlecht und dem Chaos, das es in sich trägt.

»Ich bin müde, Mädchen.« Die Stimme des Meisters ist kaum zu hören. »Mein Wille ist verbraucht, und die Menschen verlangen nach mehr und mehr ...« Langsam dreht er sich nach mir um. Er hat kein eigenes Gesicht, nur ein Schemen, eine Andeutung eines Antlitzes, die Idee von Augen, aber ich fühle, dass seine Aufmerksamkeit sich auf mich gerichtet hat. »Sie lernen nicht. Sieh dir die Masken an: die neuesten genau wie die *Erste Maske* ... verdorben! Alles Gute und Weise wird geschmälert von ihren Ambitionen und Ängsten. All ihre Wünsche und Träume, sie alle sind fehlerhaft im Charakter! Sie könnten gut und weise sein, aber sie wollen nicht: Immer mischen sie das Grauen hinein, als ob das Grauen ihnen Freude bereitete.«

Ich weiß, dass er Recht hat. Mein Blick fällt auf die mächtige Baba Yaga, die weise ist und schlau, aber auch grausam und selbstgefällig.

Durch den Willen des Meisters ist sie die Weise Richterin, die Alte Frau im Wald, die die Hilfsbereiten belohnt und die Selbstsüchtigen straft. So oft hat sie mir im Mondlicht davon erzählt! Aber Generationen von Männern und Frauen haben ihr durch ihre Ängste und Lüste auch eine andere Seite gegeben: Die erbarmungslose Menschenfresserin in ihrem Haus aus Knochen und Schädeln, die ihre Opfer zu Tode reitet, wenn sie dumm genug waren, der scheinbar harmlosen Alten zu helfen. Oder der Narr, der Pulcinella: Listig und schlau hilft er den Leuten in ihren Plänen, besonders, wenn diese hoffnungslos scheinen. Und doch ist er gleichzeitig auch der knüppelschwingende Punch, der seine Frau erschlägt und sein Kind aus dem Fenster wirft ...

Der Meister hat sich aufgerichtet, und sein steifer Rücken spricht von Trotz und Unwillen, sogar einer grausamen kleinen Freude: »Wenn die Menschen uns so wollen, dann können sie uns so haben.« Er flüstert nur noch, und seine Worte gehen beinahe unter im Zischeln der Masken. Mir schaudert bei dem Gedanken, dass der Meister sich in seiner Erschöpfung und Enttäuschung dem Willen einer der Masken unterwerfen könnte. Und tatsächlich ist es die Baba Yaga, auf die er schließlich zugeht.

Die Baba Yaga lacht. Ihre hölzernen Züge sind verzerrt im Triumph, das weiße Haar eine Schlangenbrut aus Nebelfetzen, wie blutübergossen im Sonnenaufgang.

»Frei!« knarzt das Holz, aus dem ihr Gesicht geschnitzt ist.

»Frei!« klappern die eisernen Zähne.

Tränen des Grauens schießen in meine Augen. Der Meister streckt die Hand nach ihr aus und ihr Antlitz legt sich besitzergreifend über ihn. Ihre Augen funkeln höhnisch, und der Meister zuckt unter dem Ansturm ihrer bestialischen Freude schmerzhaft zusammen. Aber er nimmt sie nicht ab.

»Heute bin ich die Baba Yaga«, dröhnt der Meister, die Meisterin, und mit triumphierendem Geheul schießt sie aus dem Auge des Doms hinauf in den hilflosen, jungen Tag.

Ich erinnere mich an den Anfang: Zuerst war nichts, dann war die *Erste Maske*. Das Antlitz einer Frau aus Holz, behängt mit Federn und geschnitzten Eierschalen, bemalt mit Ocker und Kalk. Sie half bei Geburten, sie sorgte für Fruchtbarkeit. Auch sie besaß schon die Dunkelheit – sie nahm auch Kinder wieder zu sich. Der Meister ist vielleicht schon vor ihr dagewesen, im Flehen nach Regen und im Triumph der erfolgreichen Jagd. Aber ich, ich bin erst mit der ersten Maske entstanden.

Der Abend sinkt zu früh auf den Dom und legt graues Zwielicht über den Maskenraum. Ich habe nicht geschlafen, wie es sonst während des Tages meine Gewohnheit ist. Das Entsetzen steckt zu tief in meinen Knochen. Ich will das Mondlicht nicht sehen heute Nacht, ich will nicht wissen, was in der Welt der Menschen geschehen ist. Mein Blick wandert über die Masken. Sie alle vereinen Gutes und Böses. Die Menschen haben die Masken erfunden, um uns zu zeigen, wonach sie streben, und uns haben sie erfunden, um sie zu lenken, denn vor manchen ihrer Träume müssen wir sie schützen.

Vor Alpträumen. Vor einer Baba Yaga ohne Kontrolle.

Was kann ich tun? Wer bin ich, dem Meister und den Masken Einhalt zu gebieten?

Der Meister kommt mit dem Glanz des aufgehenden Abendsterns durch das Auge im Dom. Im Sternenlicht hebt er die Hand, um die Baba Yaga abzunehmen. Aber die Baba Yaga wehrt sich. Sie presst sich an sein Gesicht, sie peitscht mit den weißen Schlangenhaaren nach seinen Händen und knirscht mit den eisernen Zähnen. Bald läuft Blut über seine Hände, und sein Kopf verformt sich unter der Macht der Maske: Das Kinn wächst nach oben, die Nase krümmt sich, die Wangen fallen ein. Der Meister windet sich vor Qual. Ich renne zu ihm und reiße die Baba Yaga grob von seinem Kopf. Noch nie hat der Meister Hilfe gebraucht, um eine Maske wieder loszuwerden!

Der Meister wendet sich schwer atmend ab und will gehen, doch ehe er durch die Tür tritt, flüstert er, ohne sich nach mir umzuwenden: »Ich bin so Vieles gewesen, ich hab so Vieles getan. Lange vor den Masken habe ich die Menschen beschützt. Ich habe ihren Gebeten gelauscht, ihrem Flehen und ihrem Dank. Ich habe die Masken dankbar angenommen, habe sie wie Werkzeuge benutzt, habe gewusst, was zu tun war.« Er verstummt. Ich weiß, er wird weitersprechen, ich werde ihn nicht drängen. Stattdessen blicke ich auf die Baba Yaga. In meinen Händen beruhigt sie sich ein wenig. Sie kennt meine Berührung so gut wie die des Meisters, und sie erinnert sich an die Nächte, in denen ich ihre Haare gelegt und ihr hölzernes Gesicht geheilt habe.

Endlich fährt der Meister fort. »Aber in ihren Rollen und erträumten Wesen habe ich mich verloren, Mädchen. Ihre Wünsche drängen auf mich ein, und alles was sie berühren, ist wie ... verseucht mit ihren egoistischen, hasserfüllten, engstirnigen Träumen! Ich kann ihnen nicht mehr helfen, ich weiß ja nicht mehr, was zu tun ist. Ich weiß nicht mehr, wer ich bin. Wer bin ich, Mädchen? Wer ist der Meister heute?« Ein trockenes Lachen, oder Schluchzen, und er ist verschwunden.

Nachdenklich drehe ich die Baba Yaga in meinen Händen. Meine Finger wandern zu meinem eigenen Gesicht, das sich kühl und glatt anfühlt. Der Meister braucht Ruhe, und die Menschen werden ihm keine geben.

Die Stunden im Mondlicht vergehen wie im Flug. Ich habe genommen, was ich hier im Raum finden konnte: Nichts davon darf von den Menschen kommen. Alles, was sie berühren, wird Teil ihrer Wünsche und Träume, das ist ihr Fluch und ihr Segen. Aber alles hier im Raum haben sie geschaffen: Selbst den Dom haben sie vor langer Zeit für uns erschaffen. Und so nehme ich, was ich kriegen kann; fieberhaft verflechte ich Mondstrahlen, fange einen Hauch des Windes ein und webe einen Schleier. Mit Sternenlicht befestige ich den Schleier am Mondstrahlengeflecht, und mit Hilfe des nächtlichen Reifs forme und modelliere ich, arbeite ein Antlitz heraus, das kühl und gleichgültig ist, und ohne Eigenschaft.

Als der Morgen graut, erwarte ich nervös den Meister. Mit den Sonnenstrahlen erwachen die Masken und zischeln und rascheln. Ich habe Angst, dass der Meister zu schwach sein könnte, um ihrem Bann zu widerstehen, und so warte ich nahe der Tür, die neue Maske an mein klopfendes Herz gedrückt.

Endlich tritt er in den Dom, und wie er mich so stehen sieht, neigt er seinen gesichtslosen Kopf fragend zur Seite. Stumm halte ich ihm die Maske entgegen, und ich sehe, wie seine hoffnungslos zusammengesunkenen Schultern beginnen sich zu strecken. Vorsichtig nimmt er mir die Maske ab, dreht sie in seinen Händen wie ich gestern die Baba Yaga, und beobachtet, wie die Sonnenstrahlen das Mondlicht vergolden. Dann wendet er seine Aufmerksamkeit mir zu. »Jetzt könnt Ihr ausruhen«, flüstere ich. Er nickt. Dann verbeugt er sich leicht, und legt sich neben mein Seidenkissen im Zentrum des Raumes. Er setzt die Maske auf, und das Antlitz aus kühlem, glattem Licht, Wind und Wasser scheint zu lächeln.

»Wecke mich, wenn du zurückkommst«, flüstert er, dann schläft er.

Zögernd trete ich in das einfallende Licht der Morgensonne und drehe mich langsam um mich selbst, den Blick fest auf die hohen Wände gerichtet. Erleichterung und Aufregung machen meinen Kopf schwindelig. Ich denke an die Geschichten, die die Masken mir in letzter Zeit erzählt haben, und ich weiß genau, wo ich anfangen muss.

»Wer bin ich heute?« frage ich laut, und die Masken an den Wänden heißen mich willkommen.

VERBORGENE DÜSTERNIS

Markus Cremer

Die ärmliche Hütte lag am Rand der ausgedehnten Zuckerrohrfelder. In ihrer alten Heimat hätte die Hütte gerade für sie alleine gereicht. Jetzt teilte sie sich die windschiefe Unterkunft mit ihrem altersschwachen Bruder Danoo, ihrem Sohn Alifaa und seinem Weib Josepha. Ihr Bruder schnitzte an einer Figur, während sie den mageren Eintopf mit Kräutern aus der Gegend würzte. Sie konnte sich noch an die afrikanische Küste erinnern. Der Geschmack von Affenbrot schien vor ewigen Zeiten verblasst zu sein. Damals war sie die hübsche Buwaani gewesen, die Frau, auf deren Geheiß mehrere Dutzend Krieger ausrückten. Jetzt war sie in der Neuen Welt. Angeblich hatte der Präsident die Sklaverei längst abgeschafft, doch der Präsident kam nicht in ihre Gegend. Von Weitem erklang Alifaas kräftige Stimme. Sicher war er erschöpft von der harten Arbeit, doch seinem Gesang merkte man es nie an. Sie war froh darüber, dass er ein so hübsches und fleißiges Mädchen wie Josepha zur Frau genommen hatte. Sie hatte den alten Göttern dafür ein Opfer gebracht, auch wenn Alifaa sie immer drängte, den neuen Glauben anzunehmen. Was sollte ihr ein toter Gottessohn nützen? Sie verstand es nicht.

Am Ende des Pfades sah sie Alifaa und Josepha. Arm in Arm. Glücklich, trotz des Elends, in dem sie sich befanden. Buwaani dachte an ihren geheimen Schrein in den Wäldern. Nach dem Essen würde sie das Paar in Frieden lassen und den Loas einige Opfer bringen. Ein Bussard flog über das junge Paar hinweg und kam auf sie zu. Entsetzt beobachtete Buwaani, wie den Klauen des Greifvogels eine Schlange entglitt. Das Tier fiel auf den Boden und blieb zuckend liegen. Ihr Rückgrat ist gebrochen, dachte sie. Ein böses Omen. Sie blickte zu dem lachenden Liebespaar hinüber. Ein Schatten huschte über Buwaanis Gesicht. Böses Omen.

Die vier Reiter trafen sich an einer mondbeschienenen Kreuzung zwischen Zuckerrohrfeldern.

»Seid gegrüßt, Nachtreiter«, begrüßte der hochgewachsene Abraham die anderen Berittenen. »Was macht die Baumwollernte?«

»Scheiße früh dran, dies' Jahr«, antwortete der bullige David mit schwerem Südstaatenakzent. Abraham hatte ihn schon oft deswegen ermahnt, doch der Schmied fiel immer wieder in die grässliche Ausdrucksweise zurück.

»Hauptsache, unsere schwarzen Helferlein arbeiten anständig«, warf der hagere Nathan ein. Sein Gesichtsausdruck erinnerte Abraham an eine dürre Ratte.

»Wird ihnen wohl nichts anderes übrig bleiben, oder?«, erwiderte Abraham und strich sich über die grauen Schläfen.

»Können wir loslegen?«, fragte der dicke Ezechiel. »Meine Bürger erwarten Resultate.«

Abraham fühlte sich in Gegenwart des feisten Volksvertreters nicht wohl. Der Mann strahlte eine viehische Aura aus. Ganz so, als hätte er seine niederen Triebe nicht im Griff. Ein schlechtes Beispiel für die Jugend, wie er fand.

»Hört, hört, der Herr Bürgermeister spricht«, spottete David.

»Respekt für unsere Sache«, ging Abraham mit strenger Stimme dazwischen. »Ich muss wohl nicht betonen, welchen Eid wir geleistet haben, oder sollte ich mich in der Gesinnung meiner Gefährten irren?«

Die Männer schüttelten die Köpfe.

»Dann los!« Abraham griff in seine Satteltasche und streifte sich das weiße Kapuzengewand über. Die anderen Bundesgenossen taten es ihm gleich.

»Welchen Hof suchen wir auf, Ritter des Ku–Klux–Klans?«, fragte er in die Runde.

»Da ist eine Hütte ... ganz in der Nähe«, berichtete der dicke Bürgermeister mit erregter Stimme. »Die Negerin Josepha ist ein wahres Kind der Sünde.« Der fiebrige Glanz in Bruder Ezechiels Augen behagte Abraham nicht, doch fiel ihm keine Alternative ein.

»Stimmt ihr zu?«, fragte er die anderen Reiter.

»Wir stehen zu unserem Eid«, beeilte sich Nathan zu sagen.

»Ritter Ezechiel, wir folgen«, sagte Abraham und klopfte auf die Peitsche an seinem Gürtel. Der maskierte Bürgermeister wendete umständlich sein Pferd.

Abraham versetzte es stets in Erstaunen, dass der fette Bürgermeister es überhaupt in den Sattel schaffte.

Ezechiel führt die Gruppe über ausgetretene Pfade zu einer einsam gelegenen Hütte. Die schäbige Baracke lag in völliger Dunkelheit.

Sie ahnen nicht, was ihnen blüht, dachte Abraham zufrieden.

»Bei der Hitze schlafen sie bestimmt nackt«, flüsterte Ezechiel. »Diese Josepha wird uns sicher was bieten.«

»Bruder, Mäßigung«, tadelte Abraham. »Unser Auftrag ist eine heilige Sache.«

»Ich nehme mein eigenes Weihwasser«, sagte Nathan und holte eine Flasche mit Öl hervor. »Treibt das Ungeziefer ans Licht. Jede Wette.« Nathan stopfte einen Lappen in die Flasche und zündete ihn mit einem Streichholz an.

Noch ehe Abraham etwas sagen konnte, landete die Flasche auf dem Dach der Hütte und zerbarst. Das fauchende Feuer trieb ihm trotz der Maskierung die Hitze ins Gesicht.

Schreie drangen aus dem Inneren der Hütte. Nathan zog seinen Revolver und feuerte in die Luft.

»Jetzt kommen sie!«, schrie Ezechiel und trieb sein Pferd näher an den Eingang heran.

Die klapprige Tür wurde aufgestoßen. Vier Schwarze stürmten heraus. Der jüngere Mann hielt eine Eisenstange in den Händen und stellte sich schützend vor sein junges Weib. Die Frau zitterte und selbst im flackernden Schein des Feuers war ihre Schönheit unverkennbar. Dahinter standen zwei Alte, ein Mann und eine Frau. Der Mann starrte die Reiter mit offenem Mund an, während die Alte ihren unbewegten Blick auf Abraham richtete. Ihre Augen glühten.

Um dich kümmere ich mich später, sagte er sich. Zufrieden bemerkte er, dass die Voraussage des Bürgermeisters nicht zutraf. Die zu Strafenden hatten ihre Blöße notdürftig bedeckt. Vielleicht gelang es ihm diesmal, dem verwerflichen Treiben Ezechiels Einhalt zu gebieten.

»Auf die Knie, Pack!«, brüllte David und hob drohend seinen Hammer.

»Bitte verschont uns!«, flehte das hübsche Weib.

»Auf die Knie!« Der Schmied trieb sein Pferd auf den Mann zu, doch dieser wich aus und schlug blitzschnell mit der Eisenstange zu. David bog seinen Oberkörper zurück, sodass die Stange den Kopf seines Pferdes erwischte. Wiehernd brach das Tier zusammen. Nathan schoss mit seinem Revolver, doch in der Aufregung verfehlte er den jungen Schwarzen.

»Schluss damit!«, schrie Abraham und ließ die Peitsche auf den Aufsässigen niederknallen.

»Alifaa, hör auf. Ich bitte dich!«, rief das junge Weib, doch ihr Mann reagierte nicht. Er blickte auf die blutigen Peitschenstriemen auf seinem nackten Arm und hob den Kopf.

»Du stirbst!«, drohte er in ruhigem Tonfall, der Abraham Respekt abnötigte. Er schlug den Lederriemen erneut auf nacktes Fleisch. Aus den Augenwinkeln beobachtete er, wie der fette Bürgermeister sich aus dem Sattel quälte. Die Sache lief aus dem Ruder. Die Hütte brannte lichterloh und das Pferd des Schmieds erzeugte ein erbärmliches Wiehern. David kroch unter dem hysterischen Tier hervor. Der blanke Hass blitzte in seinen Augen. Der alte Schwarze löste sich aus seiner Starre und lief schreiend auf Nathan zu. Der hagere Farmer riss seine Waffe empor und feuerte dem Schwarzen drei Kugeln entgegen. Ein Arm und ein Bein wurden getroffen. Blutend gelangte der Mann zum Reiter und zerrte an dessen Bein. Aus den Wunden spritzte Blut und besudelte das Pferd und Nathans Hosen. Der junge Schwarze nutzte die Verwirrung und bewegte sich schnell auf Abraham zu. Schon wollte Abraham zu seinem Revolver greifen, als er die kreischende Stimme des Bürgermeisters Ezechiel hörte: »Keiner rührt sich oder das Weib stirbt auf der Stelle!«

Abraham blickte zu Ezechiel hinüber und sah, dass dieser das junge Weib mit einer Hand umklammerte, während die andere Hand ein Messer an ihre Kehle hielt. Die Hand, mit der er das Weib festhielt, bewegte sich lüstern über ihren prächtigen Körper.

Triebhafter Kerl, dachte Abraham, sagte aber nichts. Die anderen Schwarzen blickten wie eingefroren zu ihrer Verwandten hinüber. Der Schmied David erhob sich und humpelte zu seinem schweren Hammer. Der Alte, der sich an Nathan klammerte, erschlaffte.

»Verrückter Bastard«, brach Nathan die Stille und gab seinem Gegner einen Tritt mit dem Stiefel. Torkelnd brach der Mann zusammen.

Das Knistern der Hütte vermischte sich mit den Schmerzenslauten des Pferdes. Mit einer schwungvollen Bewegung ließ David den

Hammer auf den Kopf seines Tieres niedergehen. Das Wiehern erstarb. Erstaunt registrierte Abraham, dass der Schmied Tränen in den Augen hatte. Den gleichen Ausdruck entdeckte er im Gesicht des jungen Schwarzen. Die Eisenstange in seiner Hand zitterte.

»Du kannst sie retten«, sagte Abraham in einfühlsamem Ton. »Nicht mit Gewalt, sondern mit der Vergebung des Herrn.«

»Tu, was er sagt«, rief seine Frau mit erstickter Stimme.

»Hör auf dein Weib«, sagte Abraham ruhig. »Bekenne dich zu deinen Sünden. Bereue und der Herr wird dir vergeben. Wir vergeben dir. Es liegt in deiner Hand, ob Gewalt oder Frieden herrschen wird. Vertraue mir. Ich bin der Herr der Nachtreiter.«

Der junge Schwarze schwankte. Sein Oberkörper geriet ins Wanken. Sein Blick fuhr zu seiner Frau hinüber, die vom zudringlichen Bürgermeister begrapscht wurde.

»Bitte um Gnade. Sie wird gewährt«, erklärte Abraham. »Jetzt und hier.«

»Tu es!«, flehte die junge Frau, während sie die aufgedunsene Hand des Bürgermeisters wegdrückte.

»Sie bringen uns um«, sagte der junge Schwarze zornig.

»Nein, ich vertraue ihnen. Wir ... müssen ihnen vertrauen.«

»Recht spricht das Weib. Josepha ist dein Name, nicht wahr?«, fragte Abraham.

Mit einer wütenden Bewegung warf der junge Schwarze die Stange zu Boden. Langsam und mit tränenüberströmtem Gesicht kniete er nieder.

»Ich ... bereue meine Sünden«, brachte er bebend hervor.

»Recht so, junger Sünder«, sagte Abraham. »Die Sünde verlangt Buße und diese Buße verlangt Strafe. Erst danach kann die Freiheit erlangt werden. Verstehst du mich?«

»J–Ja!«, kam die gepresste Antwort.

»So sei es!« Abraham holte mit der Peitsche aus und drosch mit aller Kraft auf den Rücken des Knienden ein. Wieder und wieder, bis das Blut die Erde tränkte. Der Schwarze blickte zu seiner Frau hinüber, die wimmernd in den Armen des Bürgermeisters hing. Weitere Schläge folgten, bis der Schwarze bewusstlos zu Boden sank.

»Die Freiheit ist nah«, sagte Abraham und deutete auf David. Der Schmied humpelte, doch seine Kraft reichte aus, um den Schwarzen vom Boden aufzuheben.

»Ins reinigende Feuer!«, befahl Abraham. »Das Feuer in der Hölle wäre schlimmer für ihn.« Ohne Widerspruch beförderte David den Bewusstlosen in das prasselnde Feuer der brennenden Hütte. Die junge Schwarze kreischte.

»Wo ist die alte Frau?«, fragte Nathan.

»Was?« Abraham drehte sich um, doch die Alte war nicht mehr zu sehen.

»Verdammt«, sagte er, doch seine Aufmerksamkeit wurde von dem jungen Weib in Anspruch genommen.

Josepha schrie wie eine Furie und der Bürgermeister hatte sichtlich Mühe, sie festzuhalten. Ihr Oberkörper lag halb frei und bebte.

»Nur nicht so stürmisch, meine Hübsche«, keuchte Ezechiel.

»Das Weib hat keine Seele«, sagte Abraham bestimmt. »Sie wird ihrem Mann folgen. Bruder David, hilf unserem Mitbruder.«

»Wir können doch vorher noch unseren Spaß haben«, bettelte der Bürgermeister, doch Abraham schüttelte den Kopf.

»Unsere Aufgabe duldet keine Vereinigung mit Sündern«, bestimmte er und ließ die Peitsche in der Luft knallen. Die Warnung genügte und so ließ Ezechiel zu, dass der Schmied die schreiende Frau übernahm und mit einem raschen Schwung in die brennende Hütte warf. Funken stoben empor. Der Geruch von verbranntem Fleisch erfüllte den Ort. Ein Balken brach und begrub die Frau unter sich.

»Was für eine Verschwendung«, sagte der Bürgermeister und steckte sein Messer weg.

»Was ist mit der Alten?«, fragte Nathan nervös. »Soll sie unserer Rache entkommen?«

»Nein«, sagte Abraham, »aber der Morgen kommt rasch heran und wir müssen unsere Spuren verwischen.

»Hier liegt meine tote Bessie«, klagte David.

»Wir schleppen das Pferd zum Creek River«, sagte Abraham. »Vorher muss aber auch der Kadaver des Alten in den Flammen des Fegefeuers landen.«

Zufrieden beobachtete Abraham die Ausführung seiner Anweisungen.

»In der nächsten Nacht werden wir die entkommene Alte finden«, erklärte er. »Sie hat in der Umgebung Verwandte oder Freunde. Einer wird sie verraten.«

»So sicher, wie das *Amen* in der Kirche«, warf Ezechiel ein.

Abraham fuhr ein Lächeln über seine Lippen, obwohl er die Blasphemie nicht guthieß.

Buwaani floh keuchend durch das nahe Zuckerrohrfeld. Das Omen hatte sich offenbart. Ihre Familie war vernichtet. In einer einzigen Nacht. Voller Verzweiflung hatte sie die Hinrichtung ihrer Angehörigen beobachtet. Weinend, aber tatenlos. Jetzt war sie auf der Flucht. Trotz der lächerlichen Masken hatte sie die Täter erkannt. Weiße Männer. Mächtig. Unantastbar für schwarze Frauen. Sollten sie es nur glauben. Ohne zu zögern, schlug sie die Richtung ein, in der ihr Schrein lag. Der Ort war geheim. Nicht einmal Danoo wusste davon. Ihr toter Bruder. Sie vertrieb den Gedanken an ihn und widmete sich ganz ihrer Aufgabe. Eingekeilt von uralten Baumwurzeln lag ihr Altar. Die Loas würden ihrer Bitte nicht nachkommen, soviel wusste Buwaani. Sie blickte auf die eingeritzten Formeln einer längst vergessenen Sprache. In einer Ecke hingen Puppen aus Stofflumpen. Daneben die geschnitzten Abbilder ihrer Familie. Danoo war sehr geschickt gewesen. Im Steinkreis lagen Knochen verschiedener Tiere und in der Mitte der Schädel eines Menschen. Der Überrest eines unschuldig Gehenkten, den Buwaani vor Jahrzehnten in ihren Besitz bringen konnte. Der Mond leuchtete hell am Himmel.

Perfekt, dachte sie. Sie ergriff den geweihten Holzstab. Mit Lederriemen hatte sie Federn und die Krallen eines Hahns daran befestigt. Mit dem Stab ritzte sie ihre Haut auf. In kleinen Kreisen, die immer größer wurden. Blutstropfen traten hervor, doch sie fühlte den Schmerz nicht. Sie war sicher, dass sie nach dieser Nacht nie mehr Schmerz empfinden würde. Ihre Hände zitterten, als sie die Maske des Baka ergriff. Das einzige Stück, welches sie selbst geschnitzt hatte. Heimlich, grob, aber wirkungsvoll. Sie legte die Maske an und befestigte sie mit Lederstreifen.

»Höre mich, dunkler Baka!«, befahl sie dem dämonischen Geist. »Erfülle mein Flehen! Bring die Rache unter meine Feinde. Töte! Töte! TÖTE!«

Es dauerte Stunden, aber als sie der Erschöpfung nahe war, drang der böse Geist in sie ein und stellte seine Bedingungen.

»Keiner darf unserer Strafe entgehen!«, verkündete Abraham und blickte durch die Schlitze seiner Kapuze in die verhüllten Gesichter der versammelten Männer. Natürlich erkannte er sie trotzdem. Der Schmied David war mit mehreren seiner Arbeiter erschienen. Nathan hatte weitere Farmarbeiter mitgebracht. Einer trug ein brennendes Kreuz. Das Symbol gefiel ihm. Dem fetten Bürgermeister folgte ein Dutzend verdienter Männer aus der Kirchengemeinde.

»In dieser Nacht wird das Strafgericht über die Sünder kommen!«, prophezeite Abraham und wendete sein Pferd.

In scharfem Galopp ritt er durch die nächtlichen Baumwollfelder. Sein Ziel erreichten sie nach weniger als einer Stunde. Die Nachtreiter stürmten in das Lager der Schwarzen. Die armseligen Hütten schienen sich gegenseitig stützen zu müssen.

Überall Dreck, dachte Abraham. Das Feuer wird die Sünde aus diesem Hort der Unreinheit herausbrennen. Einer von Nathans Leuten setzte die erste Hütte mit einer Fackel in Brand. Ein Schuss fiel, doch in keiner der Unterkünfte regte sich etwas.

»Was geht hier vor?«, fragte der Bürgermeister ängstlich. Sein Tonfall erinnerte an ein gequältes Schwein.

Abraham bemerkte etwas an einer der Türen. Neugierig ritt er näher heran.

»Leuchte hierher, Bruder«, befahl er. Im Licht des brennenden Kreuzes erkannte er den blutigen Abdruck einer menschlichen Hand.

Sonderbar, dachte er. Höchst seltsam.

»Die Sünder sind ausgeflogen«, sagte Nathan. »Sollen wir alles abfackeln?«

»Wartet noch«, sagte Abraham. »Wir müssen sichergehen.« Er gab dem Schmied und seinen Leuten einen Wink. Die drei Männer stiegen ab und traten die Tür einer Hütte ein. Gemeinsam verschwanden sie darin.

»Was ist dort los?«, fragte der Bürgermeister, während er sein nervöses Pferd unter Kontrolle zu bringen versuchte. »David?«

»Keine Namen«, schrie Abraham dazwischen. Der Bürgermeister ignorierte ihn und zeigte auf die drei Schwarzen, welche die Hütte verließen. Der Anführer war ein bulliger Kerl, der einen schweren Schmiedehammer in den Händen hielt. Abraham stutzte.

»Knallte sie ab!«, rief einer von Nathans Leuten aus dem Hintergrund. Eine Schrotflinte krachte und die drei Schwarzen fielen getroffen zu Boden. Die Überraschung im Gesicht des bulligen Schwarzen irritierte Abraham. Etwas stimmte nicht. Er blinzelte und stellte verblüfft fest, dass der Schmied und seine beiden Begleiter vor der Hütte lagen. Von den Schwarzen war nichts mehr zu sehen. David blutete aus der Brust und richtete sich halb auf.

»W–Was s–soll ...«, er spuckte Blut.

»Verfluchte Scheiße!«, schrie der Bürgermeister. »Das ist Hexerei!«

»Es gibt keine Hexerei!«, fuhr ihn Abraham an. In seinem Kopf überschlugen sich die Möglichkeiten. Er ging alles durch, was ihm einfiel, doch er fand keine befriedigende Erklärung. Halluzinationen nach verdorbenem Essen?

»Nathan, sieh nach David«, befahl er. »Verbind seine Wunden.«

Hinter ihm schrie einer der Nachtreiter auf. Verwundert sah Abraham, wie der Mann sich mit einem Bowiemesser die Haut abzog. Der offenbar verwirrte Mann schälte sich die Gesichtshaut herunter, als wäre sein Gesicht eine Maske.

»S–Schneidet mir d–die s–s–schwarze H–Haut h–herunter ...«

»Hier stimmt etwas nicht«, brüllte Abraham. »Seid vorsichtig.«

»Verräter!«, schrie Nathan und schoss einem seiner Männer eine Kugel in den Kopf. Die weiße Kapuze färbte sich schlagartig rot. Der Mann fiel wie ein Mehlsack vom Pferd. Weitere Schüsse folgten. Mehrere Reiter stürzten vom Pferd. Abraham blickte sich um und entdeckte mehrere Schwarze, wo sich vorher noch Anhänger des Ku-Klux-Klans befanden. Einer trug das brennende Kreuz.

Ich werde verrückt, dachte er. Der Herr hat mich verlassen.

Das Geschrei des Bürgermeisters lenkte ihn von seinen verstörenden Gedanken ab.

»Du bist aber eine Hübsche«, brüllte der Bürgermeister und näherte sich mit heruntergelassenen Hosen dem blutenden Schmied.

»W–Was w–willst du?«, fragte David mit gurgelnder Stimme.

»Du willst mich doch auch, meine Süße«, sagte der Bürgermeister schwer atmend. »Kannst gar nicht genug von mir kriegen.«

»Ezechiel, du bist verblendet«, schrie Abraham, doch der fette Mann ließ sich nicht bekehren. Der offensichtlich tödlich verwundete

Schmied schlug mit seinem Hammer zu. Erst zwischen die Beine Ezechiels, dann zwischen die Schultern. Der Bürgermeister brach zusammen.

»Nathan«, rief Abraham. »Wir rücken ab. Sofort!«

Der rattengesichtige Farmer sah Abraham an, doch etwas in seinem Gesicht zuckte.

»Wir sind das Feuer des Herrn«, rief der Farmer. »Wir sind das Feuer!« Er schnappte sich das brennende Kreuz und verschwand in der offenen Hütte. Sekunden später explodierte ein Feuerball. Flammen schlugen aus den Fensteröffnungen. Weitere Männer ritten mitsamt ihren Pferden in die brennende Behausung. Die Schreie von Menschen und Tieren vermischten sich. Der Gestank raubte Abraham den Atem.

»Dies ist die Hölle auf Erden«, dachte er. Mit seiner Peitsche trieb er das Pferd über den Platz und mitten in das Zuckerrohrfeld hinein. Die messerscharfen Blätter zerschnitten seine Kleidung und seine Maske. Das Pferd sträubte sich, doch er trieb es hemmungslos weiter. Unerbittlich, bis das Tier unter ihm zusammenbrach. Er riss sich die Überreste seiner Kapuze vom Kopf.

»Warum?«, brüllte er in die Nacht heraus. »Warum?«

Schritte näherten sich. Schnell. Hektisch sah er sich um. Die Wipfel des Zuckerrohrs bewegten sich. Vor ihm. Hinter ihm, dann neben ihm. Schließlich stand eine Gestalt vor ihm. Vollkommen schwarz. Bedeckt mit einer grobgeschnitzten Maske. Einzig die Augen dahinter glühten. Diesen Blick kannte er.

Die entkommene Alte, durchfuhr es ihn. Was geschah hier? Das Wesen vor ihm war kein altes Negerweib. Das Wesen hob seine krallenbewehrte Hand. Langsam schob es die Maske empor. Der Anblick darunter ließ ihn schreiend zu Boden sinken. Bewegungsunfähig sah er, wie sich das Wesen über ihn beugte. Zähne näherten sich seinem Gesicht.

Der grauhaarige Weiße war tot. Buwaani sah alles, was der Baka sah. Hörte, was er hörte. Schmeckte, was er schmeckte. Der Dämon hatte ihre Rache vollbracht. Seine Aufgabe war erfüllt, doch seine Belohnung stand noch aus. Sie kannte die Regeln. Der Beschwörer opferte einen Verwandten oder sich selbst. Buwaani wusste um die

Rituale, wie man sich dem Anspruch des Bakas entzog. Sie hätte einen anderen opfern können. Einen aus ihrem Stamm. Ihrer Sippe. Dies war nicht recht.

Durch die Maske sah sie den Baka herankommen. Sie erkannte seinen Weg, war ihn selbst oft genug gegangen. Der Weg würde ihn zu ihrem Schrein führen. Ruhig erhob sie sich und ging in das nahe Baumwollfeld. Die Ernte stand kurz bevor. Der Baka änderte die Richtung. Kam immer näher. Gierig. Voller Freude auf ihre Seele. Ihre Macht. Sie hob die brennende Öllampe hoch über ihren Kopf. Der Baka beschleunigte seine Jagd. Er ahnte etwas. Die Umgebung zog in überwältigender Geschwindigkeit an ihr vorbei. Sie zögerte einen Augenblick, doch die Bilder von Danoo, ihrem Sohn Alifaa und ihrer Schwiegertochter Josepha tauchten in ihrem Kopf auf. Lächelnd, friedlich, warteten sie auf der anderen Seite.

Sie zerschlug die Lampe an der Ritualmaske. Das Holz und ihre Kleidung fingen sofort Feuer. Sie erblickte eine alte Frau, deren Körper in Flammen stand. Der Baka sprang, doch in diesem Augenblick erlosch der Zauber der Maske. Ihre Augen zeigten nichts mehr. Verborgen in der Düsternis ging alles zu Ende.

DIE GEISTER DER VERGANGENEN WELT

Marie H. Mittmann

Dutzende Spiegelscherben schmiegten sich wie Schuppen an Violets Gesicht und glühten im Licht der untergehenden Sonne, während sich hinter ihr bereits der Mond über die Dächer erhob. Zwischen den Hütten der Stadt wurden Lampions entzündet; winzige Farbtupfer in einer Welt aus grauem, kaltem Metall. Windlichter brannten an den Rändern der Brücken, die die Gebäude der fliegenden Stadt miteinander verbanden. Aus dem leuchtenden Orange der Wolken tief unten im Abgrund wurde Pink, dann Violett und schließlich tiefstes Blau.

Violet stand am Geländer ihres Balkons und blickte auf das Treiben hinunter. Menschen eilten über die verwinkelten Brücken und Wege. Kunstvolle Masken blitzten in der hereinbrechenden Dunkelheit auf, nur um schon im nächsten Moment wieder zu verschwinden. Die Luft knisterte vor Aufregung.

Eine Bewegung, die nicht in das Muster der wuselnden Menge passte, zog Violets Aufmerksamkeit auf sich. Etwas glitt an einer der uralten Ketten empor, mit denen die Stadt am Erdboden verankert war. Es schien über die dicken Kettenglieder zu fließen wie Wasser, doch es war schwärzer als die Nacht. Vollkommen lautlos näherte sich der Schatten der kleinen, verlassenen Plattform unter Violets Balkon, an der die Kette angebracht war, und ihr Herz begann, schneller zu schlagen. Sie beugte sich vor und spähte über das Balkongeländer. Der Wind frischte auf und zerrte an Violets Haaren, während die Kette ächzte und knarrte. Als der Schatten die Plattform erreichte, verharrte er für die Dauer eines Herzschlags. Um ihn herum schien sich die Dunkelheit zusammenzuziehen; seine Umrisse verhärteten sich und nahmen eine neue Gestalt an. Aus dem fließenden schwarzen Schemen wurde ein Körper – der Körper eines Menschen. Unter ihrer Maske sog Violet scharf die Luft ein.

Sie existieren wirklich.

Dort, wo eben noch der Schatten gewesen war, kauerte ein junger Mann auf dem schmalen Vorsprung. Er hielt den Kopf gesenkt und seine Finger fuhren über das Metall wie Krallen, bevor sie sich zu Fäusten ballten. Seine Schultern spannten sich und ein Schauer durchlief seinen Körper, als hätte er Schmerzen. Violet konnte nur erahnen, wie sich seine Konturen noch einmal veränderten. Sie glaubte zu erkennen, dass sich plötzlich ein Mantel um den Fremden hüllte; wie aus dem Nichts erschien auf dem vormals glatten Schädel dichtes dunkles Haar. Als der Mann den Kopf zur Seite neigte, fing sich das Licht der Lampions auf einer Maske von der Farbe des Wüstenbodens, der an klaren Tagen unter der Stadt zu sehen war. Eine feine, goldene Linie schimmerte direkt unter der Öffnung, hinter der die Augen lagen. Hätte Violet seine Verwandlung nicht selbst beobachtet, sie hätte ihn für einen ganz gewöhnlichen Menschen gehalten.

Langsam, fast zögernd, erhob sich der Geist mit der goldgelben Maske. Ebenso lautlos, wie er sich auf der Plattform materialisiert hatte, schritt er zu der Brücke hinüber, die ins Herz der Stadt führte. Nur noch wenige Augenblicke, dann wäre er verschwunden.

»Warte!«

Violet flog förmlich die Treppe des Balkons hinunter, doch der junge Mann blieb nicht stehen. Mit langen Schritten ging er weiter, als hätte er sie nicht gehört. Zwischen dem Spalier aus Kerzen auf der Brücke hindurch eilte Violet ihm nach, hinein in den Trubel der Maskennacht. Auf einmal waren überall Menschen um sie herum, die die schmalen Wege an den Hüttenwänden verstopften. Im bunten Licht der Lampions verschwammen die maskierten Gesichter zu einem einzigen Wirbel aus Linien und Formen, durch den Violet sich mit den Ellenbogen vorankämpfte.

»Ich will dich etwas fragen!«

Ganz kurz blickte der Geist über die Schulter zurück. Smaragdgrüne Augen bohrten sich in ihre. Dann wandte er sich ab und tauchte mühelos in die Menge. Es war, als würden die Menschen instinktiv vor ihm zurückweichen, und vielleicht taten sie das auch, aber Violet ließ sich nicht abschütteln. Seit sie denken konnte, hatte sie die Geschichten über die fremdartige Welt dort unten in der Tiefe begierig aufgesogen. Das war ihr Ausweg aus der Eintönigkeit dieser schwebenden Insel aus Metall – sie stellte sich vor, wie es sein mochte, auf dem Erdboden zu leben; träumte davon, einmal echten Stein unter den Füßen zu spüren. Und nun hatte sie tatsächlich jemanden gefunden, der aus eigener Erfahrung von der Zeit berichten konnte, als die Erde noch bewohnbar war; einen Geist aus der Vergangenen Welt.

Sie hetzten kreuz und quer durch die halbe Stadt, Treppen hinauf und wieder hinunter. Der Menschenstrom riss ab, die Pfade wurden immer schmaler und es gab keine Lampions mehr, die diese beleuchteten. Der Wind drückte so stark an die Gebäude, dass die gesamte Stadt zu schwanken schien und das Jaulen der Böen mischte sich mit dem Knarren der Halteketten. Mehrmals glaubte Violet, sie habe den Geist verloren, aber schon hinter der nächsten Biegung tauchte er immer wieder auf. Die helle Maske tanzte vor ihr in der Finsternis; flüchtig und immer knapp außerhalb ihrer Reichweite.

Er spielt mit mir.

War es klug, ihm zu folgen? Ein winziges Stimmchen in ihrem Kopf wisperte ihr warnend zu, doch Violet schenkte ihm keine Beachtung.

Der Vorsprung unter ihren Füßen maß kaum mehr als einen halben Meter. Das Geländer fehlte und spiegelnde Eisflächen überzogen den Boden, aber Violet war nicht umsonst in der fliegenden Stadt aufgewachsen. Sie kannte ihre Tücken.

Der Geist wartete am oberen Ende einer Treppe auf sie, die eher einer Leiter glich. Er stand so reglos vor dem Hintergrund des Sternenhimmels, wie kein Lebender es vermocht hätte.

»Ich wollte dich etwas fragen.«

Violets Stimme hallte unnatürlich laut von den Metallwänden wieder. Erst jetzt fiel ihr auf, wie weit sie sich vom Zentrum der Maskennacht entfernt hatten. Außer dem Säuseln des Windes drang kein Geräusch mehr zu ihnen herüber. Am anderen Ende der Treppe konnte sie eine kleine Plattform und den klobigen Umriss einer Kette erkennen. Eiszapfen von der Länge ihres Armes hingen daran und glitzerten im Mondlicht wie die Reißzähne eines Raubtiers, dessen Bild Violet einmal in einem Buch entdeckt hatte. Ein paar Meter von dem Geist entfernt blieb sie stehen und sah ihn an.

»Wie ist es dort unten auf der Erde?«

Einen Moment lang erwiderte er nur schweigend ihren Blick. Sie spürte es, auch wenn sie seine Augen im silbernen Gegenlicht des

Mondes nicht erkennen konnte. Violet wünschte, sie hätte von seinem Gesicht ablesen können, was er dachte, doch da fuhr der junge Mann auf dem Absatz herum und sprang mit einem Satz die Treppe hinunter, der absolut wahnwitzig schien – womöglich war die untere Plattform ebenso vereist wie der Weg hierher und das brüchige Geländer würde gewiss kaum einen Halt bieten. Aber natürlich kümmerte ihn das nicht; er war schon seit Jahrhunderten tot, auch wenn er noch so lebendig wirkte. Violet erschauderte, doch es war kein unangenehmes Schaudern.

Eilig folgte sie ihm die Treppe hinunter, aber anders als erwartet fand sie ihn nicht unten auf der Plattform. Stattdessen war er über das Geländer geklettert und balancierte auf der Kette, die sich fast waagrecht spannte, weil der Wind die Stadt so weit von ihrer üblichen Position abgetrieben hatte. Scharfe Böen peitschten ihm seinen Mantel gegen den Körper und am liebsten hätte Violet ihn angeschrien, er solle da herunterkommen, doch ihre Stimme versagte ihr den Dienst. Der Anblick war zu unwirklich.

Lachend warf der Geist den Kopf in den Nacken und breitete die Arme aus, als wolle er den stählernen Gebäudeberg vor sich damit umschließen. Er wirbelte um die eigene Achse; ein Fuß schoss durch die Leere über dem Abgrund. Seine Bewegungen waren so schnell, dass Violet ihnen kaum folgen konnte. Er wurde zu einem Schemen aus Goldgelb und verwischter Dunkelheit, und noch immer hallte sein Lachen durch die Nacht. Es war ein schauriger, freudloser Laut, der ihr eine Gänsehaut über den Rücken jagte.

»Du willst wissen, wie es auf der Erde aussieht?«

Blitzschnell und lautlos war er am oberen Ende der Kette und beugte sich zu Violet herab, die auf der anderen Seite des Geländers stand. Unter ihnen bildeten sich Löcher in den Wolkenbergen und der Erdboden kam zum Vorschein; grau und eintönig in der Entfernung.

»Klettere doch hinunter, wenn du es unbedingt wissen willst«, zischte der Geist. »Wag dich hinaus aus diesem fliegenden goldenen Käfig ...«

»Wie meinst du das?« Natürlich konnte sie nicht einfach hinunter klettern, denn ein solches Vorhaben wäre reiner Selbstmord gewesen. Das musste ihm ebenso klar sein wie ihr selbst.

»Du denkst, die Welt dort unten ist schön, nicht wahr?« Die grünen Augen brannten. »Du denkst, dort unten wäre es besser als hier oben im Himmel, aber das ist es nicht. Das, was einst meine Heimat war, ist tot. Verloren.«

Auf einmal stand er bei ihr auf der anderen Seite des Geländers und Violet wich erschrocken bis an die Wand neben der Treppe zurück. Er war ihr so nahe, dass sie seinen Atem hätte spüren müssen, doch es sickerte nur eisige Kälte zwischen den Spiegelscherben ihrer Maske hindurch. Es fühlte sich an, als würden seine Worte eine Schicht aus Eis auf ihrem Gesicht hinterlassen, so kalt, dass es wehtat.

»Du denkst noch immer, es seien einfach nur Masken, oder? Du denkst noch immer, das alles sei nur ein Spaß. Aber die Masken, die wir tragen, sind viel mehr als das. Wir, die Geister der Vergangenen Welt, wie ihr uns nennt, wir haben unsere Gesichter schon vor langer Zeit verloren – im wörtlichen Sinne durch Verletzungen und Entstellungen, oder im übertragenen durch grausame Taten.«

Ihre Masken stießen beinahe aneinander. Seine Finger krallten sich in ihre Oberarme. Violet zitterte und zugleich war sie wie erstarrt. Noch immer sprach der Geist weiter; rasche, harte Worte, die durch die Stille schnitten wie Klingen.

»Wir sind die Gefallenen der Wasserkriege und jene, die sie angezettelt haben. Wir sind die Opfer der radioaktiven Strahlung und diejenigen, die die Erde zerstörten. Wir wurden dort unten zurückgelassen um zu sterben, während ihr in den Himmel floht. Wir kommen nicht hierher, um mit euch ein Fest zu feiern. Wir kommen hierher, weil wir Rache suchen.«

Ihr Atem gefror, sobald er ihren Mund verließ. Eiskristalle bildeten sich an der Innenseite ihrer Maske und dort, wo der Geist sie berührte, fraß sich die Kälte mühelos durch ihren Mantel. Er hob eine lange, schlanke Hand und legte sie auf ihre verspiegelte Wange. Seine Finger waren schwarz–rote, schartige Klauen. Violet starrte sie an, ohne zu begreifen.

»Und ihr Sterblichen, ihr versteckt euch hinter hübschen Masken, um der Wahrheit nicht ins Gesicht zu sehen.«

Die Hand neben ihrem Gesicht ballte sich zur Faust. Er ließ sie an seine Seite zurück fallen, schwer wie ein Stein. Violet hatte das Gefühl, ihre Zunge sei gefroren. Es schien ewig zu dauern, bis es ihr schließlich gelang, die Worte zu formen.

»Wir wollen euch nur eine Freude machen. Wir arbeiten das ganze Jahr für dieses Fest.«

Der Geist stieß ein hohles, kurzes Lachen aus.

»Das ist keine Wiedergutmachung.« Es war kaum mehr als ein Flüstern. »Ihr lebt, wir sind nur noch ruhelose Schatten unserer selbst.«

Die smaragdgrünen Augen wanderten von ihrem Gesicht hinab in die Tiefe jenseits der Plattform. Die Wolkendecke war vollständig aufgerissen und die Wüste erstreckte sich unter ihnen. Eine einzige, endlose Fläche, nur durchbrochen vom unförmigen Schatten der fliegenden Stadt.

Friedlich, dachte Violet.

Tot, hatte der Geist gesagt. Der Wind spielte in seinem schwarzen Haar und einen Augenblick lang schien er zu vergessen, dass er nicht allein auf der Plattform war.

»Inzwischen sind wir alle Monster geworden«, murmelte er, mehr zu sich selbst als zu ihr. »Die Lebenden wie die Toten. Das ist es, was wir hinter den Masken verstecken.«

Ebenso unvermittelt, wie er sich vor ihr aufgebaut hatte, drehte er sich von ihr weg und setzte sich an den Rand der Plattform. Er verschränkte die Arme auf der unteren Strebe des Geländers und ließ die Beine baumeln. Der Stimmungsumschwung war so vollkommen, dass er fast greifbar wirkte. Als Violet sich nach kurzem Zögern neben dem Geist niederließ, erinnerte sie nur die von ihm ausgehende Kälte daran, dass er aus einer anderen Welt stammte. Es war lange her, dass sie etwas so deutlich wahrgenommen hatte. Die Gegenwart des Geistes hatte etwas von einem besonders klaren Wintermorgen, wenn alle Umrisse plötzlich so scharf und starr waren, dass es schien, als könnten sie bei jeder Berührung zerbrechen. In dieser Kälte traten Dinge zu Tage, die sonst nur allzu leicht zu übersehen waren.

Violet musterte den jungen Mann von der Seite. Das Profil seiner Maske war ungewöhnlich flach; es schien kaum Platz für Nase oder Kinn zu bieten. Die hellen Augen waren noch immer von ihr abgewandt, aber seine ganze Haltung strahlte plötzlich Traurigkeit aus.

»Monster ...«

»Nein«, sagte Violet. Er schaute sie an und schien gleichzeitig durch sie hindurch zu blicken.

»Monster, die es nicht wagen, ihre Gesichter zu zeigen, weil sie das fürchten, was aus ihnen geworden ist. Das ist es, was wir alle sind. Ich wollte nie ein Monster sein, aber ich habe schreckliche Dinge getan, damals ...«

»Nein«, wiederholte Violet. Sie konnte den Ton in seiner Stimme nicht ertragen. Die aufgewühlten Gefühle von Jahrhunderten schwangen darin mit. Der Geist tat ihr leid.

»Wir sind keine Monster.«

Ihr entschlossener Tonfall überraschte sie selbst. Mit einer raschen Bewegung löste sie das Band, das ihre Maske hielt, und nahm sie ab.

»Ich habe keine Angst, mein Gesicht zu zeigen. Siehst du?«

Seine Augen hinter der sandfarbenen Maske glitten über ihre Züge. Sein Blick zeichnete die Linie ihrer Augenbrauen nach, ihren Mund, den Verlauf ihrer Wangenknochen, und schien sie zu verschlingen. Eine einzelne Haarsträhne löste sich im Wind und fiel ihr in die Stirn. Violet strich sie zurück und versuchte, unter dieser eindringlichen Musterung nicht nervös zu werden.

»Das hättest du nicht tun sollen.«

Die Stimme des Geistes klang heiser. Ein Funkeln trat in seinen Blick und die seltsam klauenhaften Finger zuckten, als verlangte es sie danach, etwas zu greifen. Unwillkürlich rutschte Violet ein Stück von ihm weg. Die Stille, die sich zwischen sie senkte, wirkte bedrohlich, aber sie gab sich die größte Mühe, das Gefühl zu ignorieren. Ihr Mund war wie ausgedörrt.

»Hast du einen Namen?«

Er starrte sie noch immer an, aus dem Schatten seiner Maske. »Al.«

»Du bist genauso wenig ein Monster wie ich eines bin.«

Doch die Intensität seines Blickes ließ die Worte kläglich wirken. Der Wind wehte sie schneller davon, als Violet sie aussprechen konnte. Sie waren verschwunden, noch ehe sie ihre Bedeutung entfalten konnten.

»Zeig mir dein Gesicht, Al.«

Sie wollte wissen, was er vor ihr versteckte. Sie wollte nicht länger mit einer starren Maske reden.

Al jedoch schüttelte nur den Kopf. Die Kälte um sie herum schien sich auszubreiten und legte sich um Violet wie ein Schleier, der sie einwickelte und lähmte. Die grünen Geisteraugen richteten sich auf einen Punkt hinter ihrem Rücken.

»Es ist sowieso zu spät.«

Aus der klirrenden Kälte der Nacht traten Gestalten hervor. Im ersten Moment glaubte Violet, es wären Menschen, doch dafür bewegten sie sich zu still und zu schnell. Sie drängten die rostige Treppe hinunter auf die Plattform oder schwangen sich von der höher gelegenen Ebene der Stadt herab und klammerten sich an das Geländer. Sie wurden zu schattengleichen Umrissen, körperlosen Schemen, aber ihre Masken hoben sich klar vor dem dunklen Himmel ab. Von allen Seiten griffen lange Klauenfinger nach Violet.

Mit einem spitzen Schrei sprang sie auf und stolperte zurück, nur um an ihrer Schulter einen Eishauch zu spüren, der ihr sagte, dass sie umzingelt war. Die Schattengestalten schoben sich vor, kreisten sie ein, und ihre Kälte nahm ihr den Atem. Violet schlug um sich, doch ihre Hände glitten durch die Geister wie durch Rauch. Ihre Körper zerfaserten unter der Berührung und durch die Löcher konnte sie kurze Blicke auf ihre Umgebung erhaschen, aber sie wichen nicht zurück. Eine undurchdringliche schwarze Masse und grinsende Masken wallten um sie herum. Ein Stöhnen und Röcheln dröhnte in Violets Ohren.

»Lasst mich in Ruhe!«

Sie packte ihre Maske und hieb damit auf die Finger eines Geistes ein, die sich nach ihrem Kopf ausstreckten. Die greifenden Hände waren nicht körperlos. Violet traf eine davon und hörte etwas brechen; Spiegelscherben oder Knochen, doch gleichzeitig schossen drei weitere Paar Hände auf sie zu. Krallen schnitten ihr die Haut auf, rissen an ihrem Gesicht, schlugen sich gegenseitig aus dem Weg, um sie zu berühren. Violet versuchte, sich mit den Armen zu schützen, aber binnen Sekunden hingen die Ärmel ihres Mantels in Fetzen und sie spürte die Stiche der Kälte ebenso wie die echten Wunden auf der Haut. Warmes Blut rann über ihre Handgelenke und durchtränkte den Stoff ihrer Handschuhe. Sie taumelte zurück, durch einen rauchigen Geisterkörper hindurch, und aus dem Stöhnen der Schatten wurden Worte.

»Dein Gesicht«, klagte ein Chor aus dutzenden Stimmen. »Gib uns ein Gesicht!«

»Mein Gesicht«, fauchte ein Geist ganz nah neben ihr. »Es gehört mir ...«

»Ein menschliches Gesicht ...«

»So schön ...«

»Mein Gesicht ...«

Violet wehrte sich panisch gegen den Ansturm, sie biss in ausgestreckte Hände und trat um sich, aber die Geister drängten sie immer weiter zurück. Das rostige Geländer drückte sich in ihren Rücken.

»Gib uns dein Gesicht ...«

Sie warf sich nach vorne, wollte durch den Wall der Körper brechen. Die Schatten drohten sie zu ersticken, dann packte sie ein Dutzend starker Hände und schleuderte sie zurück. Ungebremst krachte sie gegen das Geländer. Sie fühlte, wie es nachgab; ein kurzes Kreischen und Bersten, eine Wolke aus Rost und Metallsplittern. Die Enden der geborstenen Streben rasten an Violet vorbei und sie griff danach, doch ihre Finger schlossen sich um nichts als Luft. Sie ruderte mit den Armen, während sie bereits den Sog des Abgrunds spürte. Violets Füße lösten sich vom Rand der Plattform und ihr eigener Schrei gellte in ihren Ohren. Über ihr heulten die Schatten, als hätten sie soeben einen Schatz verloren.

Da schlug ihr Arm auf etwas Hartes. Obwohl ihr der Aufprall fast die Knochen brach, krallte sie sich reflexartig fest. Ihre Fingernägel splitterten und sie schrie erneut, diesmal vor Schmerz. Sie schaute nach oben und erblickte die Haltekette. Von der Plattform aus war sie kaum mehr als zwei Meter gefallen, doch ihr Atem ging stoßweise und das Blut rauschte in ihren Adern. Mit nur einer Hand hing sie an dem rauen, verwitterten Metall der Kette und ihre Muskeln bebten vor Anstrengung.

Violet zwang sich dazu, auch den zweiten Arm zu heben. Zweimal verfehlte sie die Kette. Beim dritten Mal streifte sie die spitzen Eiszapfen an der Unterseite, bevor sie wieder abrutschte. Als sie sich zum vierten Mal mit aller Kraft nach oben schwang, schien es sie schier zu zerreißen, aber irgendwie gelang es ihr, das dicke Kettenglied mit beiden Armen zu umschlingen. Eis brach unter ihrem Körper und harte Kanten bohrten sich in ihre Oberarme. Langsam, quälend langsam, zog Violet die Beine nach. Sie umarmte das eisige Metall, schmeckte den Rost sogar auf der Zunge und schloss für einen Moment die Augen.

Tränen liefen über ihre Wangen und sickerten in ihre Mundwinkel. Das Salz brannte in den tiefen Schnitten auf ihrem Gesicht.

Was war das eben?

Woher waren all die Geister auf einmal gekommen, und warum hatten sie sie angegriffen – in all den Jahren zuvor hatten sie sich doch scheinbar friedlich unter die Feiernden der Maskennacht gemischt. Sie verstand es nicht. Die Rufe der Schattengestalten hallten noch immer als Echo in ihren Gedanken nach, aber ihr Sinn entzog sich Violet. Die Geister hatten ihr Gesicht gefordert. Sie hatten versucht, ihr die Haut von den Knochen zu reißen, doch warum das alles?

Ehe sie eine Antwort finden konnte, drang der Lärm von der Plattform wieder zu ihr durch. Sie waren noch immer da. Einen wunderbaren Moment lang, benommen vom Schreck des Sturzes, hatte sie völlig verdrängt, dass ihre Angreifer wohl kaum einfach verschwinden würden. Nun forderte die Realität ihre Aufmerksamkeit zurück, und plötzlich war ihr übel. Dennoch zwang sie sich, den Kopf zu heben. Sie dachte daran, mit welcher Leichtigkeit Al vorhin auf der Kette balanciert war und wusste, dass sie auch hier unten nicht in Sicherheit war. Es glich einem Wunder, dass die Geister sich nicht schon längst wieder auf sie gestürzt hatten...

In diesem Augenblick entdeckte sie Al. Violet war überzeugt davon, dass er es war, auch wenn sie sein Gesicht – seine Maske – nicht sehen konnte und sein Körper wieder zu einem schwarzen Schemen geworden war, der mit den anderen auf der Plattform verschmolz. Seine Haltung war dieselbe, die sie bereits kannte: Die Arme weit ausgebreitet stand er am oberen Ende der Kette, gerade hinter dem zerbrochenen Geländer, und hielt die tobenden Geister zurück. Klauenhände griffen durch seinen substanzlosen Körper hindurch, doch allem Anschein nach vermochten sie nicht, ihn zur Seite zu stoßen. Die fordernden Rufe waren einem einzigen, wortlosen, wütenden Gezeter gewichen.

Violet richtete sich vorsichtig auf der Kette auf. Sie traute ihren Augen kaum. Der Geist vor ihr musste gehört haben, wie sie sich bewegte, denn er drehte just in diesem Moment den Kopf. Es war tatsächlich Al. Die gelbe Maske mit der goldenen Linie unter den Augen war unverkennbar.

»Bedeck dein Gesicht.«

Es war ein Befehl, gefühllos und sachlich. Sonst sagte er nichts; genauso wenig, wie er sich bewegte, obwohl die anderen Geister nach wie vor auf ihn einstürmten.

Violets Spiegelmaske hatte sich in den Überresten ihres Mantels verfangen und baumelte noch immer an ihrem Arm. Mit bebenden, ungeschickten Fingern bemühte sie sich, sie zu befreien. Ein Großteil der Spiegelscherben war gesprungen, einige fehlten ganz und auf anderen klebte Blut; zweifellos ihr eigenes. Ein Windstoß rüttelte an der Kette und drohte Violet abzuwerfen, doch es gelang ihr, sich gerade noch festzuklammern. Sobald der Wind abflaute und die Kette aufhörte zu schwanken, presste sie die Maske auf ihr Gesicht und zog das Band am Hinterkopf fest, so schnell es ging.

Die vertraute Kühle des Glases auf der Haut beruhigte sie. Als sie wieder nach oben blickte, waren die Geister verschwunden. Ein letzter Nachzügler eilte gerade die Treppe hinauf, jetzt wieder in menschlicher Gestalt. Al blieb allein zurück. Ohne sich zu ihr umzudrehen ließ er die Arme sinken und Violet glaubte schon, auch er wolle einfach gehen. Da jedoch drehte er sich noch einmal um und streckte ihr wortlos eine Hand entgegen.

Ihre Handflächen waren nass von Schweiß und Blut. Sie riss sich an den Eissplittern und verrosteten Stellen die Knie auf, als sie auf Al zu kletterte. Außerdem war ihr noch immer übel, und schwindelig, und in ihrem Kopf hämmerte unablässig der Schmerz. Aber sie bewegte sich weiter, Stück für Stück, immer eine Hand vor die andere und dann die Knie hinterher. Sie fühlte sich so schwach und ausgelaugt wie nie zuvor in ihrem Leben, doch schließlich schaffte sie es, Als Hand zu ergreifen. Es spielte keine Rolle, dass seine Finger Krallen waren. Sie ließ sich von ihm auf die sichere Plattform ziehen und sank gegen die Wand neben der Treppe, so weit wie möglich entfernt vom Geländer und dem Abgrund dahinter.

»Jetzt hast du gesehen, was aus uns geworden ist«, sagte Al leise. Er stand noch immer an der Abbruchkante und seine Umrisse wirkten leicht unscharf; Schatten wirbelten um ihn herum und fanden sich nur ganz allmählich in ihrer vorherigen Form zusammen, sodass sein Mantel, der kein Mantel war, nicht weniger löchrig wirkte als Violets eigene Kleidung. Lange schauten sie einander schweigend an.

»Du bist kein Monster«, stellte Violet dann fest. Sie zwang ihre Stimme dazu, nicht so zittrig zu klingen, wie sie sich fühlte.

»Doch«, erwiderte Al ruhig.

»Du hast mich gerettet.«

»Aber einen Moment zuvor hätte ich dich beinahe selbst getötet.«

Die Worte trafen Violet wie ein Schwall Eiswasser. Er log nicht. Sie hatte selbst gesehen, wie seine Finger gezuckt hatten, als sie ihre Maske abnahm.

»Warum?«

Er verschränkte die rot-schwarzen Hände auf den Resten des Geländers. »Weil ich es leid bin, auf ewig umherzuwandern. Weil ein menschliches Gesicht vielleicht auch einem Monster wie mir Frieden bringen kann, selbst wenn es nur gestohlen ist. Das ist unsere Rache an denen, die entkommen sind.«

»Deshalb haben die anderen Geister mich angegriffen?«

Al nickte. »Du hättest die Maske nicht abnehmen dürfen. Sie ist nicht nur ein Versteck vor der Wahrheit, sie bietet auch Schutz vor uns. Was wir nicht sehen können, können wir nicht stehlen.«

Er zuckte die Achseln, doch die Gleichgültigkeit wirkte gespielt. Violet zupfte an einem Stofffetzen, der an ihrem zerkratzten Unterarm klebte. Sie würde Narben zurückbehalten, das war sicher. Aber trotz allem war sie noch am Leben – dank Al, egal, was er sagte. Er war kein Monster, nicht für sie.

Mühsam rappelte sie sich von ihrem Platz am Boden hoch, wobei sie sich vorkam wie eine alte Frau. Es musste noch einen anderen Weg geben, um die Geister zu befreien. Schließlich würde es Al kaum glücklicher machen, tatsächlich einem Menschen das Gesicht zu entreißen. Er würde sich nur noch mehr als Monster fühlen. Das konnte nicht die Lösung sein. Violet legte eine Hand auf seine Schulter und Geisterkälte floss in ihre Adern. Al wirbelte herum, als hätte sie ihn geschlagen.

»Zeig mir dein Gesicht. Ich weiß, dass du noch eines hast.«

Sie hob die Hand, um seine Maske nach oben zu schieben, doch Al zuckte zurück. Ein fast ängstlicher Ausdruck flackerte in seinen Augen, aber es gelang ihm nicht ganz, ihr auszuweichen. Violets Fingerspitzen streiften seine Maske an der Wange, genau unterhalb der feinen goldenen Linie. Ganz leicht nur, doch die Maske zersprang in tausend Stücke. Al schlug die Hände vors Gesicht und krümmte sich, aber Violet packte sein Handgelenk und zog es fort.

Der flehende Blick, den er ihr zuwarf, schien etwas in ihrem Innern zu zerteilen. Sie starrte ihn an; eine Sekunde, zwei Sekunden. Die grünen Augen waren noch immer dieselben, doch was unter der Maske zum Vorschein kam, war kein Gesicht. Wie an Als Händen war die Haut rot-schwarz und schorfig und spannte sich straff über völlig unkenntliche Züge. An einigen Stellen schimmerten weiß Knochen hindurch. Ein kleiner, entsetzter Laut entschlüpfte Violets Lippen; sie konnte nicht anders.

Sie sah, wie Al seine eigene Reflexion in ihrer Spiegelmaske erblickte und wäre am liebsten weggelaufen, doch sie tat nichts dergleichen. Sie konnte ihn nicht einfach zurücklassen; nicht in diesem Zustand. Auch wenn sie nicht wusste, was sie hätte sagen oder tun sollen, blieb sie, wo sie war. Sie wich nicht vor ihm zurück und hielt weiter sein Handgelenk fest. Wäre er ein Sterblicher gewesen, ihr Griff hätte ihm Schmerzen bereitet, aber er schien es kaum zu bemerken. Nur ganz kurz flackerte sein Blick zu ihrer Hand hinunter, dann glitt er zurück zu seinem Spiegelbild, als würde er von einem Magneten angezogen.

»Du bist kein Monster.« Violet wiederholte den Satz wieder und wieder. »Du bist kein Monster.«

Mit der freien Hand berührte sie Als Gesicht. Anders als die Körper der Geister, nach denen sie geschlagen hatte, löste es sich nicht unter der Berührung auf. Die Haut war so kalt, dass es brannte.

Ich habe keine Angst vor dir. Du bist kein Monster.

Wieder fächerten hauchfeine Risse von der Stelle aus, an der ihre Finger lagen. Gold schimmerte hindurch und noch während die Linien sich ausdehnten und immer breiter wurden, veränderte sich etwas im Gesicht des Geistes. Für den Bruchteil einer Sekunde stand Violet dem alten Al gegenüber; so wie er einst gewesen war, damals, in der Vergangenen Welt.

»Was ...?«

Al starrte auf sein Spiegelbild in ihrer gesprungenen Maske und seine Augen leuchteten auf. Er wirkte ungläubig. Lebendig. Ein Lächeln breitete sich über Violets Gesicht aus und sie hoffte, dass er es in ihren Augen las.

Seine eigenen Züge bestanden mittlerweile aus ebenso vielen Bruchstücken wie ihre Spiegelmaske. Die goldenen Risse schossen in gezackten Linien über sein Kinn den Hals hinunter und überzogen bald schon auch die Hand, die Violet noch immer umklammert hielt. Sie konnte die Wärme des Lichtes fühlen. Ein Windstoß fuhr durch ihr Haar, ließ die Halteketten knarren und erschütterte die ganze Stadt. Einzelne Bruchstücke lösten sich von Als Gesicht; sein Körper zerfiel in einer Kaskade glitzernder Scherben. Noch einen Herzschlag länger blieb ein goldener Schimmer in der Luft zurück, dann war er verschwunden.

Violet ließ die Hand sinken, die eben noch die seine gehalten hatte. Während die Wüste unter der Stadt im Himmel im ersten Tageslicht erglühte, spürte sie noch immer den Goldstaub auf der Haut, obwohl die sichtbaren Spuren längst verflogen waren. Nur noch ein schwacher violetter Streifen am Horizont kündete von der vergangenen Nacht.

WAS BIN ICH?

Nina Sträter

Zahllose Scheinwerfer tauchten die Studiobühne in gleißendes Licht, sodass es praktisch unmöglich war, die Zuschauer, die zu Hunderten auf den meterhohen Rängen des großen Saales saßen, zu erkennen. Dennoch wirkte Moderator Urs Wollschläger vollkommen souverän und gelassen, als er die Bühne durch einen schwarzen Samtvorhang betrat, zwischen den beiden bunt dekorierten Tischreihen, die darauf aufgebaut waren, hindurchging und sich mit seinem breiten, ungemein gewinnenden Lächeln vor dem für ihn unsichtbaren Publikum verbeugte. Von einer Sekunde auf die nächste wurde dröhnender Applaus hörbar, als habe jemand einen Schalter umgelegt. Routiniert blickte Herr Wollschläger in die beiden Kameras, die vor der etwa einen Meter hohen, runden Bühne aufgebaut waren, verbeugte sich ein zweites Mal, breitete die Arme aus und rief mit seiner tiefen, durchdringenden Stimme: »Guten Abend, meine sehr verehrten Damen und Herren! Ich darf Sie herzlich zu unserem heutigen Ratespiel begrüßen!« Augenblicklich wurde es still im Saal. In der schwarzen Masse der Zuschauer war nicht die geringste Bewegung auszumachen; alle lauschten atemlos.

Herr Wollschläger war ein großer, stattlicher, nicht mehr junger Mann mit dichtem, grauem Haar und einem ebensolchen Bart. Seine Stirn und seine Wangenknochen waren deutlich sichtbar mit Bühnen-Make-up geschminkt und stark abgepudert, was seinen Teint absolut makellos erscheinen ließ.

»Gestatten Sie mir«, fuhr Herr Wollschläger fort, wobei er noch immer die Arme zur Begrüßung ausgestreckt hatte, »Ihnen unser heutiges Rateteam vorzustellen!« Augenblicklich setzte der dröhnende Applaus wieder ein, hielt einige Sekunden an und endete dann ebenso abrupt wie beim ersten Mal. »Der erste meiner Gäste heute Abend hier auf unserem Podium ist Herr Eckbert Vonderhorst!«, rief Herr Wollschläger, deutete auf den Vorhang, durch den auch er selbst aufgetreten war, und begann sofort frenetisch zu klatschen; das Publikum stimmte in den Applaus ein.

Kurz darauf trat ein etwas gebeugter, dünner Mann durch den Vorhang, kam eilig auf die Bühne, ließ sich vom Moderator auf das Herzlichste die Hand schütteln, begab sich dann zu einem der beiden Tische, hinter dem vier bequeme Sessel aufgestellt waren, und setzte sich etwas ungeschickt auf den ersten der vier Plätze. Herr Vonderhorst steckte in einem edlen Anzug aus glänzendem, braunem Stoff. Aus der Tasche seiner Weste baumelte eine goldene Uhrkette und um seinen sehnigen Hals war ein bauschiges, klassisch gemustertes Tuch gebunden. Seine höchst eindrucksvolle, gebogene Nase stand in auffälligem Widerspruch zu seinem kleinen, blassen Mund und seinen winzigen, wachen Augen, die ständig von einer Seite zur anderen wanderten.

Kaum dass Herr Vonderhorst sich gesetzt hatte, betrat eine schlanke, athletische Dame mit pechschwarzem, kurzem Haar die Bühne und verbeugte sich langsam und lasziv. Sie trug ein enges, dunkelblaues Samtkleid, das ihr bis zu den Knien reichte, und ihre langen Fingernägel sahen aus wie gebogene Krallen. »Frau Dina Karelli!« Herr Wollschläger applaudierte noch energischer als zuvor. Der Beifall des Publikums dröhnte, während die Dame mit wogenden Bewegungen ihrer Hüften zu ihrem Stuhl schritt und sich daraufgleiten ließ. Unter ihren halb geschlossenen Augenlidern mit den endlosen Wimpern glänzten smaragdgrüne Augen.

Herr Wollschläger ließ sich nicht lange aufhalten und kündigte umgehend den dritten Gast an. »Herr Alfred Insterburg!« Auf den erneut einsetzenden Applaus hin betrat ein großer Mann in einem dunkelgrauen Abendanzug mit einem auffallend großen Kopf, einem nicht gerade attraktiven Gesicht und einem sehr breiten Mund die Bühne. Durch die lupenartigen Gläser seiner dicken Hornbrille wurden seine Augen bizarr verzerrt und vergrößert. Nachdem auch er sich gesetzt hatte, rief Herr Wollschläger: »Meine Damen und Herren, als viertes Mitglied unseres Rateteams begrüßen Sie mit mir gemeinsam Frau Harriett Schleierbach!«

Die Dame, die als letzte die Bühne betrat, sich tief verbeugte und dann in dem vierten Sessel Platz nahm, war sehr schlank und beweglich. Sie trug ein langes, schimmerndes, blassgrünes Kleid mit einer feinen Musterung, zu dem ihre langen, stramm zusammengebundenen, leuchtend roten Haare einen deutlichen Kontrast bildeten. Der zierliche, schmale Mund in ihrem blassen Gesicht war zu einem spitzen Lächeln verzogen und die kleinen grauen Augen ließen nicht die geringste Regung erkennen. Die vier Mitglieder des Rateteams sahen nebeneinander aus wie die Stars bei einer Filmpremiere, so sehr strahlten ihre weißen Zähne und glitzerten und glänzten der Schmuck und die Kleider an ihnen.

Als Herr Wollschläger die Arme sinken ließ, endete der Applaus sofort. Noch immer war das Licht im Saal so hell, dass die Zuschauer nur als riesige schwarze Silhouette zu erahnen waren; alles, was sich außerhalb der grell erleuchteten Studiobühne befand, lag im Dunkeln. »Und jetzt, meine sehr verehrten Damen und Herren«, rief Herr Wollschläger mit seinem professionellen Lächeln in die Runde, »begrüßen Sie alle gemeinsam mit mir den Herausforderer des Abends. Hier ist unser Mr. X!«

Augenblicklich setzte der Applaus wieder ein, doch hinter dem Vorhang tat sich nichts; niemand betrat die Bühne. Mit einem überraschten und etwas affektierten Lachen ging Herr Wollschläger zu dem Vorhang hinüber, zog ihn beiseite, packte den jungen Mann, der reglos dahinter stand, bei der Schulter, und zog ihn schwungvoll ins Scheinwerferlicht. »Unser Mr. X!«

Das Rateteam stimmte lachend in den Applaus mit ein, als der junge, dunkelhaarige Mann, der in einem nicht ganz passgenauen, schwarzen Anzug steckte, auf die Bühne stolperte. Sein rundes, glattes Gesicht war kalkweiß und vollkommen unbeweglich. Die weit aufgerissenen Augen rollten zwischen dem schwarzen Zuschauerraum, dem Moderator und dem Rateteam hin und her. Als Herr Wollschläger ihm herzlich den Arm um die Schulter legte, zuckte er heftig zusammen.

»Aber, aber!« Der Moderator verzog den Mund zu einem Grinsen. »Kein Grund, so schüchtern zu sein, mein Lieber. Wir sind alle sehr, sehr glücklich, dass Sie bei uns sind.« Er wandte sich dem Rateteam zu. »Mit bürgerlichem Namen heißt unser Mr. X übrigens Herr Schmidt. Und ich glaube, ich habe es euch heute wirklich nicht leicht gemacht, denn Herr Schmidt hat einen sehr schönen und nicht gerade alltäglichen Beruf. Und bin sehr gespannt, ob ihr ihn erraten werdet.«

Die vier Mitglieder des Rateteams wechselten vielsagende Blicke und lächelten in die Kameras, während Herr Schmidt noch immer mit reglosem Gesicht ins Leere starrte. Herr Wollschläger rüttelte ihn ein wenig am Arm. »Ich habe den Eindruck, unser heutiger Kandidat ist etwas schüchtern. Aber glauben Sie mir, mein Lieber, dafür haben wir alle vollstes Verständnis. Schließlich befinden Sie sich in einer ganz besonderen Situation, und es geht bei diesem Spiel um einen hohen Einsatz.« Herr Schmidt schloss für einen Moment die Augen.

Herr Wollschläger ließ ihn los und ging mit federnden Schritten zu einer kniehohen Truhe aus dunkelbraunem Holz hinüber, die zwischen die beiden Tischen auf dem Boden stand. Im Deckel war ein breiter Schlitz wie bei einem Sparschwein. Der Moderator beugte sich zu seinem Tisch herunter und deutete auf einen Turm aus handtellergroßen, daumendicken Goldmünzen, die im Scheinwerferlicht glänzten und blitzten, dass die Augen schmerzten. »Wie gesagt«, Herr Wollschläger warf den Kameras ein breites Grinsen zu, während er eines der Goldstücke in die Höhe hielt, »es geht um einen sehr hohen Einsatz für unseren Kandidaten.« Das Rateteam nickte einstimmig und tauschte amüsierte Blicke.

Der Moderator ging zu Herrn Schmidt zurück, packte ihn erneut an den Schultern, schob ihn über die Bühne und setzte ihn hinter den zweiten Tisch, der dem anderen gegenüberstand. Dann hob Herr Wollschläger eine große, schwarze Tafel auf, die bisher verdeckt an der Truhe gelehnt hatte, ging damit auf die Kameras zu und rief: »Und jetzt verrate ich unserem Publikum auch, welcher Beruf es ist, den unser Kandidat Herr Schmidt ausübt und den unser Team heute erraten soll.« Für einen Moment drehte er das Schild um und hielt es hoch, sodass für die Kameras das Wort »Sommelier« sichtbar wurde. Augenblicklich dröhnte der Applaus wieder durch den Saal; diesmal klang er noch lauter und mechanischer als zuvor, als käme das Geräusch aus einer riesigen, blechernen Spieldose.

»So!« Herr Wollschläger klatschte schwungvoll in die Hände. »Meine lieben Kollegen vom Rateteam! Dann wollen wir auch keine Zeit mehr verlieren.« Er setzte sich in den Sessel neben Herrn Schmidt und warf ihm ein liebenswürdiges Lächeln zu, worauf dieser jedoch nicht im Mindesten reagierte. »Und wir beginnen mit Eckbert Vonderhorst! Bitte sehr!« Herr Vonderhorst nickte Herrn Wollschläger zu, tauschte einen kurzen Blick mit seinen Kollegen und wandte sich dann dem Kandidaten zu.

»Herr Schmidt«, sagte er etwas gedehnt, »von Ihren gepflegten Händen und Ihrer eleganten Erscheinung schließe ich darauf, dass Sie keinen handwerklichen Beruf ausüben. Arbeiten Sie, in welcher Form auch immer, im künstlerischen Bereich?«

Der Kandidat starrte Herrn Vonderhorst reglos an und erst nachdem Herr Wollschläger sich ihm zuwandte und ihn mit einer energischen Geste aufforderte zu antworten, schüttelte Herr Schmidt kurz und ruckartig den Kopf.

»Gleich bei der ersten Frage ein Nein«, stellte der Moderator fest, nahm eine der Goldmünzen vom Tisch und ließ sie in die hölzerne Kiste fallen, was ein lautes Poltern verursachte. »Na, das fängt ja gut an für unseren heutigen Gast. Dina, du bist an der Reihe.«

Die schwarzhaarige Dame räkelte sich auf ihrem Stuhl und beobachtete dabei den Kandidaten mit ihren grünen, nur halb geöffneten Augen. »Stellen Sie ein Produkt her?«, hauchte sie und legte den Zeigefinger an die Lippen. Herr Schmidt schüttelte erneut heftig den Kopf.

»Und direkt ein zweites Nein!« Das nächste Goldstück verschwand geräuschvoll in der Truhe. »Alfred, bitte, tu dein Bestes!«

Alfred Insterburg spannte seine breiten, dicken Lippen zu einem Lächeln, das wie bei einer Karikatur die ganze untere Hälfte seines Gesichts ausfüllte. »Urs, du weißt doch: Ich tue immer mein Bestes.« Seine Kollegen ließen ein affektiertes Lachen hören. Herr Insterburg verschränkte die Arme vor der Brust. »Mein lieber Herr Schmidt, wenn Sie kein Produkt herstellen, ist dann in das, was Sie Ihren Broterwerb nennen, ein Produkt involviert?« Eine Weile blieb es still auf der Bühne.

»Na, kommen Sie, junger Mann.« Herr Wollschläger knuffte Herrn Schmidt aufmunternd in die Seite. »Vergessen Sie für einen kurzen Moment Ihre Schüchternheit und beantworten Sie die Frage.« Ein krampfartiges Kopfnicken war die Antwort.

»Na bitte!« Der Moderator klopfte ihm auf die Schulter, was den Kandidaten jedoch keineswegs zu beruhigen schien.

»Könnte ich dieses Produkt, mit dem Sie auf professioneller Ebene zu tun haben, käuflich erwerben?«, fuhr Herr Insterburg konzentriert fort. Auch dieses Mal war die Antwort ein Nicken. »Hat dieses Produkt größere Ausmaße als ...«, die unnatürlich vergrößerten Augen hinter den Lupengläsern wanderten suchend auf er Bühne herum, »sagen wir: als dieser Tisch?« Herr Schmidt schüttelte heftig den Kopf.

»Und damit ist unsere liebe Harriett an der Reihe.« Herr Wollschläger warf das dritte Goldstück in die Truhe, in der es mit dumpfem Scheppern aufschlug.

Frau Schleierbach, die unter dem Tisch offenbar unablässig ihre Füße hin und her bewegte, betrachtete Herrn Schmidt eine Weile mit durchdringendem Blick, bevor sie ihren zierlichen Mund öffnete. »Sie stellen also das Produkt nicht her. Was machen Sie dann damit?« Sie fuhr sich kaum sichtbar mit der Zunge über die Lippen. »Verkaufen Sie es?«

»Und da haben wir das vierte Nein!« Der Moderator schüttelte ungläubig den Kopf. »Kommt schon, Freunde. Habe ich es euch heute wirklich so schwer gemacht. Eckbert, deine zweite Chance an diesem Abend.«

Herr Vonderhorst stützte sich mit seinen langen, dünnen, etwas krummen Fingern auf dem Tisch ab. »Tja, Herr Schmidt, ich soll jetzt also erraten, was Sie mit dem geheimnisvollen Produkt machen. Hm. Sie sind nicht der Hersteller und nicht der Verkäufer.« Er kratzte sich am Hinterkopf. »Wie wäre es denn mit etwas aus dem Dienstleistungsbereich? Sind Sie vielleicht als Berater tätig?« Das Kopfzucken von Herrn Schmidt war so kurz, dass nicht wirklich auszumachen war, um welche Bewegung es sich handelte. »War das ein Ja oder Nein?«

»Das war ein Ja«, entschied Herr Wollschläger, »ganz eindeutig! Mit dem Wort 'Berater' liegst du richtig, Eckbert.«

»Herr Schmidt, ich habe den Eindruck, dass Sie alles, was hier um Sie herum geschieht, sehr genau beobachten. Ich tippe darauf, dass Sie ein Mensch sind, der viel mit den Augen arbeitet. Könnte es sein, dass Sie etwas mit Technik zu tun haben? Beraten Sie Personen bei der Handhabung von Geräten?« Das Kopfschütteln kam diesmal sehr schnell und deutlich.

»Und damit haben wir das fünfte Nein! Es ist Halbzeit, meine Lieben.« Herr Wollschläger ließ die nächste Goldmünze in der Kiste verschwinden.

Frau Karelli legte den Kopf schief, während sie Herrn Schmidt betrachtete. »Geht es bei Ihrem Beruf eher um die schönen Dinge des Lebens? Zum Beispiel um Luxusartikel?« Sie sprach langsam und dehnte einige Vokale bisweilen mehr als es nötig war. Als Herr Schmidt nicht reagierte, warf Herr Wollschläger ihm einen fragenden Blick zu.

»Ich denke, dass unser Kandidat dem zustimmen muss. Ja, es geht um etwas, das man durchaus als Luxusartikel beschreiben könnte.«

Auf dem Gesicht von Frau Karelli machte sich ein süffisantes Lächeln breit. »Handelt es sich vielleicht um Parfüm? Oder Kosmetik?« Herr Schmidt schüttelte den Kopf. Noch immer war sein Gesicht weiß und vollkommen reglos.

»Gehört das Produkt möglicherweise zur Familie der Dinge, die konsumiert werden?«, knüpfte Herr Insterburg an die letzte Frage an. Das Kopfnicken von Herrn Schmidt war kaum zu sehen.

»Na bitte!« Herr Wollschläger rieb sich zufrieden die Hände. »Ihr kommt der Sache näher, Freunde.«

»Also, das Produkt kann konsumiert werden, das heißt, es ist etwas Ess- oder Trinkbares.« Herr Insterburg setzte ein gefälliges Lächeln auf. »Tja, dann habe ich ja jetzt sozusagen eine Fifty-Fifty-Chance. Also: Ich frage Sie, Herr Schmidt, wird dieses konsumierbare Produkt gegessen?« Der Kandidat schüttelte sehr ruckartig den Kopf und verknotete seine langen, blassen Finger ineinander, während das nächste Goldstück in die Kiste wanderte.

Frau Schleierbach hob die Schultern. »Na, dann brauche ich die nächste Frage ja eigentlich nicht mehr zu stellen, oder?« Ihre Beine schlängelten unter dem Tisch unablässig hin und her. »Was sollte das Produkt dann anderes sein als trinkbar? Herr Schmidt, sagen Sie mir: Trinke ich dieses Produkt regelmäßig?«

Bevor der Kandidat dazu kam zu antworten, hob Herr Wollschläger abwehrend den Arm. »Harriett, diese Frage kann ich leider nicht zulassen, denn woher sollte der arme Herr Schmidt wissen, was du trinkst und was nicht?«

»Na gut.« Sie verzog kurz ihr Gesicht. »Dann anders: Ist es ein wohlschmeckendes Getränk?«

»Allerdings!« Da Herr Schmidt sich ohnehin nicht mehr rührte und auch keine Anstalten machte zu sprechen, antwortete der Moderator einfach direkt für ihn.

»Also, es ist nichts Medizinisches?«, fuhr Frau Schleierbach fort, »nicht etwa Hustensaft oder ein anderes Medikament.«

»Ist das eine direkte Frage?« Herr Wollschläger grinste sie liebenswürdig an.

»Nein. Es ist keine Frage, mehr eine Schlussfolgerung.« Frau Schleierbach zog die Stirn kraus. »Handelt es sich um ein gesundes Getränk?«

Der Moderator blickte Herrn Schmidt an und wiegte dabei den Kopf hin und her. »Tja ...« Er überlegte einen Moment. »Ich fürchte, die Frage lässt sich nicht eindeutig beantworten. Ich kann dir also nicht wirklich ein Nein dafür geben, Harriett.«

Frau Schleierbach nickte zufrieden. »Wird das Getränk aus einer Pflanze gewonnen?«

»Ja, das wird es.«

»Handelt es sich vielleicht um Kaffee?«

»Nein!« Herr Wollschläger schüttelte stellvertretend für Herrn Schmidt den Kopf.

»Geht es um Spirituosen?«, fragte Herr Vonderhorst, der wieder an der Reihe war, ein wenig übereilt.

»Nein!« Unter den Mitgliedern des Rateteams machte sich Unruhe breit.

»Freunde, jetzt wird es wirklich eng!«, rief Herr Wollschläger mit einem schiefen Lachen auf dem Gesicht. Er griff nach dem neunten Goldstück und ließ es in die Truhe fallen. »Dina? Kannst du das Unmögliche möglich machen und doch noch herausfinden, was unser Herr Schmidt von Beruf ist?«

Frau Karelli lächelte und räkelte sich auf ihrem Platz. »Urs, ich werde mir ganz große Mühe geben«, schnurrte sie. »Wollen wir mal sehen.« Wie zu Beginn fixierte sie den Kandidaten durch ihre halb geschlossenen grünen Augen. Aus Herrn Schmidts Haaransatz rollte eine Schweißperle und lief ihm über sein kreidebleiches Gesicht. »Also, keine Spirituosen. Aber ist es trotzdem ein alkoholisches Getränk?«

»Ja!«, rief Herr Wollschläger hoffnungsvoll. »Das ist es.«

Auf Frau Karellis Gesicht breitete sich langsam ein Lächeln aus. »Ist dieses Getränk zufälligerweise rot, Herr Schmidt?« Sie machte eine kunstvolle Pause. »Rot wie ... Blut?«

Auf dieses Stichwort hin wurde der Kandidat plötzlich lebendig. Seine Augäpfel rollten panisch hin und her und er machte Anstalten, sich von seinem Sessel zu erheben.

Herr Wollschläger legte ihm freundlich, aber mit Nachdruck die Hand auf die Schulter und hielt ihn fest. »Aber, aber, mein Lieber. Wir haben es fast geschafft. Gleich ist das Spiel vorbei – Dina, bitte!« Frau Karellis Lächeln wurde noch süßer.

»Und gibt es das Getränk nicht nur in Rot, sondern auch in Weiß?«

»Allerdings!« Herr Wollschläger ließ für einen Augenblick seine großen, eindrucksvollen Zähne sehen. Er wirkte jetzt sehr aufgeregt. Die restlichen Mitglieder des Rateteams blickten erwartungsvoll zu Frau Karelli hinüber.

»Komm schon, Dina!«, zischte Frau Schleierbach ihrer Kollegin zu. »Sprich es aus!«

Die Sehnen am Hals von Herrn Schmidt spannten sich wie Drähte, seine Augen schienen aus ihren Höhlen springen zu wollen und seine Hände verkrampften sich zu Krallen.

Frau Karelli holte tief Luft: »Sie beraten Gäste bei der Auswahl ihrer Weine. Sie sind ein Weinkellner, ein Sommelier!« Geradezu abartig lauter, blecherner Applaus brach los. Und dann ging plötzlich alles ganz schnell.

Herr Schmidt riss seinen Mund auf, stieß einen fürchterlichen Schrei aus und sprang in die Höhe. Im gleichen Augenblick verloschen die Scheinwerfer, sodass nur noch die flackernde Deckenbeleuchtung, die bisher nicht zu sehen gewesen war, den Raum erhellte, und in diesem Licht wurde erkennbar, dass die Studiobühne im Saal eines alten, halb verfallenen Schlosses aufgebaut worden war. Die beiden Tische und die Sessel dahinter waren in Wirklichkeit aus verwittertem, fauligem Holz gemacht. Zwei alte, rostige, schiefe Fotokameras standen vor der Bühne, und die Zuschauerreihen bestanden aus Podesten, auf denen niemand saß.

Bevor Herr Schmidt dazu kam, auch nur einen Schritt zu tun, packte Herr Wollschläger mit der einen Hand sein eigenes Haar, zerrte es sich hastig vom Kopf und streifte es sich vom Gesicht. Eine elastische, dicke Gummimaske mit Bart und Haaren löste sich davon ab, und darunter kam ein wolfsartiger Kopf mit grauem, struppigem Fell, gelben Augen und einem weit aufgerissenen Maul zum Vorschein. Sofort stürzte er sich auf den Kandidaten und grub seine riesigen Zähne in dessen Schulter, dass die Knochen knackten. Herr Schmidt stieß ein entsetzliches Brüllen aus. Auch die Mitglieder des Rateteams hatten im gleichen Moment wie der Moderator begonnen, sich ihre Gummimasken, die ab dem Hals nahtlos in ihre Abendgarderobe übergingen, herunterzureißen.

Frau Schleierbach war dabei am schnellsten gewesen, was wahrscheinlich daran lag, dass ihr fast zwei Meter großer Körper der eines schlangenhaften Reptils mit einigen unförmigen Extremitäten war. Sobald sie sich aus ihrem Kleid gewunden hatte, glitt sie über den Tisch, der unter ihrem Gewicht sofort zusammenbrach, stürzte sich auf Herrn Schmidt und begann mit ihrem riesigen, dehnbaren Maul sein linkes Bein zu verschlingen. Der Körper des jungen Mannes wurde geschüttelt, als würde Strom hindurchgejagt. Herr Vonderhorst, der in Wahrheit ein ausnehmend hässliches Vogelwesen mit einem unförmigen, grauen, hornigen Schnabel und wirrem, braunem Gefieder war, hackte Herrn Schmidt zielsicher die Augen aus, während Frau Karelli ihre schwarzen Raubkatzenkrallen in seinen Bauch schlug und diesen mit einem lauten Fauchen und einer einzigen Bewegung aufriss. Herr Insterburg, unter dessen Maske insektenhafte Gliedmaßen und riesige Facettenaugen zum Vorschein gekommen waren, bohrte seine diversen Saugrüssel mit sichtlichem Behagen zwischen die hervorquellenden Gedärme. Es dauerte kaum eine Minute, bis das grausige Mahl beendet war.

Anschließend saßen die fünf Ungeheuer nebeneinander auf dem Boden und rangen nach Atem. Zwischen ihnen lagen die kunstvoll gearbeiteten Ganzkörperanzüge mit den ins Leere starrenden Gesichtern. Von Herrn Schmidt waren nur noch Kleiderfetzen und Knochen übrig.

Schließlich sagte Herr Wollschläger mit leicht vorwurfsvollem Unterton zu Herrn Vonderhorst: »Du hast schon wieder die Augen bekommen.«

»Tja. Ich war eben schneller.«

»Na ja«, warf Frau Schleierbach in versöhnlichem Tonfall ein, »man kann eben einen Menschen nicht ganz gleichmäßig unter Fünfen aufteilen.«

Herr Insterburg stocherte mit einem seiner Saugrüssel in dem abgenagten Schädel herum. »Das war knapp heute«, stellte er dabei kritisch fest, »es hat nicht viel gefehlt und wir hätten das Spiel verloren.«

»Aber Alfred, unsere liebe Dina hat es doch mal wieder geschafft. Auf sie ist eben Verlass.«

»Ich will mich ja auch gar nicht beschweren«, knurrte Herr Insterburg, »aber ehrlich gesagt würde ich doch gerne mal wieder einen von ihnen durch ein Labyrinth hetzen oder so etwas.«

Frau Schleierbach warf ihm mit ihren Reptilienaugen einen spöttischen Blick zu. »War dir das Spiel heute etwa zu intellektuell?«, fragte sie, was Herrn Wollschläger zu einem bellenden Lachen veranlasste, während er sich mit einem gesplitterten Knochen in seinen Zähnen herumstocherte.

»Was heißt hier intellektuell?« Herr Insterburg verdrehte beleidigt seine Facettenaugen. »Ich habe nur etwas Abwechslung vorgeschlagen, das ist alles.«

Mit einem zufriedenen Schnurren räkelte sich Frau Karelli auf dem Boden, während sie sich ihre blutige Pfote ableckte. »Eigentlich ist es doch egal, wie man es macht – Hauptsache, man spielt vorher mit ihnen. Dann schmecken sie viel, viel besser.«

ZEIT DES ÜBERGANGS

An Brenach

Feol Diszuk hasste die Zeit des Übergangs. Doch er hasste sie nicht, weil sich die Sonne drei Wochen nicht mehr zeigte und die Nächte lang und dunkel waren. Er hasste sie, weil sie die Zeit der gesellschaftlichen Verpflichtungen, der Maskenbälle und anderer Veranstaltungen war, bei denen er erscheinen musste. Zudem befahl das religiöse Gebot, sämtliche aggressiven Tätigkeiten wie Jagden oder Wettkämpfe, ja sogar die Gedanken daran, einzustellen. Damit war es im Grunde vorgeschrieben, sich wie ein Mensch zu verhalten, der höflich um Entschuldigung bat, wenn ihm jemand auf den Fuß getreten war, was kein anständiger Dämon jemals tun würde.

Jedes Jahr fühlte sich Diszuk in diesen Wochen wie in einem Gefängnis, in dem er sich kaum bewegen oder atmen konnte. Dieses Gefängnis war mit Parkett ausgelegt, bevölkert mit Dämonen, die Masken trugen und freundlich lächelten, höflich parlierten und so taten, als gäbe es keinerlei Streitigkeiten zwischen ihnen. Die Masken sollten bewirken, dass sich Widersacher nicht erkannten, dass Standesunterschiede verschwammen und unwichtig wurden, und dass ganz allgemein niemand an die Ursachen seines Ärgers erinnert wurde. Natürlich alles im Gedanken daran, dass es die Zeit des Übergangs war. Nur, meistens funktionierte es nicht. Die höherrangigen Dämonen trugen in der Regel Masken, die wertvoll verziert waren oder aus teuren Materialien gefertigt waren und sich auf diese Weise deutlich von denen der niedereren Dämonen unterschieden. Und wenn sie nicht standesgemäß gegrüßt wurden, merkten sie es sich für die Zeit danach, um es dann den entsprechenden Dämonen heimzuzahlen.

Feol Diszuk war ein Jäger des dritten Hauses und kein Höfling. Trotzdem musste er zu den Bällen erscheinen, die Masken so behandeln, als wären sie alle höhergestellt, und, vor allem, freundlich sein. Und er hasste es. Höfliches Gehabe war ihm zuwider. Es war schlimmer als lebendig begraben zu sein!

Diszuk hatte dem Aberglauben um die Sonne noch nie etwas abgewinnen können. Die Tage waren jedes Mal von selbst wieder länger geworden. Jedenfalls hatte er nie davon gehört, dass die Sonne tatsächlich ein Jahr lang weggeblieben war, nur weil ein Dämon sich nicht zu benehmen wusste. Er konnte verstehen, dass in früheren Zeiten, als die denkenden Wesen noch nicht so aufgeklärt waren wie heute, Menschen und Dämonen gleichermaßen dachten, die Sonne käme nur wieder, wenn dieses oder jenes getan wurde. Aber heute war doch eigentlich allen klar, dass dem nicht so war. Die Sonne war ein Gasball, der am Himmel über ihnen hing, und nur weil es Frostzeit war, kam sie nicht so weit über den Himmel wie zur Hitzezeit. Und sie würde es sich bestimmt auch nicht anders überlegen, wenn alle Menschen und Dämonen Hand in Hand auf einer Blumenwiese stünden und ein Friedenslied sängen. Beinahe hätte Diszuk auf den mit teuren Hölzern verzierten Boden gespuckt, doch er beherrschte sich gerade eben noch und schluckte seinen Widerwillen heldenhaft hinunter. Überhaupt hätte jemand mal anerkennen können, dass er ein Held war, weil er all dies schon so oft über sich hatte ergehen lassen. Es war schließlich kein Spaß, sich zwischen all diesen Leuten bewegen zu müssen, ohne ihnen das dämliche Grinsen aus dem Gesicht schlagen zu dürfen.

Er zeigte einem Edelmann im Vorbeigehen seine Zähne und hoffte halbherzig, dass dieser es als Lächeln wertete und nicht als Aufforderung zum Kampf. Zu jeder anderen Zeit hätte das unumstößlich zu einem Duell geführt, und Diszuk hätte sich endlich einmal wieder lebendig gefühlt ...

Er sah sich genervt um und entdeckte weit am anderen Ende des Saales eine offene Balkontür.

Den Unterkiefer vorgeschoben drängte sich Diszuk in Richtung der Tür, antwortete mit zusammengebissenen Zähnen auf die Lächelfratzen der anderen Gäste und trat dann endlich erleichtert in die Leere an der kühlen Luft. Er atmete einmal tief durch und spürte ein frisches Prickeln tief in seinem Bauch. Das perfekte Gefühl, um auf Jagd zu gehen – wenn Jagden gerade erlaubt gewesen wären. Er seufzte theatralisch, lehnte sich an die Brüstung und ließ seinen Blick wandern. Nicht ein Stern am Himmel. Alles, was er sehen konnte, waren ein paar Herdfeuer der niederen Menschen, die sich in ihrem kläglichen Leben pudelwohl zu fühlen schienen. Erbärmlich! Er stellte sich vor, wie sie mit ihren schmackhaften, weichen Körpern rund um ihre Feuer saßen, sich Märchen von den Sonnenengeln erzählten, die sie vor den bösen Dämonen beschützen sollten, und bleckte spöttisch die Zähne. Es wurde Zeit, dass er wieder jagen durfte, sonst würde er noch ebenso weich und dumm werden wie ein Mensch ...

Als Diszuk sich umdrehte, stand plötzlich eine Frau vor ihm. Das Gesicht verdeckt von einer edlen Maske, die nur den unteren Teil der Wangen und das amüsierte Lächeln auf ihren Lippen frei ließ, das selbst in dieser Dunkelheit sichtbar war. Das kam Diszuk seltsam vor. Doch es faszinierte ihn derart, dass er den kleinen warnenden Gedanke beiseiteschob und sofort vergaß.

»Guten Abend«, sagte die Frau mit einer Stimme, die ihm leise Schauer über den Rücken jagte. Da war sie wieder, die verbotene Lust. Waren nicht alle Arten der Jagd verboten? Er schüttelte sich mit einer Mischung aus Unwohlsein, Neugierde und Meuterei gegen die strengen Regeln und lauschte für einen Moment dem samtig-rauen Klang nach. Die Stimme erinnerte ihn an Seide, Stahl und Raubtiere, und das gab ihm genau den richtigen Anreiz, um Witterung aufzunehmen.

»Euch auch einen guten Abend«, erwiderte er schließlich den Gruß. »Amüsiert Ihr Euch gut?«

Sie legte den Kopf in einer Weise schief, die sowohl Nachdenken als auch Belustigung ausdrückte. Diszuks Blick klebte an ihren leicht geöffneten Lippen. Ein weiterer Schauer jagte durch seinen Körper. Die Frau hatte offensichtlich ebenfalls Witterung aufgenommen.

»Mir scheint, Ihr amüsiert Euch nicht«, erwiderte sie schließlich. Sie kam näher, stellte sich neben ihn an die Brüstung und ließ ihren Blick über die Dunkelheit schweifen. Diszuk hatte das Gefühl, dass sie ihre Umgebung systematisch nach etwas absuchte, doch er konnte beim besten Willen nichts erkennen. Er seufzte in Gedanken entzückt auf. Sie war eine Jägerin durch und durch. Und er war überzeugt davon, dass sie nicht ohne Grund gemeinsam auf dem Balkon standen. Zwei Jäger, die sich, eingezwängt in einen Käfig aus Regeln, nicht frei bewegen durften. Beide liefen sie an ihren Gitterstäben hin und her und suchten wild und unbändig nach einem Ausgang, nach Raum, um zu jagen, um lebendig zu sein ...

Diszuk unterdrückte ein Knurren. Er wünschte sich nichts mehr, als jetzt loszustürmen, ganz gleich, was die Regeln besagten.

»Sagt Ihr mir Euren Namen?« Die Stimme der Frau drang wie eine Schwertspitze aus Seide zu ihm durch und schürte ein weiteres Mal das kleine, verbotene Feuer in seinen Lenden. Er richtete sich auf und drehte sich galant zu ihr hin.

»Mein Name, werte Dame, ist Feol Diszuk, meines Zeichens zweiter Jäger der Rotte der Mondschattendämonen im Dritten Haus des Mořan Szaar.« Er deutete eine kleine Verbeugung an, die angesichts seines stämmigen Körpers etwas deplatziert wirkte, von der er jedoch wusste, dass sie die meisten Frauen beeindruckte. Auch diesmal schien es zu wirken. Die Dame lächelte amüsiert.

»Wollt Ihr mir nun auch den Euren nennen?«, fragte er, indem er das Lächeln erwiderte. Sie hatte wirklich das entzückendste Gesicht, das er kannte, jedenfalls soweit es für ihn sichtbar war. Mit einer unglaublich erotischen Narbe, die quer über den linken Kieferknochen verlief, was den Eindruck einer Jägerin nur noch verstärkte.

Sie wandte sich ihm zu und deutete ihrerseits eine Verbeugung an, die aber wesentlich eleganter wirkte als das plumpe Gebaren, das er gezeigt hatte. Ihm stockte für einen Augenblick der Atem.

»Da Ihr so förmlich angefangen habt, mein Herr, werde ich mich dem Protokoll wohl anschließen müssen. Mein Name ist Szahanat del Marusak, erste Jägerin der Gilde der dunklen Wolke im zehnten Haus der Shavjuszin. Ihr dürft mich also Ehrenwerte nennen, wenn Ihr darauf besteht. Allerdings würde ich gerne darauf verzichten.«

Beinahe hätte er ihr unverhohlen seine Verblüffung gezeigt, indem er sie mit offenem Mund anstarrte. Doch er fing sich gerade noch rechtzeitig, um nicht wie ein Tölpel dazustehen. Eine Hochadlige hatte sich auf den Ball des niederen Adels verirrt. Und sie sprach mit ihm, als wäre er ihr ebenbürtig. Wenn das kein Grund war, um die Jagd zu –

Er rief sich zur Ordnung. Es war die Zeit des Übergangs, es war verboten, auch nur daran zu denken.

Doch da war diese Frau, die ihm direkt gegenüber stand und die mit ihren fantastischen orangefarbenen Augen auf seine

Reaktion wartete. Und er benahm sich mehr und mehr wie ein Schuljunge der Menschen, die es niemals hinbekamen ... das mit dem gepflegten ... Tändeln.

Er schluckte. Eine solche Gelegenheit würde sich in seinem Leben gewiss nie wieder auftun. Er würde alt und grau werden und nie wieder einer Jägerin aus dem Haus der Shavjuszin begegnen. Jedenfalls keiner, die mit ihm sprach und deren Aufmerksamkeit ihm gegenüber sich nicht nur darauf beschränkte, sich an ihm nicht schmutzig zu machen.

»Darf ich Euch zu einem Tanz bitten?«, fragte er höflich. Er fühlte wie sein Herz schneller schlug und wie seine eigenen Augen leuchteten wie kleine Sonnen. Del Marusak verzog belustigt den Mund.

»Ich fühle mich geehrt, Feol Diszuk, aber ich fürchte, derart harmlose Spielereien sind nichts für mich. Und wenn ich ehrlich bin, bin ich auch nicht dafür hergekommen.«

Sie trat einen Schritt auf ihn zu, die Augen halb geschlossen und den Körper aufmerksam angespannt. Diszuk witterte es selbst durch ihre Kleidung hindurch, wie sich ihre Muskeln aufheizten ... Sein Atem beschleunigte sich.

»Wie wäre es mit einem kleinen Spielchen im Irrgarten?«, fragte sie, noch bevor in seinem mit Nebel gefüllten Kopf auch nur ein einziger neuer Gedanke greifbar geworden war. Er verzog den Mund zu einem Grinsen.

»Ein Spielchen ...«, hakte er nach. Sie senkte zustimmend den Kopf, ohne Diszuk aus den Augen zu lassen. »Mit welchem Ziel?«

Del Marusak schürzte die Lippen zu einem spöttischen Lächeln.

»Ihr braucht eine Erklärung für ein harmloses Spielchen im Irrgarten? Sollte ich Euch tatsächlich so falsch eingeschätzt haben?«

Diszuk fühlte sich in seiner Ehre getroffen. Er trat einen Schritt zurück und legte die Hand auf seine Brust.

»Ehrenwerte, Ihr beleidigt mich, wenn Ihr derartige Anschuldigungen tätigt. Immerhin bin ich ein Jäger des Dritten Hauses und könnte Euch unter normalen Umständen niemals ein Spielchen ausschlagen.«

»Unter *normalen Umständen*, Diszuk?«

Er schaffte es nicht, die Verwunderung gänzlich aus seiner Stimme herauszuhalten.

»Nun, die Zeit des Übergangs gebietet ...«

»Die Zeit des Übergangs gebietet jedem rechtschaffenen Dämon dieser Welt, sich im Herzen rein und den Kopf frei von Gedanken der Jagd zu halten.«

»Das ist genau das, was ich sagen wollte«, erwiderte Diszuk mit einem kleinen Schmunzeln. »Wie konntet Ihr mir nur die Worte derart aus dem Mund nehmen.«

»Vielleicht weil Ihr so durchschaubar seid, dass sie Euch praktisch auf die Stirn geschrieben sind.«

»Sind sie das? Könnt Ihr dann auch meine augenblicklichen Gedanken erraten?«

Sie schenkte ihm wieder ihr verführerisches Raubtierlächeln, das ihn schier verrückt machte.

»Das kann ich nicht«, sagte sie, sodass er schon ein überhebliches Grinsen aufsetzte. »Ich kann sie lesen!«

Sein Grinsen verlosch.

»Wie meint Ihr das?«

»Ihr seid ein sehr ... wilder junger Mann. Das ist genau der Grund, warum ich mich zu Euch hingezogen fühle. Ihr fasziniert mich. Eure Wildheit. Der unbändige Stolz. Der Jagdtrieb ... Ihr müsst Euch wirklich stark unter Kontrolle haben, wenn Ihr dieses Abendamüsement über Euch ergehen lassen könnt, ohne einer dieser Hofschranzen das fadenscheinige, falsche Lächeln aus dem Gesicht zu reißen.«

Del Marusak war dicht vor ihn getreten und fuhr mit einem schlanken Zeigefinger an den Verzierungen seiner Paradeuniform entlang. Diszuk wurde abwechselnd heiß und kalt. Er schloss für einen winzigen Moment die Augen. Unter seiner Haut bebten die Muskeln voller zurückgehaltener Energie. Er wollte losschlagen, diese Frau jagen, stellen und am Ende seine wohlverdiente Siegerprämie, die Trophäe des Erfolges einfordern. Er ballte seine Linke zur Faust und bohrte dabei die Krallen seiner Finger in die Handfläche, bis diese blutete. Der Schmerz verschaffte ihm ein wenig Erleichterung. Indessen stieg ihm jetzt auch noch der Geruch von Blut in die Nase. Diszuk bemerkte mit einiger Genugtuung, wie sich del Marusaks Nasenflügel weiteten, als auch sie das Blut riechen konnte. Es schien ihr ebenso schwerzufallen, ihren Jagdtrieb unter Kontrolle zu halten wie ihm. Ihre Augen leuchteten wild.

Plötzlich und unerwartet kräftig stieß sie ihn von sich, sodass er zu Boden stürzte. Überrascht starrte er sie an.

»Du willst spielen«, sagte sie rau, und ihre spitzen Eckzähne blitzten im Licht auf, das durch die Tür auf den Balkon hinaus fiel. »Dann versuch mich daran zu hindern, vor dir das Zentrum des Irrgartens zu erreichen!«

In einem einzigen Flirren ihrer Kleider war sie verschwunden, ohne dass Diszuk hätte sehen können, wohin. Schnell rappelte er sich auf, stützte sich auf das Geländer und sog die Luft einmal tief durch die Nase ein. Beim Ausatmen ließ er den Mund leicht geöffnet, um die restlichen Duftbestandteile aus der Luft herauszufiltern. Er schob die Gerüche nach seinem eigenen Blut, den lächerlichen Kleidern, Stein, Blumen, Sand und Blättern beiseite, bis er den einen feinen Geruch wiedergefunden hatte, und sich langsam ein Bild vor seinem inneren Auge formte. Er sog ein weiteres Mal die Luft ein, und diesmal war die Spur unübersehbar – klar, hell und in einem rostigen Lila zog sie sich vom Balkon unmittelbar in den Garten hinunter und auf direktem Weg zum Irrgarten. Del Marusak war einfach vom Balkon gesprungen, der sich im zweiten Stock befand. Diszuk war gegen seinen Willen beeindruckt. Sie wollte spielen. Bei dem Gedanken verzogen sich seine Mundwinkel ganz automatisch zu einem Raubtiergrinsen, das sich gnadenlos in seinem Gesicht festsetzte. Sie wollte spielen, und er wollte ihre Herausforderung annehmen, aber er spielte auf seine Weise.

Langsam machte er sich auf den Weg zurück durch den Ballsaal und zwang sich dabei, ruhig zu bleiben. Zum ersten Mal seit Tagen trug er ein echtes Lächeln auf den Lippen, das die Personen, die es bemerkten, vor ihm zurückweichen ließ. Diszuk fühlte sich wie einer der Erhabenen, Mitglieder des siebenten Hauses, die dem Hochadel so nahestanden wie nur Angehörige der höchsten Kaste selbst, da sie für Exekutionen herangezogen werden durften, falls diese notwendig wurden. Noch nie in seinem Leben war er so begierig gewesen, eine Frau auch wirklich zu bekommen, wie in diesem Augenblick.

Als er den Ballsaal hinter sich gelassen hatte und sicher sein konnte, dass keiner der dort Anwesenden ihn noch sehen konnte, gab er sich selbst eine kräftige Ohrfeige. »Idiot!«, fluchte er über sich selbst. Wie sollte er einen einzigen richtigen Gedanken fassen, wenn er schon jetzt zu erregt war, um überhaupt noch geradeaus laufen zu können? »Du musst einen klaren Kopf behalten, wenn du diese Jagd gewinnen willst, Diszuk!«

Der Form halber korrigierte er sich selbst. Es war keine Jagd! Es sollte ein ganz harmloses Stelldichein sein. Ein Spiel! Doch so fadenscheinig, wie dieser Gedanke war, so wenig konnte er ihn selbst ernst nehmen.

Er machte sich eilig auf den Weg zum Garten und stand kurze Zeit später schon vor den hohen Hecken des Labyrinthes. Diszuk blieb einen Augenblick stehen und lauschte auf sein abenteuerlustig pochendes Herz. So lebendig hatte er sich schon lange nicht mehr gefühlt! Dann grinste er wieder und wagte den ersten Schritt hinein in den Irrgarten.

Er konnte die Fährte deutlich vor sich sehen, die del Marusak hinterlassen hatte. Ob sie das mit Absicht getan hatte oder die Kunst des Verbergens tatsächlich nicht beherrschte, vermochte er nicht zu sagen. Allerdings stand ihm gerade auch nicht wirklich der Sinn danach, darüber nachzudenken.

Er folgte der Spur, bis diese sich plötzlich gabelte. Irritiert blieb er stehen, witterte und betrachtete die beiden Fährten, die sich vor seinem inneren Auge deutlich in der Dunkelheit abzeichneten. Die rechte kam ihm frischer vor, also folgte er ihr. Das gleiche Spiel wiederholte sich einige Male, bis er plötzlich seinem eigenen Geruch begegnete. Hier war er schon vorbei gegangen! Was hatte das zu bedeuten?

Diszuk verzog widerwillig das Gesicht und kramte alles aus seinem Gedächtnis hervor, das er jemals über Irrgärten gehört hatte. Sie sollten in die Irre führen, aber wenn jemand das System dahinter verstanden hatte, dann konnte er recht schnell zum Ziel gelangen. Offensichtlich hatte del Marusak ihm eine falsche Fährte gelegt, um ihren eigenen Vorsprung zu vergrößern, und er war ihr prompt in die Falle gegangen. Das sollte sie ihm büßen, dachte er mit einer grimmigen Vorfreude, denn damit wurde die Sache für ihn persönlich. Er rechnete nicht mehr damit, das Zentrum vor ihr zu erreichen. Sie hätte hinschlendern können, und er hätte keine Möglichkeit gehabt, es zu verhindern. Doch jetzt wollte Diszuk wenigstens eine Entschädigung für diese Erniedrigung. Er wollte del Marusak das süffisante Lächeln aus dem Gesicht schlagen, ihr dann das Blut aus der Wunde saugen und hinterher eine Vereinigung nach seinem Geschmack vollziehen, und in diesem Augenblick war es ihm egal, ob sie eine Jägerin des zehnten Hauses und damit gar nicht in seiner Reichweite für derartige Gedanken war oder nicht. Sie hatte seinen Stolz mit dieser einfachen Finte empfindlich verletzt, und dafür gab es nur eine einzige Wiedergutmachung.

Ein leises Grollen kroch seine Kehle hinauf, während er den schmalen Gassen zwischen den stark duftenden Hecken folgte. Es war unmöglich etwas anderes zu riechen als das, was vor ihm auf diesem Weg gegangen war. Eine Abkürzung gab es nicht, obwohl er sich nichts sehnlicher gewünscht hätte.

Mit einem Mal hatte sich die Spur verändert. Diszuk blieb für einen Augenblick stehen, um die Gerüche erneut zu filtern und mit seinem inneren Bild dazu abzugleichen. Del Marusak musste sich verletzt haben, entweder absichtlich, um ihn mehr zu locken und unvorsichtig zu machen, oder weil sie tatsächlich verwundet war. Das Grollen in seiner Kehle entwickelte sich zu einem deutlichen Knurren.

Diszuk begann, schneller zu laufen. Die Spur wurde intensiver und benebelte seine Sinne endgültig. Er bemerkte einen Lichtschein vor sich, legte noch einmal alle Kraft in seine Schritte und stolperte in das Zentrum des Irrgartens, das urplötzlich vor ihm aufgetaucht war.

Irgendetwas erhellte diese irreale Szenerie mit einem vagen Leuchten, das Diszuk nicht zuordnen konnte, doch es glomm so hell, dass alles deutlich sichtbar war.

Der kleine Platz war rund angelegt und besaß einen Durchmesser von etwa sieben oder acht Schritt. In der Mitte befand sich ein großer Steinblock aus schwarzem Marmor, der glatt poliert war und matt glänzte. Eine grausame Energie ging von ihm aus, und Diszuk konnte ihn nur mit Abscheu betrachten. Doch sein Blick heftete sich ohnehin wie von selbst fasziniert auf del Marusak. Ihr eng anliegendes Kleid war blutüberströmt. Sie hatte die Maske abgenommen, sodass er nun ihre ebenmäßigen Gesichtszüge sehen konnte. Sie musste sich selbst das Kinn mit ihren Krallen aufgerissen haben, genau an der Stelle, die bereits die Narbe zierte. Das Blut strömte daraus hervor und färbte ihr Kleid rot. Ihre Augen blitzten Diszuk an, und die Fänge in ihrem leicht geöffneten Mund stachen scharf und spitz daraus hervor, als warteten sie nur darauf, sich in das Fleisch eines gejagten Tieres schlagen zu dürfen. Diszuk konnte seine Augen nicht von ihr abwenden, das war das Sinnlichste, was er jemals bei einer Frau gesehen hatte.

Er spürte, wie seine eigenen Krallen und Fänge sich streckten und wuchsen, zusammen mit dem Rausch, der schon die ganze Zeit über darauf gewartet hatte, endlich aus seinem Gefängnis ausbrechen zu dürfen. Noch hatte Diszuk sich unter Kontrolle, doch besonders beherrscht fühlte er sich nicht mehr. Er ließ die Leine, an der er die Erregung und den Jagdtrieb hätte halten müssen, eher durch die Finger gleiten, als dass er sie fest im Griff hatte.

»Du hast mich also gefunden«, bemerkte del Marusak. Irgendetwas an ihrer Stimme war falsch, doch Diszuk konnte es nicht zuordnen.

»Das hast du doch so gewollt, oder nicht?«

»Stimmt ... schade nur, dass du trotzdem verloren hast.«

Das brachte Diszuk zum Grinsen.

»Mag sein, dass ich als Letzter im Zentrum angekommen bin, aber verloren habe ich nicht. Denn jetzt werden wir ein Spielchen spielen, das *ich* mir aussuchen werde.«

Ihr Lächeln wurde nur noch breiter.

»Du glaubst, dass du das zu entscheiden hast?«, fragte sie freundlich. Sie neigte in einer bedächtigen Bewegung den Kopf zur Seite und präsentierte so ihre Wunde wie ein Wild, das wusste, dass eine Flucht unmöglich war. Diszuk meinte, das Blut in ihrem Hals pulsieren zu sehen, und er fühlte den Drang, ihr in den Nacken zu beißen. Er näherte sich ihr mit langsamen Schritten, nicht von vorn, weil er so ein viel zu leichtes Ziel für einen Gegenangriff geboten hätte. Vielmehr hielt er sich seitlich, um sie von der Seite attackieren zu können ...

Sie folgte seinen Bewegungen nicht, nicht einmal mit den Augen. Del Marusak schien nur auf seinen Vorstoß zu warten, damit sie sich ihm ergeben konnte. Diszuks Blut pumpte durch seine Venen und rauschte ihm in den Ohren. »Sie wird dir nicht davonkommen«, raunte es ihm zu, »du wirst sie überrumpeln«. Noch nie hatte er sich bei einer Jagd so euphorisch gefühlt wie jetzt, und die Beute, die es zu schlagen galt, war jedes Risiko wert.

Mit einem wütenden Fauchen warf er sich urplötzlich nach vorn und riss del Marusak zu Boden. Seine Krallen zerfetzten ihr Kleid. Doch er hatte sie nur halb erwischt, denn mit einer Schnelligkeit, die er nicht von ihr erwartet hatte, duckte sie sich unter seinem Angriff weg und nahm ihm die Kraft aus seinem Sprung, indem sie ihm die Beine wegschlug. In der gleichen Bewegung riss sie ihm die Oberschenkel auf, ohne auch nur mit der Wimper zu zucken. Er schrie vor Schmerz auf und vergaß diesen sofort wieder, als er ihre bloße Schulter bemerkte. Ein Riss prangte darauf, den er ihr zugefügt haben musste. Das Blut daraus vereinigte sich mit dem aus ihrer Kinnwunde und ließ Diszuk den Atem stocken. Del Marusak fixierte ihn mit den Augen, und leckte sich aufreizend über die Schulter.

»Jetzt will ich mein Blut mit dem deinen vermischen«, schnurrte sie leise. Der Satz löschte die letzten sinnvollen Gedanken in Diszuks Kopf endgültig aus und ließ ihn euphorisch aufbrüllen. Doch das Brüllen erstarb plötzlich, als er ihre Hand an seiner Kehle spürte – und wie sich ihre Krallen langsam in seinen Hals bohrten.

»Ich – nicht du!«, sagte sie mit einem gefährlichen Lächeln, das bei Diszuk alle Triumphgefühle erstickte.

»Was soll das?«, fragte er mit rauer Stimme.

»Gefällt es dir nicht? Ist es nicht das, was du dir vorgestellt hattest?«

Sie leckte noch einmal langsam über ihre eigene Wunde, dann schlug sie ihre Fänge in seine Schulter, bis er aufschrie.

Als sie ihn das nächste Mal ansah, war ihr gesamtes Gesicht blutverschmiert. Ihre Augen glühten wie zwei Sterne kurz vor der Explosion, und eine Hitze ging von ihr aus, die Diszuk den Atem verschlug.

»Lass mich durch deine Augen sehen, Jäger! Und ich will dein Herz kosten, um zu sehen, wie es ist, Gefühle zu haben!«

Er versuchte sich zu wehren, doch er fühlte sich wie gelähmt.

»Wer bist du?«, keuchte er panisch.

»Ein Sonnenengel!«

»Das ist unmöglich!«

Für einen Augenblick ließ sie amüsiert von ihm ab.

»Wie seltsam, dass ihr alle das gleiche sagt«, bemerkte sie liebenswürdig. »Jedes Jahr wieder. Bedeutet euch euer Glaube inzwischen so wenig?«

Diszuk schluckte schwer.

»Es gibt keine Engel! Das sind Erfindungen der Menschen«, sagte er trotzig, als könnte er sie damit überzeugen zu verschwinden. »Der Sonnenmythos ist ein Aberglaube ...«

»Dann stirbst du jetzt an deinem fehlenden Aberglauben«, erwiderte sie. Langsam entfalteten sich blendend weiße Flügel an ihrem Rücken.

Die schreienden Schmerzen, die er spürte, als del Marusak ihm erst die Augen ausriss und ihm dann das Herz nahm, katapultierten ihn aus seinem Körper. Er beobachtete über ihr schwebend, wie sie gierig verschluckte, was sie ihm genommen hatte, und dann ein triumphierendes Brüllen ausstieß.

Ihr stolzer Blick wandte sich direkt seinem schwebenden Geist zu, und obwohl er längst tot war, verspürte er noch die Angst vor ihr. Er wollte fliehen, doch er wusste nicht, wie. Langsam zog sie die letzten flüchtigen Reste seines Ichs zu sich hinunter. Und kurz bevor sie ihn sich vollständig einverleibte, zeigten sich die ersten Sonnenstrahlen am Horizont.

ZWISCHEN DIESSEITS UND JENSEITS

Katarina Kojic

Ich schlafe nicht, ich schlafe nie, sollten Menschen nicht schlafen?

Aurelie Martine stand am Fenster ihrer Einzimmerwohnung.

Ihr Blick war in die Ferne gerichtet, fast so als könnte sie das pulsierende Leben der Metropole ausblenden. Die Lichter der Stadt erhellten den Nachthimmel, kein Stern war zu sehen, nur der Mond leuchtete einsam am schwarzen Firmament.

Aurelie fühlte sich wie der Mond, einsam und unendlich weit weg.

Es war Freitagabend und sie war alleine zu Hause. Heute würde es keine Party geben, auf die sie gehen könnte. Sie hatte alle Verbindungen gekappt, alle Freundschaften beendet. Ihr Therapeut hatte ihr dazu geraten. Ein Preis, den sie zahlen musste, das hatte sie mittlerweile eingesehen.

Vor nicht einmal einem Monat hatte sie den tiefsten Punkt der Hölle erreicht.

36 Sekunden lang war sie tot gewesen. Überdosis. Wie durch ein Wunder war es den Ärzten gelungen, ihr schon kraftloses Herz wieder zum schlagen zu bringen. Sie hätte glücklich und dankbar sein müssen, das wusste sie, doch der Entzug war das Härteste und Schmerzhafteste, was ihr je widerfahren war. Noch immer verging kein Tag, keine Stunde, in der ihre Gedanken nicht um das eine kreisten. Drogen. Wie sie diese beschaffen konnte, wohin sie gehen musste, wen sie dafür ansprechen musste. Es war so einfach!

Jedoch ... noch eine andere Furcht fraß sich tief bis in Aurelies Herz hinein. Eine Angst, die sie sich selbst nicht eingestehen wollte, über die sie nicht nachdenken wollte. In diesen 36 Sekunden, in denen ihr Atem versagt hatte und ihr Kreislauf zusammengebrochen war, hatte sie einen kurzen Einblick in ihr Leben nach dem Tod bekommen.

Ab einem gewissen Punkt war das Sterben nicht mehr schmerzhaft. Man schloss die Augen und ließ sich fallen, was einen empfing war Leere.

Eine große, weite, tiefe, unendliche, bewusstlose Leere.

Das Aufwachen war das Schlimmste, denn der Tod hinterließ eine blanke Angst, vor einem ewigen, tiefen Fall in eine unendliche Leere.

Zittrig umklammerte Aurelie das Hartplastikarmband, das sie um ihr rechtes Handgelenk trug. Ein kleiner Druckknopf befand sich in der Mitte. Ein Notfallknopf. Wenn Aurelie ihn betätigte, würde sie einen Anruf bekommen. Sollte sie nicht abheben, würde ein Krankenwagen losgeschickt. Durch einen GPS–Sender in ihrem Armband konnte man sie ständig lokalisieren.

Als wäre sie eine Schwerverbrecherin.

Aurelie sah sich in ihrer kleinen Wohnung um. Verzweifelt suchte sie nach einer Beschäftigung.

Der Raum, der sowohl Küche und Wohnzimmer als auch Schlafzimmer war, glänzte vor Sauberkeit. In der Spüle stand kein Geschirr und auch das Badezimmer war lupenrein. Aurelie seufzte. Seit ihrem Entzug war Putzen zu ihrer Leidenschaft geworden, sie konnte sich in dieser Aufgabe verlieren und alles für einen Augenblick vergessen.

Unruhig legte Aurelie sich in ihr Bett. Sie wusste, dass sie keinen Schlaf finden würde, doch was sollte sie sonst tun. Fernsehen hatte sie noch nie interessiert, Lesen fand sie langweilig.

Die letzten zehn Jahre ihres Lebens waren ein einziger Rausch gewesen. Angefangen hatte es mit Zigaretten und Alkohol, nach der Scheidung ihrer Eltern wurde es härteres Zeug. Sie hatte immer gedacht, sie habe alles unter Kontrolle, bis vor einem Monat.

Aurelie hob die Hand und betrachtete sie im hellen Mondlicht, das durch das Fenster in ihr Zimmer drang. Selbst in dem spärlich weißen Licht erkannte sie, wie durchscheinend ihre Haut war, und wie die blauen Adern darunter lautlos zirkulierten.

Seit sie mit dem Entzug begonnen hatte, konnte sie nicht mehr richtig schlafen. Ihr Therapeut meinte, das seien zu erwartende Nebenwirkungen, doch Aurelie wollte ihm nicht so recht glauben. Wie konnte denn ein Mensch tagelang ohne Schlaf auskommen? Ein Gefühl der Panik überkam sie, als sie an einen langen, traumlosen Schlaf dachte, doch sie war nicht fähig, ihr Unwohlsein einem Grund zuzuordnen. Unruhig wälzte sie sich hin und her. Sie fuhr sich mit ihren Nägeln über den Oberarm und begann, sich zu kratzen. Auch das war eine Nebenwirkung des Entzuges. Ihr ganzer Körper juckte und den Drang, sich zu kratzen zu unterdrücken, war fast so unmöglich wie der Entzug selbst. Würde sie weitermachen, würde die Stelle bald zu bluten beginnen. Wütend legte sie die Hände unter ihr Kopfkissen und legte ihren Kopf darauf.

Aurelie schloss hartnäckig die Augen. Was blieb ihr auch anderes übrig, als Nacht für Nacht zu versuchen, den Schlaf zu finden?

»Hallo. Mein Name ist Aurelie. Ich bin 25 Jahre alt, zurzeit arbeitslos und seit 35 Tagen clean.«

Kaum einer der zwanzig Menschen in dem kleinen, stickigen Raum sah Aurelie in die Augen. Sie sahen auf den Boden oder aus dem Fenster, ihre Augen glasig, die Haut trocken und die Lippen spröde. Aurelie nahm es ihnen nicht übel. Noch ein paar Jahre mehr unter Drogen und sie hätte ausgesehen wie die Anderen.

Lebende Leichen.

Sie war sich nicht einmal sicher, ob sie nicht schon eine von ihnen war. Ihre goldbraunen Haare hatten ihren Schimmer verloren und waren licht und fahl geworden. Ihre hellen Augen waren von dunklen Augenringen umrandet und das Gesicht eingefallen. Sie war einmal hübsch gewesen, deswegen hatte sie auch nie Probleme gehabt, an Drogen heranzukommen. Einem hübschen Mädchen gab man schon mal etwas ab, auch wenn es kein Geld hatte und ansonsten gab es auch andere Möglichkeiten.

Aurelie setzte sich wieder auf ihren Platz, sie musste heute nicht mehr sagen oder tun, als sich vorzustellen. Eine Psychiaterin übernahm das Reden und Aurelie sah aus dem Fenster, oder zu Boden. Antriebslos. Nichts motivierte sie, und wenn doch, dann war es nur von kurzer Dauer.

Die Stunde verging nur langsam und Aurelie konnte es gar nicht erwarten, den Raum zu verlassen, obwohl ihr ein weiteres anstrengendes Treffen bevorstand.

»Liebes! Hier sitze ich!«

Die Stimme ihrer Mutter war im ganzen Café zu hören. Die Menschen unterbrachen ihre Gespräche und richteten ihre Aufmerksamkeit auf

Aurelie, die augenblicklich rot anlief. Schnell setzte sie sich zu ihrer Mutter an den Tisch und hoffte, der Moment werde zügig vergehen.

»Aurelie wie siehst du denn aus? Du bist ja ganz dünn! Isst du denn genug? Kind, muss ich mir denn schon wieder Sorgen machen?«

»Nein Mama, alles ist in Ordnung.«

Doch ihre Mutter hörte ihr nicht mehr zu, sie war damit beschäftigt beim Kellner ein ordentliches Frühstück für Aurelie zu bestellen.

»Bitte Mama, ich will nichts essen.«

»Jetzt hab dich doch nicht so. Tu es mir zuliebe.« Damit war die Diskussion beendet.

Der Kellner servierte Aurelie einen Kaffee, Eier mit Speck, ein Croissant und diverse Aufstriche.

Verzweifelt sah Aurelie auf den Teller, ihr Magen schlug Purzelbäume, doch ihrer Mutter zuliebe begann sie damit, mit der Gabel in den Eiern zu stochern

»So ist's gut mein Kind. Wie war dein Treffen?«

»Ich möchte nicht darüber reden.«

»Warum gehst du überhaupt dort hin? Du bist doch gar nicht wie diese Leute.«

»Doch Mama, das bin ich.«

»Ach, ich bitte dich. Diese Leute haben echte Probleme, du bist doch nur ein wenig vom Weg abgekommen.«

»Ich wäre fast gestorben.«

»Jetzt sei doch nicht gleich so dramatisch.«

Aurelie rollte mit den Augen und nahm einen kleinen Bissen von den Eiern. Sie wusste, dass sich ihre Mutter nie eingestehen würde, dass ihre einzige Tochter ein Drogenproblem hatte.

Madame Martine war eine gestandene Frau in ihren Fünfzigern, hatte bereits drei Scheidungen hinter sich und arbeitete gerade an der vierten. Ihr Leben bestand aus Klatsch und Tratsch und dem verzweifelten Versuch, in der Upperclass einen Platz zu finden.

»Du wirst nie erraten, wen ich vorige Woche getroffen habe.«

Madame Martine wippte aufgeregt auf und ab.

»Laurent.«

»Laurent wer?«

»Dupond. Laurent Dupond. Dein alter Klassenkamerad.«

»Oh ... wie geht es ihm?« Aurelie hatte Laurent seit sechs Jahren nicht mehr gesehen. Seit ihrem Abschluss, den sie nur mit Müh und Not geschafft hatte, während er als Klassenbester abschnitt. Zwischen ihnen lagen Welten. Zumindest damals.

»Es geht ihm prächtig. Er ist gerade zurück aus dem Ausland. Stell dir vor, er hat in den USA studiert.«

»War ja zu erwarten.«

»Nun sei mal nicht so abschätzig. Immerhin hat er dich, dank mir, zu seinem Maskenball eingeladen.«

»Was?«

»Ja, stell dir nur vor. Seine Eltern geben ihm zu Ehren einen Ball. Weil er wieder zu Hause ist und er möchte, dass du kommst.«

»Oh Mama, nein, nein, nein, was hast du ihm erzählt?«

»Nichts.« Madame Martine richtete sich auf und setzte einen beleidigten Gesichtsausdruck auf.

»Er hat sich nach dir erkundigt. Ich hab ihm gesagt, dass du gerade eine schwierige Phase durchmachst, aber auf dem Weg der Besserung bist und dass du ein paar gute Freunde in guter Gesellschaft benötigen könntest.«

»Mama, wie konntest du nur! Das ist total peinlich! Niemals gehe ich auf diesen Maskenball. Warum zum Teufel ist es überhaupt ein Maskenball?«

»Kind, jetzt beruhige dich doch. Warum regst du dich so auf? Er ist doch ein alter Freund! Und ein Maskenball ist es deswegen, weil doch bald Halloween ist, sag lebst du etwa hinter dem Mond?«

Verärgert schüttelte Madame Martine den Kopf.

»Seit einem Monat verkriechst du dich in deiner Wohnung, und verlässt sie nur, wenn du zu deinem Therapeuten oder den Sitzungen gehst. Kind, die Leute fangen schon an zu reden! Was denkst du, was das für ein Licht auf mich wirft? Hab ich denn nicht schon genug mitgemacht?«

Aurelie schwieg. Sie wünschte sich so sehr, ihre Mutter wäre ein wenig verständnisvoller, weniger ichbezogen. Ihr Vater war anders, aber er hatte eine neue Familie, andere Kinder, die Aurelie nicht kannte. Sie war nicht mehr Teil seines Lebens, auch das hatte sie akzeptieren müssen.

»Aurelie! Aurelie! Hörst du überhaupt zu?«

»Ja, Mama.«

»Also tu mir bitte diesen einen Gefallen und geh auf den Ball.«

»Ich habe doch nicht einmal ein Kleid.«

»Ach, das lass nur meine Sorge sein.«

Madame Martine rieb sich schmunzelnd die Hände, sie wusste, dass sie wieder einmal ihren Willen bekommen würde.

Zwei Tage später bekam Aurelie Post.

Ein edles Kuvert, in Perlmutt gehalten, das ihren Namen in silberner Schrift trug. Dazu ein kleines Päckchen, das nicht minder edel aussah.

In dem Kuvert war die Einladung zum Maskenball. Ihre Mutter musste Eindruck hinterlassen haben. Das Thema des Maskenballs war »Zwischen Diesseits und Jenseits«.

In dem Päckchen war eine Maske. Vorsichtig hob Aurelie sie heraus. Sie war weiß, mit mitternachtsblauen und silbernen Schattierungen. Erst auf den zweiten Blick erkannte Aurelie, dass die Maske eine Eule darstellen sollte. Sie probierte sie an. Die Maske saß wie angegossen.

Am Nachmittag desselben Tages bekam Aurelie noch einmal Post. Diesmal eine Eilzustellung, es waren zwei größere Pakete.

Aurelie öffnete das größere von beiden und entnahm eine Karte.

»Amüsier dich gut mein Schatz.«

Sie seufzte. Ihre Mutter würde ihr nie verzeihen, wenn sie nicht auf den Maskenball ginge. Sie legte die Karte beiseite und holte ein Kleid aus dem Paket hervor. Es war knielang und weiß, an der Brust raffte sich königsblauer Chiffon, der sich auch bodenlang über den Rücken des Kleides zog.

Aurelie konnte gar nicht fassen, wie gut das Kleid mit der Maske harmonierte. Sie war sich ziemlich sicher, dass ihre Mutter bei Laurent angerufen hatte, um sich nach dem Thema und den Farben zu erkundigen. Aurelies Wangen liefen rot an, wie sollte sie Laurent nur gegenüber treten, nach allem was ihre Mutter getan hatte? Doch genauso schlimm wäre es, ihm nicht gegenüberzutreten, nach allem was ihre Mutter getan hatte.

Aurelie legte das Kleid beiseite und widmete ihre Aufmerksamkeit dem zweiten, etwas kleineren Paket. Sie ahnte schon, was sich darin befinden würde. Schuhe. Sie passten perfekt zum restlichen Outfit, bis hin zu den silbernen, acht Zentimeter hohen Hacken.

Es war Freitagabend. Halloween. Für Ende Oktober war es ein sehr warmer Abend. Unruhig verlagerte Aurelie ihr Gewicht von einem Fuß auf den anderen. Die Schuhe schmerzten sie bereits jetzt, obwohl sie diese noch keine volle Stunde anhatte. Sie befand sich vor dem Anwesen der Duponds, einer prächtigen Villa mitten in einer barocken Parkanlage. Die anderen Gäste strömten bereits durch die weit geöffneten Eingangstore, doch Aurelie flatterte das Herz.

Sie stand ein wenig abseits, sodass der Schein der Lichter sie nicht erreichen konnte. Ihre Hände waren nass vor Schweiß, sie konnte sich nicht dazu bringen, einen einzigen Schritt weiterzugehen.

»Aurelie?«

Erschrocken drehte sie sich um.

Im Schatten einer Trauerweide stand ein Mann. Aurelie konnte sein Gesicht in der Dunkelheit nicht erkennen, nur den rotglühenden Punkt der Zigarette, die sich in seinem Mundwinkel befand.

»Ich hatte gehofft, dass du kommen würdest.«

»Laurent?«

Der Mann trat näher an sie heran. Er trug einen pechschwarzen Anzug und die schwarze Maske, die sein unbändiges Haar im Zaum zu halten schien, hatte etwas Katzenhaftes.

Aurelie konnte ihn nur schwer mit dem schmächtigen Jungen von damals in Verbindung bringen, der nur Einsen schrieb und sich immer in seine Bücher verkrochen hatte.

»Es ist lange her, Aurelie.«

Er hatte eine Art, ihren Namen zu betonen, die ihr Gänsehaut bereitete.

»Das ist es wirklich. Danke für die Einladung ... ich hoffe meine Mutter hat dich nicht zu sehr bedrängt.«

Laurent lachte ein tiefes, kehliges Lachen.

»Sie ist die Art Frau, der man schwer etwas abschlagen kann.«

Aurelie spürte ihre Wangen pulsieren.

»Es tut mir leid.«

»Das muss es nicht.«

Laurent kam noch einen Schritt auf sie zu und trat im Gehen die Zigarette aus.

»Ich war dir noch etwas schuldig, und ich habe bisher nie die Worte gefunden, mich zu bedanken.«

»Bedanken? Wofür?«

»Du erinnerst dich nicht, oder?« Laurent griff sanft nach ihrem rechten Handgelenk und fuhr mit den Fingern über das Plastikarmband. »Es war einer deiner schlechteren Tage.«

Aurelie zog ihre Hand weg.

»Entschuldige.«

Sie schüttelte nur den Kopf. Ein dicker Kloß befand sich in ihrem Hals. Natürlich wusste Laurent von ihren Problemen, nicht nur wegen ihrer Mutter, sondern auch weil sie in der Schule schon auffällig gewesen war.

»Es war kurz vor dem Abschluss. Dominique und André hatten eine Flasche Wodka auf das Schulgelände geschmuggelt. Eine wirklich dumme Aktion von ihnen, aber gleichzeitig auch aufregend.« Ein Lächeln huschte über Laurents Lippen, als er sich zurückerinnerte.

»Ich war so dumm, mich mit der geöffneten Flasche in der Hand erwischen zu lassen, und das auch noch von unserem Direktor. Er hielt mir bereits eine Standpauke, drohte mir mit einem Eintrag in meine Akte. Das wäre das Aus für mein Stipendium gewesen, und ich wäre für jede bessere Universität gesperrt gewesen. Dann kamst du den Gang entlang. Du hast mir die Flasche aus der Hand gerissen, einen tiefen Schluck genommen und »Danke fürs Halten« gesagt. Ich glaube, in dem Moment hatte der Direktor vergessen, dass ich überhaupt existierte. Er nahm dich mit in sein Büro und ich sah dich bis zur Abschlussfeier nicht wieder. Dort brachte ich dann den Mut nicht auf, mich zu bedanken.«

Beschämt sah Laurent zu Boden. Aurelie schwieg. Laurent hatte Recht, sie konnte sich an dieses Ereignis nicht mehr erinnern. Aber es gab vieles, an das sie sich nicht mehr erinnern konnte.

»Ich habe lange überlegt, wie ich mich bei dir bedanken könnte.«

»Das ist nicht nötig, Laurent.«

»Doch das ist es! Aurelie, wärst du nicht gewesen, hätte ich sofort nach dem Abschluss in unserem Familienbetrieb arbeiten müssen. Das wollte ich nicht und dank dir konnte ich fernab in Übersee studieren. Du weißt gar nicht, was mir das bedeutet hat!«

Laurent legte eine kurze Sprechpause ein, um Aurelie mit seinen stechend grünen Augen zu mustern.

»Als dein Herz aufgehört hatte zu schlagen, da wusste ich, dass die Chance gekommen war, meine Schuld bei dir zu begleichen.«

»Wie bitte?«

Aurelie glaubte, den Boden unter den Füßen zu verlieren. Woher wusste Laurent von ihrem Beinahe-Exitus? Sicher nicht von ihrer Mutter!

»Du warst tot, Aurelie. Ich fürchte, du bist es immer noch.«

»Ich weiß nicht, wovon du redest!«

Panisch ging Aurelie zwei Schritte zurück, doch ihre hohen Absätze versanken in der feuchten Erde. Sie steckte fest.

»Du kannst nicht schlafen. Schon seit einem Monat nicht.«

Laurent flüsterte die Worte kaum hörbar. Aurelie stockte der Atem, heiße Tränen brannten ihr in den Augen.

»Woher weißt du das? Hast du mich etwa nur eingeladen, um mich zu demütigen!«

»Nein. Aurelie bitte, ich weiß wie seltsam dies alles für dich klingen muss, doch bitte höre mir zu.«

Resigniert ließ Aurelie die Schultern sinken.

»Unterhalte mich.« Sie war stolz auf sich – darauf, dass sie ihrer Stimme Sarkasmus und Ironie verleihen konnte – doch hinter ihrem Rücken umklammerte sie ihr Armband, allzeit bereit, den Knopf zu drücken, falls Laurent sich als gefährlicher Irrer entpuppen sollte. Im Augenblick war er nur irre.

»Meine Familie ist ein wenig sonderbar, könnte man sagen.«

»Willkommen im Club.«

Laurents Mundwinkel zogen sich nach oben, doch das Lächeln erreichte seine Augen nicht, die hinter der Katzenmaske zu leuchten schienen.

»Nein, Aurelie. Ich meine wirklich anders. Seit Jahrhunderten müssen die Mitglieder meiner Familie einer grauenhaften Mission nachgehen.«

Nervös zündete sich Laurent eine weitere Zigarette an und nahm einen tiefen Zug.

»Das Studium in Amerika war wie ein Ausweg für mich, ich dachte je weiter weg ich von meiner Familie sei, desto mehr Chancen hätte ich, nicht ins Familiengeschäft einsteigen zu müssen. Deswegen bin ich dir auch so dankbar gewesen, Aurelie.«

»Ich glaube, ich verstehe nicht, Laurent. Was tut deine Familie?«

»Weißt du, was Nekromantie ist?«

»Nein, nicht wirklich.«

»Es ist eine Fähigkeit. Die in unserer Familie weitervererbt wird. Die Fähigkeit, Tote wieder zum Leben zu erwecken.«

Ein nervöses Lachen entfloh Laurents Kehle.

»Makaber nicht? Um die Person zu retten, die verhindert hatte, dass ich zum Nekromanten werde, musste ich zum Nekromanten werden.«

»Du denkst, du hast mich wieder zum Leben erweckt.«

»Nein.«

Aurelie verspürte kurze Erleichterung.

»Einmal tot, kann der vorherige Zustand nicht mehr wiederhergestellt werden. Ja, ich habe dich von den Toten zurückgeholt, aber wirklich lebendig bist du nicht.«

»Was soll das heißen?« Aurelie wurde wütend.

»Ich stehe doch hier. Ich atme, mir ist kalt, ich kann mein Herz pochen spüren, also sage mir nicht, dass ich nicht lebendig bin!«

Aurelie konnte ihre Tränen nicht mehr zurückhalten. Im letzten Monat war sie durch die Hölle gegangen, buchstäblich. Der Entzug hatte ihr alles abverlangt, ihr Körper war geschwächt, sie hatte Schlafstörungen, konnte kaum etwas bei sich behalten, aber sie lebte. Sie hatte gekämpft, weil sie sich ändern wollte, weil sie leben wollte.

Sie würde nicht hier stehen bleiben und sich sagen lassen, dass all ihre Anstrengung umsonst gewesen sei, da sie so oder so nicht lebendig sei.

Sie warf Laurent einen letzten, wütenden Blick zu, und dann rannte sie, sie rannte und blickte nicht mehr zurück.

»Woher wusstest du, dass du mich hier finden würdest?«

»Ich habe dich zurückgeholt, wir sind nun miteinander verbunden. Ich werde dich immer finden.«

Aurelie sah Laurent nicht in die Augen, ihr Blick war in die Ferne gerichtet. Ihre Schuhe lagen neben ihr, genauso wie die

Eulenmaske. Wind peitschte ihr ins Gesicht. Sie saß auf dem Dach ihres Wohngebäudes mit dem Rücken an der Wand des Schornsteinausganges und Laurent stand vor ihr. In ihrem Schoß lag eine Flasche Wodka. Sie hob die halbvolle Flasche an.

»Ich dachte, es sei irgendwie passend.« Aurelie kicherte.

Laurent nahm sie ihr aus der Hand.

»Und dieses Mal nehme ich sie dir weg, um dich vor größerem Schaden zu bewahren?«

»Das musst du nicht, ich habe sie nicht angerührt.«

»Du bist stark geblieben?«

»Auch wenn du behauptest, dass ich nicht lebendig bin, so fühle ich mich doch so und ich habe im letzten Monat hart daran gearbeitet, dass dies auch so bleibt.«

»Ich weiß.«

Seufzend setzt sich Laurent neben Aurelie.

»Ich fühle deinen Schmerz.«

»Ach, echt? Liegt das etwa an deinen Nekroirgendwas–Fähigkeiten? Nicht dass ich dir glauben würde.«

»Nekromant. Indirekt liegt es daran, dass ich dich zurückgeholt habe. Unsere Verbindung ist etwas Besonderes, Einzigartiges.«

»Das denkst du wirklich, oder? Und ich dachte ich hätte Probleme.«

Laurent zündete sich eine Zigarette an und blies den Rauch in die Dunkelheit.

»Warum, glaubst du, bin ich von zu Hause geflüchtet?«

»Eigentlich süß von dir, diese Bürde auf dich zu nehmen, nur um mich zu retten. Wie gesagt, nicht dass ich dir glauben würde. Schade für dich, dass mein Therapeut mir Männerverbot erteilt hat. Das gehört alles zum Heilungsprozess.«

Laurent nahm einen tiefen Zug von seiner Zigarette.

»Was ist das?«

Eine Bewegung im Schatten erweckte Aurelies Aufmerksamkeit.

»Genauso wie ich dich finde, finden sie mich. Immer.«

Aus dem Schatten trat eine Frau. Ihre Haut war so durchscheinend wie das Mondlicht, ihre zerrissene Kleidung und ihre Haare schienen durch die Luft zu schwimmen. An ihrer Stirn klaffte eine tiefe Wunde. Aurelie zog die kalte Nachtluft tief ein.

Sie griff nach Laurents Hand. Der schien nicht besorgt zu sein, sondern nahm einen weiteren Zug von seiner Zigarette.

Er löste sich aus Aurelies festem Handgriff und zog sich die Katzenmaske vom Gesicht. Er hielt sie vor Aurelie, sodass sie gezwungen war die Maske anzusehen.

»Die Katze ist die Sehende. Sie nimmt wahr, was sich zwischen den Welten befindet, aber ist nie Teil davon. Die Eule dagegen«, er griff nach Aurelies Eulenmaske, »fliegt auf den Schwingen des Todes. Sie sieht nicht nur, was zwischen den Welten ist. Sie reist zwischen den Welten hin und her, kann Einfluss auf sie nehmen. Verstehst du, Aurelie?«

Zittrig nahm sie die Maske aus Laurents Hand.

»Du irrst dich. Ich war tot Laurent, da ist keine andere Welt.«

Wieder stiegen ihr Tränen in die Augen.

»Da ist nur Leere.«

»Nein Aurelie. Dort gibt es eine Welt, dort finden Seelen ein Zuhause.«

»Woher willst du das wissen?«

»Es ist Teil meiner Fähigkeit, aber das würde nun zu weit gehen. Ich erkläre es dir ein anderes Mal, nun steht dir deine erste Feuerprobe bevor.«

Laurent deutete auf die Geisterfrau.

»Wenn Menschen plötzlich aus dem Leben gerissen werden, dann kann es manchmal passieren, dass sie Energie hinterlassen.«

»Energie? Das ist nicht ihre ...«

»Seele? Nein, die Energie nimmt eine ihr bekannte Form an. Es ist wie eine Kopie.«

Aurelie sah sich die Frau noch einmal an, sie war schön, bis auf ihre Kopfwunde. Sie schien ziellos zu sein, unruhig.

»Sieht sie uns?«

»Sie ist keine Person, es ist nur Energie, Aurelie. Sie hat weder Gefühle noch Erinnerungen. Stelle sie dir als eine Batterie in Form einer Frau vor.«

»Laurent wie kannst du so etwas sagen? Sieh doch, sie wirkt traurig, wie kannst du sagen, dass sie nicht lebt. Genauso wie du denkst, dass ich nicht lebe. Glaubst du etwa ich bin auch wie sie, eine Batterie.«

»Nein Aurelie. Das sind deine Worte, nicht meine. Sie ist das, was ich gesagt habe. Dich dagegen habe ich zurückgeholt, Leib und Seele. Doch wenn du mir nicht glaubst, dann gehe hin, greif sie an. Du kannst das, mir bleibt das verwehrt. Ich bin die Katze, du die Eule.«

Aurelie schluckte schwer und stand auf. Nicht einmal unter Drogeneinfluss hätte sie so etwas erfinden können. Vorsichtig kam sie der Geisterfrau näher.

Laurent schien Recht zu haben, die Frau nahm Aurelie nicht wahr. Aurelie streckte die Hand nach ihr aus. Ihre Fingerkuppen durchfuhren die Silhouette der Frau. Es fühlte sich an wie warmes Wasser. Sie berührte sie nur einen Augenblick und dann war sie verschwunden.

Aurelies Knie wackelten und sie setzte sich wieder neben Laurent.

»Was ist gerade geschehen?«

»Die wichtigere Frage, Aurelie, ist: Wie fühlst du dich?«

»Wie meinst du das?«

Aurelie musste ein Gähnen unterdrücken.

»Es wird bald morgen.«

»Hmm?« Aurelie konnte die Augen kaum offen halten.

»Was ist passiert?« Aurelie fühlte sich gerädert und die Sonne blendete sie.

»Du bist eingeschlafen.« Laurent saß immer noch neben ihr, immer noch auf dem Dach. Er hatte Aurelie sein Jackett übergelegt, damit sie nicht frieren musste.

»Ich dachte, ich kann nicht schlafen?«

»Du hast die Energie der Frau aufgenommen, erinnerst du dich? Eine menschliche Energie die dich, zumindest eine Zeit lang, menschlicher gemacht hat.«

»Menschlicher? Bin ich denn kein Mensch mehr?«

»Nein, Aurelie, nicht so wirklich. Ich wünschte, ich könnte dir das besser erklären, aber das ist auch für mich nichts Alltägliches ... noch nicht.«

Laurent wirkte müde und gebrochen. Er legte den Kopf auf die Knie und atmete tief.

»Du wolltest das alles nicht, das tut mir leid. Du hast es mir zuliebe getan.« Auch Aurelie wirkte traurig. Laurent blickte Aurelie von der Seite an.

»Ich muss dir noch etwas beichten, Aurelie.«

»Oh Laurent, bitte nicht. Genug Überraschungen für diese Woche, nein, fürs ganze Leben.«

Ein raues Lachen entwich Laurents Kehle.

»Es ist nichts Schlimmes, ich verspreche es. Du weißt noch, dass ich erzählt habe, Dominique und André hätten die Flasche Wodka in die Schule geschmuggelt?« Aurelie nickte langsam.

»Das war gelogen. Ich habe sie eingeschmuggelt, Dominique und André waren nicht meine Freunde. Ich wollte sie nur beeindrucken. Ich hatte keine Freunde, noch nie, noch immer nicht. Die Menschen spüren, dass ich anders bin.«

Eine Erinnerung stieg in Aurelie auf, Laurent der auf seinem Platz in der Schule saß, die andere Schüler, die Abstand nahmen und leise über ihn flüsterten, genauso wie sie über Aurelie geflüstert hatten.

Sanft ließ sie ihre Hand über Laurents Rücken gleiten, bis er ihr wieder in die Augen sah.

»Da haben wir uns ja gefunden.« Sie schenkte ihm ein strahlendes Lächeln, eines das sie schon sehr lange nicht mehr gelächelt hatte.

»Glaub es ober nicht, auch ich hatte nie wirklich Freunde. Also wenn du möchtest, könnten wir dieses Freundschaftsding gerne mal ausprobieren. Anscheinend sind wir doch so oder so aneinander gebunden. Was waren noch einmal deine Worte, seltsam und kurios.«

»Einzigartig und besonders.«

»Ich glaube, das müssen wir neu definieren.«

»Nun wir haben ja genügend Zeit, das herauszufinden.«

Laurent stand auf und zog Aurelie mit sich. Seine Laune hatte sich sichtlich gebessert.

»Wie viel Zeit haben wir, ich meine so unter den Umständen, dass ich weder tot noch lebendig bin.«

»Die Ewigkeit, wenn du genug Energie zu dir nimmst.«

»Die Ewigkeit?«

»Die Ewigkeit.«

»Das erklärst du aber meiner Mutter.«

Die Autoren

Marina Clemmensen | marinaclemmensen.jimdo.com
Marina Clemmensen wurde 1978 in Essen an der Ruhr geboren. Bereits während ihres Biologiestudiums in Bochum und auch später als wissenschaftliche Mitarbeiterin legte sie ihren Fokus besonders auf das Fachgebiet der Evolution. Als Jungautorin hat sie einen Weg gefunden, ihre beruflich begründete Rationalität spielerisch mit der Andeutung des Phantastischen zu verbinden.

Detlef Klewer | www.kritzelkunst.de
*1957 – lebt als Illustrator/Designer am Niederrhein. Als Liebhaber und Kenner des phantastischen Films veröffentlichte er Artikel in Magazinen wie *Vampir, Film–Illustrierte* und *Moviestar*, sowie fünf Fachbücher zum Thema. Das letzte Werk, »Die Kinder der Nacht«, erhielt als bestes Fachbuch den Virus–Award 2007. Seit 2011 verfasst er Horror- und Fantasygeschichten, die in diversen Anthologien erscheinen.

Luisa Meißner
Luisa Meißner ist eine junge, norddeutsche Autorin, die seit vielen Jahren Geschichten schreibt. Was in frühester Kindheit mit eigens ausgedachten, vor Fantasie sprühenden Tiererzählungen begann, führte zu ihren heutigen Kurzgeschichten und Manuskripten. Die angehende Abiturientin liebt es, neue Welten und Völker zu erschaffen und ihnen eine Geschichte zu geben. In ihrer Freizeit liest, reitet und fotografiert sie gerne.

Sabrina Železný | www.sabrinarequipa.de
Sabrina Železný, geboren 1986, lebt zusammen mit einem virtuellen Lama und einem schwedischen Bücherregal in Berlin und Bonn. Sie ist Kulturanthropologin, Altamerikanistin sowie Wahlperuanerin und schreibt hauptsächlich Phantastik mit Lateinamerikabezug, wobei ihr besonderes Interesse Mythologie, Geschichte und Sprachen der indigenen Kulturen gilt. Ihr Romandebüt »Kondorkinder: Die Suche nach den verlorenen Geschichten« ist 2013 im Verlag Mondwolf erschienen.

Bianka Brack | bianka-brack.blogspot.de
*1966 geboren, aus Wilhelmshaven, schreibt seit ca. 30 Jahren. Veröffentlichte eine weitere Kurzgeschichte im Verlag in der Anthologie »Vampire Cocktail« und im Net-Verlag in der Anthologie »Verliebt bis in den Tod«. Derzeit arbeitet sie an dem zweiten Teil ihrer Reihe *Midnight Clan*.

Corinna Schattauer | cschattauer.wordpress.com
Corinna Schattauer, geboren 1989 und aufgewachsen im Nahetal, studiert Geschichte und Anglistik und plant trotzdem nicht, Lehrerin zu werden. Neben ihrem Leben als Mainzer Studentin – und wenn sie nicht gerade Theater spielt – bannt sie phantastische Geschichten aller Spielarten aufs Papier. Auch im Sachbuchbereich war sie bereits tätig.

Stefanie Bender | www.federspuren.de
Stefanie Bender, Novemberkind des Jahres 1984 wuchs im Rhein-Main-Gebiet auf, wo sie auch heute noch lebt. Ihre Leidenschaft ist das Schreiben fantastischer und historischer Geschichten. Gemeinsam mit ihrem Mann ist sie der metallischen Musik, dem Gesellschaftstanz und der Möchtegern-Fotografie erlegen. Fernab der Kreativität jongliert sie mit Paragraphen im Dschungel von Mainhatten.

Ellen Kaiser | www.facebook.com/Kaiser.Ellen
Die 1990 geborene Ellen Kaiser ist wohnhaft in Karlsruhe und studiert dort Germanistik mit Nebenfach Multimedia. Ihr großes Interesse für Mythen und Sagen führte sie an das fantastische Genre heran, welches sie schnell faszinierte und zu eigenen Kurzgeschichten und Romanen anregte. Seit 2010 nimmt sie regelmäßig an Ausschreibungen teil und konnte damit bereits erste Veröffentlichungen in Anthologien erzielen.

DIE AUTOREN

David Michel Rohlmann | www.facebook.com/DavidMichelRohlmann
David Michel Rohlmann, geboren 1989, studiert derzeit hauptberuflich Philosophie und zusätzlich die Kunst des Schreibens. Sein Debütroman »Schwert und Revolver« konnte zahlreiche Leser überzeugen und wurde im März 2012 im EPIDU-Verlag veröffentlicht. Außerdem sind für 2013 weitere Werke geplant, unter anderem Beiträge in unterschiedlichen Anthologien.

Kriss Ruhi
Kriss Ruhi wurde 1973 in Frankfurt am Main geboren. Nach dem Germanistik-Studium hat sie Deutsch unterrichtet, u.a. auch in der Mongolei. Heute ist sie verheiratet und lebt mit ihren drei Kindern und dem Hund im Taunus.

Alexandra Neumeier
Alexandra Neumeier, geboren 1982 in München, wuchs von Kindheit an mit Märchen und Sagen unterschiedlichster Kulturkreise auf. Eng verbunden mit dem Schreiben ist für sie das Kennenlernen fremder Kulturen. 2006 erschien ihr Märchen *Tonalí* in der Anthologie »Das Geteilte Königreich«, und in »Weltenweber« das bayerische Märchen *Die Nachtjagd* im LERATO-Verlag.

Markus Cremer | markuscremer.jimdo.com
Der aus dem Rheinland stammende Markus Cremer wurde 1972, im Jahr der Ratte, geboren. Vor seiner derzeitigen Beschäftigung als Laborleiter in der Hirnforschung betätigte er sich als Sanitäter, Erfinder und Inhaber eines Ladens für Okkultismus. Er lebt mit seiner Frau und zwei Ratten in einem alten Haus in der Nähe von Aachen.

Marie–Helene Mittmann

Marie–Helene Mittmann wurde 1992 in Göttingen geboren und studiert Medien– und Kommunikationswissenschaften sowie Anglistik in Halle an der Saale. Seit ihrer Kindheit schreibt sie Geschichten aller Art, am liebsten jedoch Fantasy. Sie zeichnet gerne, macht Karate und liebt das Reisen. Bisher erschienen zwei ihrer Kurzgeschichten in studentischen Literaturzeitschriften.

Nina Sträter

Geboren in Düsseldorf, Studium der Germanistik und Musikwissenschaft, Dozentin für Deutsch als Fremdsprache, früher auch Rhetorik–Unterricht für Gebärdendolmetscher, Stadt– und Museumsführungen; aktuell freiberufliche Lektorin und Texterin sowie medizinische Schreibkraft in der Psychiatrie; Ensemble–Mitglied im Theater am Marienplatz (TAM) in Krefeld, außerdem Lesungen bei Veranstaltungen; 3. Platz beim Marburg–Award 2012.

An Brenach

An Brenach wurde 1975 in Berlin geboren und führte eine unauffällige Kindheit, bis eine Schreibmaschine in ihr Leben trat, sie hinterrücks mit der Schreibsucht infizierte und ihr damit ein normales Leben unmöglich machte. Heute arbeitet An unter dem Deckmäntelchen eines bürgerlichen Berufes und wartet auf den richtigen Zeitpunkt, die Weltherrschaft zu übernehmen.

Katarina Kojic

Katarina Kojic, geboren 1989, lebt, studiert und arbeitet in Wien. Als typische Studentin besteht ihr Alltag aus Seminaren, Vorlesungen, dem Pendeln zwischen zwei Jobs und dem Durchwälzen wissenschaftlicher Fachliteratur. Wann immer sie jedoch die Zeit findet und manchmal nimmt sie sich die Zeit auch einfach, geht sie ihrer Lieblingstätigkeit nach, dem Lesen und Schreiben von Geschichten.

Dämonenbraut

Christina M. Fischer

Illustrator: Oliver Schuck
Teil 1 der Dämonen-Trilogie
ISBN-13: 978-3981509205

Vor 60 Jahren brach eine Virus-Epidemie aus. Was vorher nur vereinzelt auftrat, häuft sich nun: Menschen verwandeln sich in Hexen, Vampire, Werwölfe oder Dämonenbräute, kurz: in A-Normalos. Die Agentin Sophie Bernd ist eine von ihnen, eine Dämonenbraut, die mit einem Tropfen ihres Blutes Dämonen aus einer anderen Dimension rufen kann, die ihr in kritischen Situationen zum Gehorsam verpflichtet sind. Mit dieser Gabe verdient sie ihr Geld und bekämpft diejenigen, die sich in der neuen Welt nicht an die Regeln halten.

Gemeinsam mit ihrem Partner, dem werdenden Vampir Julius, macht sich Sophie auf die Jagd nach einem Psychopathen, der es auf Hexen und Magier abgesehen hat, um seine eigene Macht zu stärken. Kaum verwunderlich, dass sie dabei auch auf den charmanten Samuel trifft, den mächtigsten Hexenmeister der Stadt, und sich fragen muss: Hat er etwas mit den Morden zu tun?

Christina Fischers Debüt-Roman mischt Urban Fantasy mit Mystik, abgerundet mit spannenden Thriller-Elementen und verfeinert mit einer Prise Erotik und viel Humor.

Vor meiner Ewigkeit

Alessandra Reß
Illustrator: Oliver Schuck
ISBN: 978-3-9815092-6-7
Erscheinungstermin: 2013

„Ich warf mich der neuen Welt in die Arme und sie lachte mit mir, und in meinem Unwissen merkte ich nicht, wie falsch dieses Lachen klang."

Ohne Erinnerung erwacht der Student Simon eines Nachts in einer Stadt, in der selbst die Farben ein Eigenleben zu führen scheinen. Von einem Geistermädchen erfährt er mehr: In ihm ist die Gabe des Schläfers erwacht, und seine Aufgabe ist es, die Vampire zu jagen, welche die Stadt bevölkern und das empfindliche Gleichgewicht von Licht und Dunkelheit stören. Erst, wenn er diese Aufgabe erfüllt hat, darf er in sein altes Leben zurückkehren.

Trunken von den dunkelbunten Wundern der Stadt Dew Linae, fügt sich Simon in sein Schicksal. Doch bald schon muss er erkennen, dass er mehr und mehr seine Identität verliert. An seine Stelle tritt der Schläfer, eine seelenlose Kreatur, die nur im Tod ihrer Gegner Erfüllung findet. Verzweifelt sucht Simon nach einem Weg, sein zweites Ich zu bannen – doch trauen kann er niemandem, nicht einmal sich selbst.

Wien, Stadt der Vampire

Fay Winterberg

Illustrator: Fay Winterberg
Teil 1 der New-Steampunk-Age-Reihe
ISBN-13: 978-3981509243

2090, das Jahr, in dem der Krieg ausbrach. Die verborgene Welt der Vampire offenbart sich der Menschheit und führte auch einen Großteil anderer übersinnlicher Wesen mit ans Licht der Öffentlichkeit. Erst nach Jahren des Krieges gelang es den Nachtwesen, eine Co-Existenz mit den Menschen aufzubauen.

Die Halb-Vampirin Lilith Avant-Garde arbeitet als Archäologin, spezialisiert auf übersinnliche Artefakte, und ist Verbindungsglied zwischen Menschen und Vampiren im Europa des Jahres 2207, einer Zeit, die als New-Steampunk-Age betitelt wird. Ihre Aufgabe führt die 26-Jährige nach Wien, denn die Stadt der Vampire hat nicht nur ein neues Oberhaupt, sondern auch ein Problem mit illegalen Werwolf-Fights.

Band 1 der New-Steampunk-Age-Reihe von Fay Winterberg legt die Weichen in eine fantasievoll gestaltete Zukunft, deren Frieden jedoch sehr fragil ist.

Das schwarze Kollektiv

Michael Zandt
ISBN-13: 978-3981509236

Ariko ist ein Sohn der Straße. Von den Eltern verlassen, von den Behörden ins Waisenhaus gesteckt, gerät er früh in die Fänge des Militärs.

Er wird zum Soldaten erzogen und in den Krieg gegen das geheimnisvolle Volk der Hameshi geschickt. In deren riesigen Wäldern lernt er verlorene Seelen und grausame Götter, aber auch die magische Schönheit der Schöpfung kennen.

Ariko begegnet einem Mädchen. Sie ist jung, sie ist schön und sie ist eine feindliche Kriegerin. Der Waise wechselt die Fronten, doch findet er auch bei den Hameshi keinen Frieden. Er muss gegen Widersacher kämpfen und heimtückischen Dämonen widerstehen.

Ariko lernt viel im Reich der ewigen Wälder, aber wird er am Ende auch begreifen, dass der Keim alles Bösen ... in der Liebe liegt?

Weitere Bücher aus dem Art Skript Phantastik Programm

Vampire Cocktail

ISBN-13: 978-3981509250

Anthologie mit Geschichten der folgenden Autoren

Vielfältig und aufregend präsentiert sich die Welt der Cocktails, von Cosmopolitan bis Bloody Mary ist für jeden Geschmack etwas dabei. Um einige dieser Mix-Getränke ranken sich Legenden und Erzählungen, andere haben es sogar schon auf die große Leinwand geschafft. Ein Cocktail kann zu Begegnungen führen und der Beginn eines Gespräches sein. Nur was passiert, wenn der Gesprächspartner ein Vampir ist? Genießen Sie die Abwechslung.

Nominiert für den
Deutschen
Phantastik Preis
»2013«
Beste Original-Anthologie/Kurzgeschichten-Sammlung

Steampunk 1851

ISBN-13: 978-3981509281
Anthologie mit Geschichten der folgenden Autoren

Lykonium // Marco Ansing
Das Ende der Fiktion // Denise Mildes
Monsieur Foucault und das Wesen des Lichts // Sabine Frambach
Das Meisterwerk // Andrea Bienek
R.S.O.C. // Hendrik Lambertus
Archibald Leach und die Rache des Toten // Markus Cremer
Tote Kaninchen // Luzia Pfyl
Der Automat // Fabian Dombrowski

1851 – ein Jahr voller Veränderungen. In London findet die erste Weltausstellung statt und in Australien bricht der Goldrausch aus. Dazwischen werden Firmen gegründet, Kriege bestritten, Politik gemacht, Bücher herausgegeben, Opern uraufgeführt ... kurz: Geschichte geschrieben. Doch welchen Einfluss haben die dunklen Wesen der Unterwelt auf die Zahnräder, die das Uhrwerk der Geschichte antreiben?

Lassen Sie sich überraschen und sehen Sie die Vergangenheit in einem vollkommen neuen Licht.